o menino que amava
ANNE FRANK

ELLEN FELDMAN

o menino que amava ANNE FRANK

Tradução de
LUIZ ANTÔNIO AGUIAR

EDITORA RECORD
RIO DE JANEIRO • SÃO PAULO
2006

CIP-Brasil. Catalogação-na-fonte
Sindicato Nacional dos Editores de Livros, RJ.

Feldman, Ellen, 1941-
F343m O menino que amava Anne Frank / Ellen Feldman; tradução Luiz Antônio Aguiar. – Rio de Janeiro: Record, 2006.

Tradução de: The boy who loved Anne Frank
ISBN 85-01-07359-8

1. Frank, Anne, 1929-1945 – Ficção. 2. Holocausto – Sobreviventes – Ficção. 3. Memória autobiográfica – Ficção. 4. Judeus – Estados Unidos – Ficção. 5. Refugiados judeus – Ficção. 6. Ficção americana. I. Aguiar, Luiz Antônio, 1955- . II. Título.

06-2179 CDD – 813
CDU – 821.111(73)-3

Título original norte-americano:
THE BOY WHO LOVED ANNE FRANK

Direitos exclusivos de publicação em língua portuguesa somente para o Brasil adquiridos pela
EDITORA RECORD LTDA.
Rua Argentina 171 — Rio de Janeiro, RJ — 20921-380 — Tel.: 2585-2000
que se reserva a propriedade literária desta tradução

Impresso no Brasil

ISBN 85-01-07359-8

PEDIDOS PELO REEMBOLSO POSTAL
Caixa Postal 23.052
Rio de Janeiro, RJ — 20922-970

Em memória de
Sina Baum
1917-1958

"Ele [Peter] disse que, depois da guerra, faria de tudo para ter certeza de que ninguém jamais descobrisse que ele era judeu."

O diário de Anne Frank,
16 de fevereiro de 1944.

"Temos registros do que aconteceu com todos os moradores do anexo secreto, exceto Peter."

Um guia numa excursão turística pela
casa de Anne Frank, janeiro de 1994.

PRÓLOGO

13 de agosto de 1946

NADA O DESTACAVA DA MULTIDÃO, exceto o fato de não querer chamar atenção. No entanto, não era possível perceber isso olhando para ele. Tudo o que se via era um jovem magro e ossudo com olhos de lobo, nada diferente da massa de jovens que abria caminho através da multidão, no período que imediatamente se seguiu à guerra, dos brilhantes anúncios de néon e dos chamativos letreiros nas marquises. Podia-se adivinhar que ele não era da cidade por seu jeito fixo de olhar para os anéis de fumaça que se desprendiam do anúncio de cigarros acima da sua cabeça, porém isso não fazia dele uma pessoa especial. Numa amena noite de verão, a Times Square estava apinhada de turistas.

Demorara um ano para chegar até aqui. Há um ano, quase nesta mesma semana, vira aquele exemplar da revista *Life*, com os cantos já deformados com dobras, mostrando a foto de um rapaz norte-americano com roupa de marinheiro, bêbado, no anúncio do presidente Truman de que os japoneses haviam se rendido, envolvendo uma enfermeira de uniforme branco num orgástico beijo de paz.

Assim que viu essa foto, soube para onde deveria ir. Este era um país onde uniformes eram tão inocentes quanto roupas de crianças. Esta era uma cidade em que o povo podia gritar de alegria até os telhados começarem a escutar. Aqui era o lugar onde o amor se inclinava para trás para poder alcançá-lo.

As auréolas imaculadas da ingenuidade norte-americana continuavam a subir do "O" perfeito da boca do fumante. Sabia como aquilo funcionava porque tinha feito amizade com um sujeito da tripulação do navio, a quem perturbara com perguntas o tempo todo. Os anéis tinham três metros de diâmetro e não eram fumaça, mas vapor, coletado do sistema de calefação do edifício e armazenado num reservatório atrás do anúncio. A cada quatro segundos, um diafragma operado por um pistão forçava o vapor através da abertura. Que país, que povo, dedicar sua genialidade em tais finalidades!

E agora era um deles. Tinha descido a prancha de desembarque do cais naquela manhã como um imigrante, um recém-chegado num mundo totalmente novo para ele, um refugiado. E emergira do galpão da alfândega, uma hora mais tarde, como um cidadão cem por cento norte-americano. E não tinha sido preciso nem mesmo mentir. Tudo o que tivera de fazer foi ficar em silêncio. Já tinha passado quase vinte e cinco meses, setecentos e cinqüenta e três dias para ser exato, em silêncio.

Shh! Não fale. Não se mexa. Alguém pode ouvir.

LIVRO UM

—

1952

▪ ▪ ▪ ▪

UM

"É preciso falar sempre muito baixo. Apenas idioma de gente civilizada pode ser falado; portanto, não o alemão."

— *O diário de Anne Frank*
17 de novembro de 1942

O NOME DO MÉDICO ERA GABOR. Como o das irmãs húngaras com todas as suas jóias e maridos, eu disse para minha esposa. Zsa Zsa, Eva, e sempre esqueço o nome da terceira. Estava tentando fazer disso uma piada. Estava tentando levar tudo com bom humor. Não se consegue chegar a lugar nenhum com cinco pedras na mão, já tinham me prevenido, embora tivessem se passado muitos anos.

Bem, eu não estava com cinco pedras na mão, agora. Não podia me mostrar mais cordato, quando o Dr. Gabor abriu a porta que separava a sala de espera do seu consultório. Ele me fez um sinal com a pequena cabeça, coberta por lustrosa cabeleira preta, chamando-me para entrar. Passei por ele e entrei.

As lâminas das persianas estavam bem fechadas por causa do sol mais quente da tarde. Sombras engoliam os cantos da sala. Debaixo da janela, um aparelho de ar-condicionado resmungava ameaças ininteligíveis. Encostada a uma parede, uma poltrona preta de couro se encolhia. Passei o mais longe possível dela e sentei-me na cadeira próxima à escrivaninha. O Dr. Gabor contornou a escrivaninha e se sentou numa cadeira maior, oposta à minha. Ele não era um homem grande, pelo menos uma cabeça mais baixo que eu e cerca de 15 quilos a menos, era meu palpite. Imaginei seus pés balançando por debaixo da escrivaninha, vários centímetros acima do chão, ao mesmo tempo lépido e indefeso. Eu poderia subjugá-lo facilmente.

Ele estendeu a mão para apanhar um bloco de papel ofício amarelo pautado, e tirou uma caneta entre as várias enfiadas num vaso etrusco. A escrivaninha estava tão entulhada quanto uma loja de penhores. Eram as artimanhas do seu ofício: o papel e a caneta que havia pego, um telefone, meia dúzia de livros com lombadas viradas para ele, um relógio, também virado para ele. Depois, havia os objetos excêntricos, ou talvez apenas manchas da profissão: uma reprodução de *Os burgueses de Calais,* de Rodin — estranho, tendo em vista a sua profissão, que ele não tivesse optado por *O beijo* —, várias cabeças pré-colombianas com órbitas vazias e bocas escancaradas, duas estatuetas africanas, uma com o estômago distendido e os seios tão caídos como berinjelas, a outra com um pênis semelhante a uma espingarda. O Dr. Gabor o tinha apontado para mim. Tive vontade de dizer que não era esse o problema. Houve uma época em que eu temia que fosse, mas não atualmente.

Ele se recostou para trás na cadeira e me olhou através dos óculos de aro. Tinha um olhar arregalado, vazio, como uma coruja. Não me transmitia segurança. Os outros médicos haviam-me afirmado que ele era a minha última esperança, este húngaro gentil, no seu terno apertado trespassado na cintura, que insinuava longas tardes gastas em cafés de bulevar e horas lânguidas com aquelas louras fúteis com quem compartilhava seu nome. O terno podia não ser por acaso. Roupas são a camuflagem mais fácil. Eu estava vestido como um norte-americano, ou pelo menos um soldado norte-americano, antes de ter descido pela prancha de desembarque naquela manhã de agosto. Talvez fosse este o motivo. O Dr. Gabor, que estava aqui há mais tempo que eu, desde vários anos antes da guerra, conforme os diplomas emoldurados na parede, anunciava sua ligação com o Velho Mundo, ou talvez apenas resistisse às vulgaridades do Novo. Tenho certeza de que as encarava como vulgaridades.

— Então, Sr. Van Pels — ele disse, balançando-se de leve na larga cadeira de couro —, o senhor perdeu a sua voz.

Vocês perderam suas luvas, seus gatinhos travessos, minha esposa lê para a nossa filha.

Eu confirmei com um assentimento de cabeça, embora ultimamente já me fosse possível sussurrar. Durante três semanas, nem isso pude fazer. Só conseguia abrir a boca, formar palavras, porém não podia pronunciá-las. Agora era capaz de um patético miado, fraco como o de um bebê. Não, um bebê pode berrar. Você deveria ter escutado os berros da minha filha quando o médico lhe deu palmadas para que ela começasse a respirar. O choro reverberante dela deu volta ao mundo. Eu mesmo abri minha própria boca para entoar um canto de celebração, mas vê-la esperneando, os pés pegajosos e sujos de muco, avermelhados e sangrentos como um pedaço de carne, deteve o grito na minha garganta. Imaginei-a escorregando para o chão e arrebentando-se sobre os desenhos do linóleo. Visualizei o médico cedendo a algum impulso alucinado e minha filha atravessar flutuando o ar até colidir com as paredes brancas como ossos. Minha esposa duvida das minhas lembranças, de eu ter visto a nossa filha recém-nascida. Afirma que eu não poderia nem mesmo ter estado lá. Porém, naquele momento, ela estava sedada, e eu sei que não estou enganado. Talvez estivesse bem do lado de fora da sala de parto, tentando ver alguma coisa, e tenha tido um vislumbre quando a porta de vaivém se abriu. A visão de minha filha silenciou-me então, e alguma coisa roubou a minha voz agora. Ninguém foi capaz de diagnosticar o meu problema.

Passei por uma bateria de médicos. Eles me enfiaram tubos garganta adentro, radiografaram meu pescoço, apalparam-me, pesquisaram e fizeram infindáveis perguntas. Tinha de escrever as respostas num bloco. "O que você come?" "Tudo." "Quanto você bebe?" "Não muito." "Você fuma?"

Todos me fizeram essa pergunta, e eu lhes respondia que não. "Nunca fumou?" Pareciam as audiências no Senado sobre as quais sempre lia nos jornais. "Não fuma atualmente ou nunca fumou?" Nunca, eu escrevi, se bem que, esporadicamente, quando garoto, experimentei cigarros. Ainda gosto do aroma. Por alguma razão, achava-o relaxante. Porém, o prazer vicário é o suficiente. Nunca adquiri o hábito de fumar. Eu não disse a eles tudo isso. Já havia bastante o que escrever não mencionando detalhes insignificantes.

Passaram às alergias. Você é alérgico a alguma coisa? Não que eu saiba, escrevi no bloco. E quando garoto? Algum registro de alergia na infância? Não, escrevi. Nenhum registro de alergia na infância. Nenhum registro de infância. Fora confiscado, queimado, bombardeado, expulso da existência. Fora escondido num lugar secreto, tão secreto que não consigo lembrar. Mas isso eu também não escrevi.

— Foi uma perda gradual? — o Dr. Gabor perguntava-me agora. — Aconteceu subitamente, ou sentiu que a voz foi ficando cada vez mais fraca?

— Da noite para o dia — grasnei. — Literalmente. Fui dormir com voz e acordei sem ela.

— Aconteceu algo fora do comum durante a noite?

Balancei a cabeça, não.

— O que me diz sobre sonhos?

— Eu não sonho.

Ele continuou a me olhar fixamente.

— Não sonho — repeti.

Ele se recostou ainda mais para trás na cadeira e olhou para mim por cima do nariz comprido e fino que lhe dividia a face achatada, como a Grande Planície Húngara.

— Fale-me sobre o senhor, Sr. Van Pels.

— Sou um empreiteiro, por profissão — sussurrei. — Tenho uma esposa e duas filhas, três e dezoito meses. Moro em Indian Hills. É um projeto nosso, do meu sócio e meu.

Gabor consultou o bloco de notas.

— Isso é tudo — repeti.

— Onde foi que o senhor nasceu? Percebo um ligeiro sotaque.

O senhor percebe um ligeiro sotaque, doutor? O senhor, com essa fala monótona e cantada, feito uma bandeira húngara, tremulando ao vento. Estou por encontrar um compatriota seu que consiga se livrar dessa cadência de fala. O meu sotaque se denuncia menos. Não é bem alemão, as pessoas comentam quando tentam identificá-lo. Um toque de holandês, imaginam. Você aprendeu o inglês britânico, não norte-americano, minha esposa notou logo na primeira vez que conversamos. Ela disse que se apaixonou pelo meu sotaque francês, se bem que eu lhe tenha dito que não era tão bom quanto ela pensava.

Eu posso falar melhor o francês, Peter. Mas você é muito melhor no inglês.

— Osnabrück — eu sussurrei.

— Então o senhor é alemão.

— Sou cidadão norte-americano.

— Alemão por nascimento, quero dizer.

— Meu pai era holandês. Assim como o pai dele. Foi só por acaso que nasci na Alemanha.

— Isso foi quando?

— Em 8 de novembro de 1926 — eu lhe disse, embora 13 de agosto de 1946 fosse mais próximo da verdade.

— E quando o senhor chegou aqui?

— Em treze de agosto de 1946.

— Então estava na Alemanha durante a guerra?

Ninguém vai saber que estamos aqui. Não dá para ver nada do lado de fora.

— Eu estava na Europa.

— O senhor é judeu, Sr. Van Pels?

— E o senhor, doutor?

— Nada sobre mim vem ao caso. É meramente uma ferramenta para nos ajudar a entender você.

— Não há nada para entender.

— Para entender o motivo que o levou a perder a voz. O senhor disse que nasceu na Alemanha, porém estava em algum outro lugar da Europa durante a guerra. Foi por isso que perguntei se o senhor é judeu.

— Não. Mas a minha esposa é judia.

Normalmente não conto isso a ninguém, mas, se vamos conversar sobre minha vida na Europa durante a guerra, pareceu conveniente. Poderia também prevenir qualquer constrangimento mais adiante. Há alguns meses, o sujeito com quem eu tratava no banco First Mutual perguntou-me se eu estaria interessado em ingressar no clube de golfe, depois nunca mais voltou ao assunto. Eu não estava interessado, qualquer que fosse a circunstância, porém o fato de que, desde então, não foi mais capaz de me fitar nos olhos quando o assunto golfe vinha à baila era mau para os negócios.

— Então você esteve no exército? Mas tinha então ... — ele baixou a vista para o bloco amarelo — treze anos quando a guerra começou, dezoito no final.

— Passei a maior parte da guerra em Amsterdã.

Eu adivinhava seus pensamentos, enquanto ele escrevia. "O que você estava fazendo em Amsterdã, Sr. Van Pels? Tangendo judeus como se fossem gado, já que o senhor não é do povo escolhido, ou apenas matando a pancadas cidadãos holandeses?" Ele não foi o único a se fazer tal pergunta. A meu ver, essa suspeita era a única desvantagem de não ser judeu. Quem, dada a história recente do mundo, teria pensado que houvesse alguma?

— E a sua família? Eles vieram para este país com o senhor?

Consulado norte-americano

Roterdã

Esta é para certificar que em 10 de fevereiro de 1939, Hermann, Auguste e Peter van Pels foram colocados na lista de espera de emigração para os Estados Unidos.

— Meus pais estão mortos.

Ele continuava me fitando.

— Vítimas da guerra. — A palavra era um sussurro sibilante no consultório sombrio.

— Irmãos ou irmãs?

Vai ser como ter duas irmãs.

É como ter duas namoradas — no mesmo local. Olhe ele ficando vermelho, Kerli.

— Nem irmãos, nem irmãs.

— Nenhum parente vivo?

Será que ele queria uma lista? Avô Aaron preso depois da Noite dos Cristais, morto antes de nos enfiarmos no esconderijo. Tia Hetty, em Auschwitz, tia Klara, em Sobibor.

Balancei a cabeça, não.

— Sinto muito — ele murmurou, e eu podia ver que ele estava refletindo a respeito. Seja o que for que eu estivesse fazendo durante a guerra, e ele ainda se perguntando o que teria sido, não foi tudo cerveja e partidas de boliche. Convenientes, esses modos britânicos. Já por princípio, me separam dos demais refugiados e dos estrangeiros, dos recém-chegados, como nos chamam os que já estão aqui há uma geração, ou mesmo há uma década.

— Deve ter sido difícil — ele continuou.

Difícil. Ah, as palavras a que recorremos para manter o inconcebível a distância. Sim, doutor, foi difícil. No entanto, foi também, que vergonha dizê-lo, útil. Se eu não estivesse sozinho, podia não estar sentado aqui agora. Conheci um companheiro no campo de refugiados de guerra, um polaco, que não perdeu sua família inteira num piscar de olhos, nem no transcorrer de um ano. Sua mulher sobreviveu, e três dos seus cinco filhos. Pensando a respeito, eu o conheci antes do campo de refugiados de guerra, quando ele acreditava ter perdido toda a família. Vivíamos a céu aberto, então, sobrevivendo da terra, apanhando o que precisávamos e onde podíamos.

Basta, Peter. Já nos divertimos o bastante por uma noite. Além disso, o velho não tem nada. Ele dorme no celeiro com os seus animais.

Mas então ele soube que a mulher e três filhos haviam sobrevivido. No campo de refugiados de guerra, tiveram outro bebê. A premência para reposição naquele campo era impressionante. Eu compreendia isso, mas também conhecia a realidade da vida. Não ia repetir os erros do meu pai no consulado norte-americano em Roterdã. Um homem jovem, sadio e sem dependentes tem melhores chances de conseguir um visto. Acrescente-se uma esposa e a gente é rebaixado em alguns pontos. Acrescente-se quatro crianças, e já não há esperanças. Entretanto, o polaco era um sujeito safo. Conseguiu ser aceito, a despeito da esposa e dos quatro filhos. Conseguiu chegar com toda a sua família até o exame médico. E essa era a única etapa que ninguém conseguia ludibriar. E foi então que eles descobriram as manchas nos pulmões da esposa. Não consegui imaginar por que ficaram surpresos. Surpresa mesmo era que todos no campo não tivessem manchas nos pulmões ou tuberculose ou uma dúzia de outras doenças e deficiências. Meu corpo ainda guardava suas lembranças daqueles anos que passei trancado num sótão como um suvenir descartado, alimentado com batatas podres e feijão mofado, embora não soubesse disso na época. Mas a mulher do polonês tinha manchas. Pediu que ele partisse sem ela. Quando as manchas desaparecessem, iria também, com as crianças. Ele respondeu, *no dice*, nem pensar. Estava aperfeiçoando a sua gíria norte-americana havia meses. Nem pensar, eles viajariam como uma família, ou não viajariam. Não viajariam foi o resultado, afinal. Enquanto esperavam que as manchas desaparecessem, as autoridades fecharam o campo e repatriaram todo mundo. Então tio Joe Stalin baixou a sua cortina, e o polaco, com a esposa e os quatro filhos, ficaram presos num esgoto comunista, se é que conseguiram sobreviver. Assim, veja você, Dr. Gabor, há vantagens em não se ter ninguém, ainda que não se deva dizer isso.

— E neste país? Tinha parentes quando chegou aqui?

Ele tinha assinado os documentos assumindo a tutela e enviado o dinheiro, mas não perguntou quando eu estava chegando, e eu não escrevi contando. Eu mal podia me lembrar do irmão de meu pai, a pessoa que ficara no topo da lista do consulado norte-americano em Roterdã. Tio era mais uma palavra sem significado.

Balancei a cabeça, não.

— Deve ter sido difícil. — Ele repetiu a palavra com tantas utilidades para um mundo além da sua imaginação, mas desta vez estava enganado. Antes dos Estados Unidos é que era difícil, se fosse necessário acrescentar um paliativo a isso. Os Estados Unidos eram, de fato, cerveja e boliche.

— Eu me sentia feliz aqui.

— Fale-me sobre isso.

Por onde eu começo, doutor? Aquela primeira manhã no cais? Acho que não. Não falei nem à minha mulher sobre isso. Ou deveria tentar explicar o improvável encontro, uma chance em um milhão, depois disto, quando eu pensei que o jogo tinha terminado antes mesmo de ter começado?

— Amsterdã — o homem lá no cais disse, quando viu a etiqueta na minha maleta. — Será que você conheceu meu pai?

Agora, éramos residentes norte-americanos, livres para irmos aonde quiséssemos, mas ainda presos ao medo, ao hábito, ou à desconfiança. Pelo menos, eles estavam. Eu estava ansioso para ir embora. Mas ele tinha se plantado na minha frente, este remanescente do meu passado, embora eu ainda não soubesse disso na hora. Tinha ouvido falar dele, mas nunca tínhamos nos encontrado, e, ali de pé, no cais, cara a cara, pensei que se tratasse apenas de mais um refugiado. Por toda a Europa, as pessoas estavam tropeçando em arame farpado, atravessando países inteiros, de volta a bairros bombardeados, fazendo perguntas e mais perguntas. "Você esteve em tal e tal campo de concentração; conheceu tal e tal pessoa?" "Sabe alguma notícia dessa pessoa?" "Alguma notícia dessa outra?" Eles consultavam as listas da Cruz Vermelha, e colocavam anúncios nos jornais, e importunavam qualquer um que lhes desse atenção. E quanto mais perguntas faziam, mais aterrorizados ficavam com as respostas.

— Será que você conheceu o meu pai? — o homem repetiu, mesmo vendo que eu tentava escapar dele. — Fritz Pfeffer. Ele era dentista em Amsterdã.

Então este era Werner, o filho apenas um ano mais novo que eu, a quem Pfeffer tivera o bom senso de mandar embora em um *kindertransport* para a Inglaterra logo após a Noite dos Cristais. Tive de percorrer cerca da metade do mundo para esbarrar com o garoto de quem tivera inveja por dois anos. Não devia nada a ele, nem mesmo informação. Sugeri que fosse procurar a Cruz Vermelha.

— Já fiz isso. O meu pai morreu em Neuengamme. Estou procurando alguém que o tenha conhecido em vida. Depois que fui embora. — Ele baixou a cabeça por um momento, mas não senti pena dele. Ele passara a guerra na Inglaterra. — Ouvi dizer que ficou num esconderijo com uma família chamada Frank — ele disse.

Disse a ele que não sabia nada sobre nenhum dentista chamado Pfeffer, nem sobre uma família chamada Frank. A verdade não lhe serviria de consolo. Você, provavelmente, não vai concordar comigo, doutor. Mas o senhor não se encontra na posição de julgar. O senhor não conhece o rancor das lembranças.

— Não há nada a contar — disse ao médico. — Vim para cá de navio. Atracamos em Nova York. Como eu disse, estava feliz por estar aqui.

— Onde foi morar quando chegou aqui? Com uma família? Um estabelecimento público?

Estabelecimento. Outra expressão inócua, porém do que mais se poderia chamar o Marseilles? Não era mais um hotel, a despeito do letreiro entalhado na fachada, apenas uma parada na grande excursão de tormento; uma pousada temporária, barulhenta, caindo aos pedaços, para pessoas já idosas aos quarenta ou cinqüenta anos, que nunca aprenderiam a falar inglês porque tinham medo das histórias que poderiam contar; e crianças que tremiam ao entrar na fila da sala de refeições, ou do médico ou do chuveiro; e homens e garotas com olhar desconfiado e sorrisos quebradiços, e uma resposta pronta para cada pergunta, uma dúzia de respostas, diga-me apenas qual você quer ouvir. Uma garota, que tinha cabelos louros e compridos nos quais vivia correndo os dedos, como se quisesse certificar-se de que ainda estavam no lugar, costumava dirigir-me sorrisos tão miúdos quanto as moedas novas de dez centavos no meu bolso quando nos cruzávamos no corredor. Eu retribuía ao seu sorriso, mas nunca parava.

Ou deveria falar ao senhor sobre o tango de Marseilles, doutor? Como poderia descrever aquela dança deprimente, desesperada, a uma pessoa como o senhor, com sua parede de diplomas, que fariam do senhor um destacado pilar de primeira ordem de qualquer comunidade? Mesmo que o senhor tivesse visto a dança, não entenderia os passos.

Eles ficaram de pé em frente ao mapa. É ASSIM QUE SÃO OS ESTADOS UNIDOS, estava escrito em letras grandes e infantis acima dele. Um homem, ou mulher, ou criança apontaria um determinado ponto. O gesto era cego e aleatório, como se estivessem participando de um jogo numa festa de crianças. Os outros dançarinos — uma esposa, um pai, uma tia idosa que tinham algumas gotas do mesmo sangue bombeado por um coração partido — seguiriam o dedo que se movia até parar, afinal, num ponto qualquer. Greensboro. Cleveland. Detroit. Então um deles pegaria a fita vermelha, ou branca, ou azul, presa ao ponto, entre o polegar e o dedo indicador, e iria para o quadro correspondente, entre os que estavam afixados à parede ao redor do mapa. Era quando as discussões começavam. Semelhante a todos os tangos, aquele que dançavam no saguão do Marseilles era carregado de paixão.

— Parece demais com Lodz.

— O que você está dizendo? É *diferente* demais de Lodz.

— Neva demais por lá. Vamos morrer congelados.

— Olhe só essas palmeiras. Uma selva, é para onde vão nos mandar.

Iam para um lado e para outro, apontando o mapa, examinando os quadros, lendo augúrios na familiaridade de uma fachada gótica, o doce som de um nome de rua, o olhar satisfeito de uma multidão de estranhos, até que um violinista que tinha tocado num quarteto de corda em Budapeste decidir que o lar da Orquestra de Filadélfia não podia ser num lugar tão terrível assim, e uma mulher que nunca havia saído de seu vilarejo na Romênia finalmente acreditar na assistente social, que lhe garantiu não haver índios em Indianápolis. Eu sabia que precisava dar o fora dali, e não por intermédio do tango.

— Eu encontrei um quarto — disse para o doutor.

Todo mundo dizia que era impossível. Não me haviam dito que havia escassez de moradia? Por todo o país as pessoas estavam morando em velhas barracas do exército, em carros e nas varandas de outras pessoas. Um casal tinha ido morar na vitrina de uma loja de departamentos, na esperança de despertar a atenção de alguém que lhes alugasse um apartamento. Mas consegui encontrar um quarto, na verdade, um túnel, com uma única janela na frente ao nível da calçada. O aluguel era nove dólares por mês e eu fiquei feliz por encontrá-lo. Não me incomodei nem mesmo com a vista subterrânea. Tarde da noite ou de manhã muito cedo, eu me deitava na cama e olhava os pés passando. Vez por outra, passavam um par de saltos altos com os dedos de fora. As unhas pintadas cintilavam, e a minha imaginação disparava um vendaval que sugava o tédio distraído daqueles sapatos não tão inocentes, cabelos esvoaçando, roupas sendo arrancadas através da janela e vindo para a minha estreita cama de ferro.

— Arranjei emprego. Primeiro, como garçom. Quando tirei carteira de motorista, passei a dirigir um táxi também.

— Impressionante — disse o Dr. Gabor, mas não pôde resistir à tentação de olhar de relance seus diplomas e certificados que cobriam as paredes, como para se certificar de que ainda estavam ali.

Não me dei o trabalho de lhe dizer que não havia nada de impressionante nisso. Todos tínhamos mais de um emprego. Alguns também freqüentavam escolas noturnas, mas eu não tive paciência para isso.

Não conseguia nem mesmo sentar quieto para ler. Bem que tentava. Ia à biblioteca e pegava livros emprestados. Naquele esconderijo fétido apinhado, os livros tinham sido nossa fuga. Achávamos nossa saída por meio de Goethe, Schiller, Dickens e Thackeray. Mas, nos Estados Unidos, eu não precisava mais fugir. Quem ia querer fugir da Terra Prometida? Uma página ou duas naqueles livros da biblioteca e largava-os de lado, pegava meu chapéu e casaco, e galgava os três degraus que levavam do meu porão para o mundo de verdade, que estava logo ali fora da minha porta, e de repente ao meu alcance.

Vagueava pela Fulton Street, Borough Hall e Grand Army Plaza, atravessava a ponte do Brooklyn, subia pela Broadway, descia pela Park Avenue, atravessava todo o caminho, do East River para o Hudson, e tornava a voltar. Perambulava pela Prospect, Riverside e Central Park para espionar as mães jovens com crianças ensaiando os primeiros passos, e as enfermeiras, com grandes carrinhos de bebê ingleses, parava nas ruas para observar os garotos jogando uma versão de beisebol de rua, e seguia, a uma distância discreta, as mulheres vestidas elegantemente subindo a Quinta Avenida e descendo a Madison. Certa vez, subi ao segundo andar de um ônibus porque tinha lido no jornal que veículos assim iam ser substituídos pelos de um único andar, porém estava com pressa demais para suportar os engarrafamentos de trânsito e as longas paradas, quando os passageiros desciam e subiam, e pescavam moedas nos bolsos. Se era para usar um transporte, preferia o El. Gostava de velocidade e dos lampejos secretos na vida das outras pessoas. Eu me sentava nos vagões com sua luminosidade amarelada e espiava através das janelas as casas de cômodos do Harlem, entupidas de crianças, os apartamentos da Tudor City, onde via as mulheres de pé junto do fogão, enquanto os homens ficavam sentados lendo os jornais vespertinos, e os edifícios de pedra marrom-avermelhada do Brooklyn onde famílias inteiras levavam vidas isoladas, porém interligadas naqueles conjuntos de praças iluminadas que pareciam tabuleiros de damas. Por vezes, eu ficava sentado no E1, enquanto ele rangia e guinchava, adernando ao contornar as esquinas, e sentia vontade de abrir a boca e soltar a solidão num longo e penetrante uivo. No entanto, mesmo isso era melhor do que ler. Não tinha paciência para histórias que não eram reais ou informação que não pudesse utilizar prontamente.

Já os filmes eram outra história. Nos filmes, podia aperfeiçoar o meu inglês. Certa vez, uma mulher na minha frente chamou o lanterninha porque eu estava fazendo barulho demais repetindo em murmúrios os diálogos, uma fração de segundo depois dos atores, mas, normalmente, eu repetia as palavras quase mudamente. E nos filmes eu me sentia menos solitário. A escuridão zumbia com a proximidade de outros corpos. Os astros eram velhos amigos.

Tenho outras fotos de astros de cinema, Peter, se você quiser pendurá-las acima da sua cama.

— E, agora, o senhor constrói casas — disse o Dr. Gabor. — É de fato uma história de um homem bem-sucedido.

Eu sabia o que ele estava pensando. Como um recém-chegado como eu tinha podido chegar a uma posição dessas? Mas eu não tinha me aproveitado de Harry. A idéia fora minha, e Harry apostou nela. Ninguém tinha forçado.

— Fale-me de sua esposa, Sr. Van Pels.

Fale-me, fale-me, ele continuava insistindo. Será que o homem não tinha entendido que eu não tinha voz?

— Conheceu-a aqui ou na Europa?

Se o senhor visse os dentes dela, doutor, não me faria uma pergunta dessas. Os dentes de Madeleine representam um testemunho de toda uma vida de leite pasteurizado, verduras e legumes frescos e dispendiosos cuidados odontológicos. Na primeira vez em que ela sorriu para mim, fiquei deslumbrado. O mesmo vale para sua irmã.

— Eu a conheci aqui. Ela nasceu aqui.

— E você diz que ela é judia?

Chegará a hora em que seremos gente novamente e não apenas judeus!

Assenti com a cabeça.

— Isso seria uma fonte de atrito entre vocês dois?

Ele estava suspeitando de alguma coisa, mas o atrito não era entre nós; estava dentro de mim. Nunca tive a intenção de me casar com uma judia, era radicalmente contra isso, mas um homem não escolhe por quem se apaixona.

— Eu me casei com ela.

— Então você se sentiu atraído pelo fato de ela ser judia?

Atraído! Foi amor à primeira vista, mas não porque ela era judia. Fiquei fascinado por ela, por sua irmã, pelo pai dela, que mal podia esconder a alegria de ter outro homem à mesa naquela primeira noite. Comecei a insinuar-me no seio da família, com sua mãe, que não confiava inteiramente em mim. Uma mulher astuta a minha sogra.

— Sinto muito, doutor, mas consigo ver aonde isso vai nos levar. Eu perdi a minha voz. Não tenho outros problemas na minha vida. — Eu me inclinei para a frente e bati com os nós dos dedos na sua escrivaninha. Para mim, era uma pilhéria. Não sou um homem supersticioso.

— Já teve algum outro episódio parecido no passado? — ele perguntou.

— Eu nunca havia perdido minha voz — sussurrei.

— Quaisquer outros problemas de saúde que não pareceram de origem fisiológica?

— O senhor quer dizer qualquer espécie de doença psicossomática?

Ele encolheu os seus acolchoados ombros de linho.

— Logo que cheguei aqui, comecei a sofrer de um tremor nas mãos e nas pernas. O primeiro médico que procurei disse-me que eu adquirira um caso de "institucionite".

— Desculpe, não entendi.

— Claro que não, doutor. Não é sua culpa. O homem era um idiota, porém fui procurá-lo por causa da fama que ele tinha. Todo mundo em Marseilles sabia quanto ele odiava a Europa. O cemitério dos judeus, ele a chamava. Um homem como esse não tinha a menor probabilidade de enviar qualquer um, mesmo um gentio, de volta para lá. E esse era o meu maior temor. Se eram capazes de impedir a minha entrada no país por causa de uma doença, não poderiam deportar-me pela mesma razão? Não quis ser traído pelo meu próprio corpo.

Eles ouvirão a tosse

Dê-lhe mais codeína.

Você quer matá-lo?

Se os operários lá embaixo ouvirem a tosse, estamos todos mortos.

A mera possibilidade tinha-me feito passar várias semanas sem consultar um médico. Fiquei deitado em minha cama, a estrutura de ferro batendo na parede devido à minha tremedeira, minha mente anuviada, apavorada, tendo alucinações com outros quartos malcheirosos. Finalmente, não me sobrou escolha. Fui procurar o médico que odiava a Europa.

— Ele disse que eu estava com medo de me virar por minha própria conta e queria voltar para o campo de refugiados — contei ao Dr. Gabor. — Passei vários meses num campo antes de conseguir o meu visto. Ele respondeu que eu queria alguém para cuidar de mim. "Institucionite."

Foi então que entendi que os tremores não eram psicossomáticos. O que menos queria no mundo era depender dos outros.

— Os tremores desapareceram ou ainda o incomodam?

— Desapareceram. Depois fui a outro médico. Descobriram que eu tinha uma tireóide superativa.

O Dr. Gabor fez nova anotação, então baixou a caneta e recostou-se na cadeira novamente.

— Fale-me da noite em que perdeu a sua voz, Sr. Van Pels. Consegue lembrar-se de qualquer coisa importante que tenha ocorrido nessa ocasião?

Balancei a cabeça, não.

— O quê foi que você fez naquela noite?

— Saí do escritório de carro, fui para casa, brinquei com as minhas filhas, minha esposa e jantei, lemos jornais e assistimos à televisão, depois fomos para a cama. Foi mais uma noite como outra qualquer.

— O sexo no seu casamento é satisfatório?

— Completamente.

— Com que freqüência faziam amor, uma vez por mês, uma vez por semana, mais que isso?

— Mais — eu sussurrei.

— Você fez amor naquela noite? Na noite em que perdeu a sua voz?

Olhei para a estátua africana que ele tinha apontado para mim. Assenti com a cabeça.

— E você atingiu um clímax satisfatório? Nenhuma disfunção?

Uma baforada de deboche cruzou a sua escrivaninha.

— Nenhuma disfunção — eu sussurrei.

— E quanto à sua esposa? Ela atingiu o orgasmo?

A minha esposa, doutor, não é da porra da sua conta, que merda. Nem a doçura da taça de sucção da sua boca, ou a exuberante curva arqueada do seu assento, como nós o chamaríamos se ela fosse montar a cavalo, ou o lamento sinistro que sempre me faz lembrar das notas finais da trombeta de Bunny Berigan no fim de "I Can't Get Started". Ela tocou aquela canção na noite em que saiu comigo para remendar o meu coração partido. Ainda posso vê-la colocando moedas na rechonchuda e reluzente vitrola automática totalmente norte-americana. Por vezes, quando ela deixa escapar aquele som, agora, fico a imaginar se já sabia, na sua irrequieta virgindade, que era aquele o barulho que ela faria se o exibisse para mim como promessa de coisas que estavam por vir. Fico apenas imaginando, doutor, porém isso não é da porra da sua conta.

Assenti com a cabeça novamente, e mantive minha mão, o punho cerrado, às minhas costas.

— E depois? Houve qualquer discussão, ou reclamação?

— O que quer que esteja errado com minha voz — sussurrei — não tem nenhuma relação com sexo.

— Estou apenas querendo saber o que aconteceu naquela noite. Vocês conversaram? Foram dormir?

— Eu fui dormir.

— E sua esposa?

Os burgueses de Calais brilhavam vagamente sob a luz escassa. Devia pesar pelo menos cinco quilos. O braço levantado de Pierre de Wissant podia acabar com o olho de um homem.

— Ela lê. Ela sempre lê antes de dormir.

— Isso incomoda você?

— Ela ler?

— Ela ler depois de fazerem amor?

— Por que deveria?

— Algumas pessoas podem interpretar isso como abandono emocional..

Você chama deitar-se em lençóis quentes, cheirando a sexo, suor e sabão em pó, nervos zumbindo, crianças sonhando no quarto ao lado, quadril coberto, de abandono? Talvez você tenha escolhido a profissão errada, doutor. Ou talvez tenha consumido muito do seu tempo naqueles cafés do bulevar.

— Isso não me incomoda.

— O que a sua esposa estava lendo naquela noite?

A pergunta era absurda, porém disseram que ele era a minha última esperança. Tentei imaginar minha esposa sentada na cama, pegando o livro da mesinha-de-cabeceira, acomodando-se nos travesseiros. Tentei ler o volume apoiado na margem do cobertor elétrico de cetim azul. Não era um desses livros grossos com manchas de dedos engordurados, em papel barato dos velhos tempos de colégio que às vezes ela trazia para a cama. *Madame Bovary. Anna Karenina.* O livro de Thackeray sobre o coronel. Eu conhecia aquele muito bem. Nós o lemos na segunda primavera que passamos no esconderijo. O livro que ela estava lendo naquela noite era novo, recém-saído das prateleiras da livraria ou da caixa do Clube do Livro do Mês. Apertei os olhos para focalizar a sobrecapa lisa e brilhante. Audazes letras pretas. Uma fotografia.

— Você está bem? — Gabor perguntou.

— O quê?

— Você se segurou na cadeira como se estivesse para cair.

Respondi-lhe que se enganara. Eu estava apenas mudando de posição.

— Estávamos falando sobre o que sua esposa estava lendo na noite em que perdeu a sua voz.

— Era apenas um livro.

— Você não recorda qual era o livro?

— E isso importa?

Pela primeira vez Gabor sorriu.

— Provavelmente, não. Estava meramente curioso sobre a preferência literária dela.

— Ela lê de tudo. Só que não reparei no que estava lendo naquela noite.

Dois

"Não leva a nada desperdiçar tempo com lamentações, nem desânimo. Temos de continuar a viver, continuar construindo."

— Otto Frank em carta para seu irmão, 16 de março de 1946, citado em *The Hidden Life of Otto Frank,* por Carol Ann Lee

SAÍ DO EDIFÍCIO DO DR. GABOR, um covil atarracado de concreto armado para escritórios profissionais, e penetrei numa parede de calor, que tornava o ar mais espesso e o estacionamento, sob a sola de meus pés, mais mole. Enquanto ia para o carro, tirei o paletó e arranquei a gravata, porém deixei as mangas da camisa abotoadas. Não é que eu tenha vergonha. Apenas não via razão para exibi-lo.

— O que é isso, papai? — pergunta a minha filha mais velha, sua mãozinha pairando sobre ele, com receio de tocá-lo, mas morrendo de vontade de pôr os dedos no local.

— É só uma coisa que papai ganhou quando era pequeno — respondi, e a resposta a afasta do assunto. Ela não gosta de pensar em mim como alguém menor do que sou agora. Ela precisa de toda a altura, volume e substância que possa conseguir. Não é nada tola a minha filha.

Eu tinha deixado as janelas abertas, porém, dentro do carro, o calor era sufocante. O couro do assento queimava-me por cima da camisa. O volante grudava nas minhas mãos. Só o que não estava quente ao toque eram as chaves, que tinham ficado no bolso durante o tempo em que passei no consultório do Dr. Gabor.

Virei a ignição e levei a mão ao botão que liga o rádio. O metal queimou os meus dedos. Até a voz do locutor estava superaquecida, mas então, na minha cabeça, eu ainda estava sintonizado nas transmissões da BBC. Eles foram imbatíveis. Os norte-americanos eram meramente presunçosos. Quinhentos aviões das Nações Unidas tinham bombardeado a Coréia do Norte. O Congresso tinha aprovado a lei da imigração ou mais exatamente a lei da antiimigração, vencendo o veto do presidente Truman. Trinta e seis graus e nenhum sinal de alívio à vista.

Entrei num fluxo de tráfego que ia se arrastando ao longo da Route One. Aconteceu qualquer coisa marcante, naquela noite, o médico perguntou? Tudo, doutor, tudo naquela noite, e na noite anterior a ela, e na que se seguiu a ela, e na de hoje. Os fragmentos de luz do sol estilhaçavam-se no capô do carro como diamantes; os anúncios pulsavam no calor oferecendo-me 26 CENTAVOS POR UM GALÃO, e DOIS-POR-UM, e ESTACIONAMENTO NOS FUNDOS; o motorista de cenho franzido que sem atenção corta a minha frente e um outro que pede que eu avance com um gesto de *noblesse oblige*; as altíssimas árvores que faziam sombra ao longo do acesso à estrada salpicada de manchas de luz do sol e o cheiro penetrante de grama recém-cortada, à medida que me aproximo mais de casa. É tudo tão maravilhoso, doutor, e tão estranho que, depois de tudo, ainda possa ser capaz de partir o meu coração. Ou talvez seja exatamente esse o objetivo.

Virei na Indian Hills Road. Meu pé esquerdo baixou sobre o freio, enquanto o direito soltava o acelerador. É um hábito peculiar, se bem que nunca havia me dado conta disso até que a minha esposa me chamou a atenção.

— Você dirige com ambos os pés — ela falou com o mesmo tom de fascinação com que observava quantas línguas eu falava ou os livros que tinha lido antes de parar de ler.

— Como assim?

— A maior parte das pessoas usa um único pé para acelerar e frear. Você mantém um pé para cada pedal.

Baixei os olhos para o assoalho do carro. Era isso mesmo, eu estava com um sapato marrom bem engraxado pousado sobre cada pedal.

— Você já teve a sensação de querer ir adiante e ao mesmo tempo a sensação de querer ficar? — Ela cantarolou, parodiando Jim Durante. Ela ficaria surpresa também com a minha familiaridade com artistas de espetáculos e astros de cinema norte-americanos.

— É um sinal de ambivalência — ela disse com relação aos meus pés.

— É o meu jeito de dirigir — disse para ela, se bem que por algum tempo depois disso fiquei tentando usar um único pé, do jeito, segundo ela disse, que todo mundo fazia. Mas, depois de uma semana ou duas, voltei aos velhos hábitos. Sentia-me mais seguro assim.

Estava agora dirigindo com ambos os pés, e ambas as mãos no volante. O ponteiro do velocímetro oscilava entre quarenta e cinqüenta. Meu sócio Harry costuma dizer que se um dia precisasse comprar um carro usado, que Deus não permitisse tal coisa, ele o compraria de mim. Ou de mim ou da velhinha que usava o seu carro apenas para ir à igreja aos domingos, acrescenta, para que eu saiba que está apenas implicando. Harry pode debochar quanto quiser, mas o que não consegue entender é a facilidade com que os acidentes acontecem. Até mesmo aqui. Principalmente aqui, onde irrigadores automáticos lançam arco-íris por sobre jardins recentemente semeados, bem lavadíssimas janelas panorâmicas fazem da vida de todo mundo um livro aberto, e crianças pedalam bicicletas, não as bicicletas pretas de carga que fervilhavam nas ruas de Amsterdã até os alemães levarem todas embora, mas bicicletas com as cores das pedras na joalheria que minha sogra exige como prova de amor do meu sogro, que, como muitos homens de negócio, se deu bem durante a guerra. As crianças nas suas bicicletas são os meus maiores temores. Eu as imagino colidindo com o capô polido do meu Buick. Eu as vejo escorregando para debaixo dos pneus de banda branca.

Virei na esquina saindo da Algonquin para a Iroquois. A manobra foi instintiva. Podia seguir o caminho de volta para casa de olhos fechados, não fosse o medo de bater naquelas crianças. Às vezes, quando estou dirigindo por estas ruas, visualizo a vista de cima. Olho para baixo e vejo os ranchos, Cape Cods e Colonials dispostos sobre as ruas curvas, derivadas da estrada de acesso, conectada às rodovias, prolongando-se para a municipalidade, no condado de Middleses, no estado de Nova Jersey, no país chamado Estados Unidos da América. E vejo a mim mesmo, ambos os pés nos pedais, ambas as mãos no volante, atravessando tudo de carro. Eu vejo, como não poderia o Dr. Gabor, ao perguntar todas aquelas besteiras sobre sexo, a floresta das árvores.

Já virando na Seminole, senti o familiar lampejo de pânico. A casa poderia não estar lá. No seu lugar haveria ruínas fumegantes. Pior do que isso, no seu lugar haveria uma tranqüila extensão de grama e árvores. Nenhuma casa jamais existira. Eu a haveria sonhado. Mas num instante acordaria e estaria de volta àquele outro mundo. A casa, porém, estava lá. Respirei fundo e tomei a entrada de veículos.

Um borrão azul e branco avultou-se na periferia de minha visão. Meu pé esquerdo pisou no freio. Eu não parei de imediato, apenas reduzi um pouco. Virei a cabeça para verificar o que atraíra minha atenção. Scottie Wierner, o rosto mirrado, cabelo úmido grudado na cabeça, usando um pijama listrado azul e branco, grande demais, em pé no seu quintal. Ele estava a alguma distância da entrada de veículos. Eu teria de fazer um grande esforço se quisesse atropelá-lo.

Acenei, e Scottie retribuiu o aceno.

— Olá, Sr. Van Peth — ele gritou, através de seus dentes falhados. Os garotos da vizinhança gostam de mim. Sou paciente com eles. Não elevo minha voz, como alguns dos seus pais costumam fazer. Nunca perco o controle dos nervos. Pelo menos, eles nunca me viram nesse estado. Passadas algumas semanas, permiti que Scottie me auxiliasse a instalar o balanço em nosso quintal.

Afastei-me do garoto magricelo, desdentado, transformado em um velho enrugado pelo pijama listrado grande demais para ele, e que pertencia ao seu irmão mais velho, e entrei na garagem, tendo o cuidado de deixar espaço para a saída da perua, que minha esposa encostou bem para o lado, para deixar espaço para mim. A máquina de cortar grama, ancinhos e pás, além de outras ferramentas utilizadas para manter o caos sob controle, estavam guardados e pendurados em ordem.

Ergui-me do assento da frente, inclinei-me para trás para pegar minha gravata e meu paletó e me espremi entre os dois carros até a porta dos fundos. Dez dias de calor recorde fizeram a madeira dilatar, e tive de forçá-la com o ombro para abrir a porta. A casa era bem-construída, para um modelo em série, e eu já havia consertado tudo o que me foi possível, porém nunca seria tão sólida quanto eu desejava.

A parede de ar frio me atingiu, incomodando-me tanto quanto o calor que senti ao sair do consultório do Dr. Gabor. Instalei um aparelho de ar condicionado na sala e outro no nosso quarto de dormir. Fechei a porta às minhas costas, abri a boca, lembrei-me de minha voz e tornei a fechá-la. Então, como não pude resistir, balbuciei as palavras:

— Estou em casa.

Lar — *home*. É uma de minhas palavras favoritas em inglês. O mais redondo *o*; o suave e desejável *m*. É uma palavra mais sólida que a escorregadia *house* — casa —; melhor do que a sibilante *safe* — cofre, seguro — que, seja como for, é um conto de fadas. O único cofre que considero seguro é aquele que instalei com minhas próprias mãos nos fundos do armário de roupas de cama, quando nos mudamos para esta casa. *Home*, contudo, é um cavalo, ou uma palavra, de uma cor diferente. Uma história diferente.

Atravessei a sala. O cercadinho de criança no centro ocupava um bocado de espaço, mas ainda havia bastante espaço ao seu redor. O quarto era maior do que os seus similares em Pineview ou Devon, ou qualquer dos outros loteamentos na vizinhança. Foi idéia minha. Meu *brainstorm*, como Harry ainda o chama, embora a solução fosse tão simples que eu nem conseguia acreditar que ninguém tivesse pensado nela antes.

No que eu atravessava o quarto, a face acinzentada da televisão refletiu a minha imagem. Um homem alto de cabelos curtos e um casaco de tecido franzido pendendo do ombro, enganchado num dedo, um marido, um pai; um negociante, um norte-americano. Eu os chequei a todos, do mesmo modo como um homem apalpa os bolsos a fim de se certificar se ainda está com sua carteira, as chaves e o isqueiro, caso ele fumasse, o que não faço.

Galguei os cinco degraus até a cozinha. Um exemplar de *O prazer de cozinhar*, manchado com as expectativas e os ingredientes de algumas centenas de jantares, fora deixado aberto sobre o balcão. A cadeira alta do bebê no canto estava manchada de esforço e de purê, em conseqüência de um enfrentamento. Em um extremo da mesa de fórmica, macarrão ao queijo congelado em um prato. Deve ter sido um jantar bem difícil. Minha esposa normalmente joga as sobras das crianças na lixeira antes que eu chegue em casa. Talvez tenha sido a visão dessas sobras, ou talvez o Dr. Gabor, porém subitamente eu estava de volta a Marseilles. Nunca, nem mesmo antes da guerra, tinha visto tanta comida. Tonéis de sopa e cubas de saladas, mesas fumegantes de carne, peixe, frango, legumes e verduras, e fileiras e mais fileiras de arranha-céus sustentando travessas com tortas tremulando gelatinas de variadas cores e bolos com creme de *chantilly.* Havia toda a comida que eu queria, tanta que eu cheguei a acreditar que algum dia haveria o suficiente. No curto período que permaneci em Marseilles, tornei-me uma lenda. "Lá vem ele!", as empertigadas pombinhas voluntárias, os espartilhos bem apertados por dentro de seus vestidos escuros, cochichavam entre si, enquanto eu vinha me aproximando, na fila, com minha bandeja de metal, "o comilão". Do outro lado das mesas fumegantes, seus rostos manchados de suor e *blush* se abriam em sorrisos canibalescos, no que disputavam para ver quem ia encher minha bandeja. E eu permitia, estava praticamente lhes fazendo um favor.

Peguei o copo de leite de minha filha, cheio pela metade, e o bebi de um só gole. Ainda que o meu pedido naquela primeira noite em Marseilles não tivesse abalado a minha reputação. "Um copo de leite é o que ele quer, com carne." Balançaram a cabeça e estalaram a língua num arremedo de horror. "Você não sabe de nada?" Uma mulher miúda, de cabelos brancos esparsos, de pé atrás de mim na fila, falou: "Se ele come carne com leite, então é *traife*, não é *kosher*." Ela ergueu os seus olhos lacrimosos para o teto e brandiu um punho pequenino, quase de criança, para os céus. O número em seu braço lampejou à luz acima de nós. "Então faça alguma coisa a ele. Você ainda não fez o bastante, faça alguma coisa a ele por isso." As mulheres por trás das travessas de comida baixaram os olhos. A fúria diminuta descerrou o seu punho e carregou a sua bandeja para uma mesa, como se não tivesse pronunciado nenhuma palavra.

Levei o copo de minha filha e o prato para a pia e fiquei olhando para fora da janela, deixando a água escorrer sobre eles. As mimosas que eu tinha plantado no ano anterior floresciam. Minha esposa tinha pedido um castanheiro, mas algo em mim não apreciou a idéia de olhar pela janela e ver um castanheiro. Não lhe contei isso. Que espécie de homem tem preconceitos contra castanheiros? Insinuei a sombria possibilidade de uma praga de castanheiros e argumentei que mimosas seriam mais exóticas. Minha esposa gosta do que é fora do comum. Sou a prova viva disso.

Uma estreita faixa de bosque separa Indian Hills do campo de golfe do *country club*, aquele ao qual o camarada no banco First Mutual sugeriu que eu me associasse, antes de descobrir que a minha esposa era judia. O bosque e o campo de golfe valorizam a propriedade em caso de venda, mas a paisagem que prefiro é a das casas dos meus vizinhos, ou melhor, o interior das casas deles. Ninguém fecha persianas ou cortinas nas cozinhas, na sala íntima e na sala de estar em Indian Hills. No andar de cima, a privacidade é permitida, porém os andares de baixo exigem exposição total. Minha esposa diz que se sente pouco à vontade ao olhar pela janela e ver uma vizinha numa imagem refletida da cozinha, fatiando cebolas, fazendo ovos mexidos, ou lavando pratos, como ela. Entretanto, adoro ficar na minha casa observando a deles, percebendo a avidez simples nos seus rostos, enquanto mastigam seus filés sangrentos, engolem seus legumes e verduras submetidos a congelamento instantâneo, a complacência descuidada com que se estatelam diante das televisões, e a comovedora inocência dos seus abraços e beijos quando empurram suas crianças para irem dormir, certas de que estarão lá no dia seguinte.

Enquanto estava parado de pé, olhando pela janela da minha cozinha, Jane Wierner apareceu na sua janela. Estava em pé junto ao balcão, a cabeça inclinada, os magros ombros inocentemente movendo-se enquanto trabalhava. Ela ergueu um braço para afastar o cabelo liso e negro de sua testa e ficou observando fixamente o jardim lá fora com seus enormes olhos escuros. Subitamente, o seu delicado rosto de ossos proeminentes contraiu-se num sorriso por conta de alguma piada ou felicidade íntima, e eu imaginei, ainda que não pudesse vê-las daquela distância, as covinhas.

Por que você me quer sempre sorrindo?

Por causa das covinhas no seu rosto.

Gosto muito de Jane, embora não a conheça melhor do que qualquer das outras esposas desta rua, o que é o mesmo que dizer que não a conheço bem. No entanto, por alguma razão, sinto afeição por ela.

Desliguei a água, atravessei o quarto, e subi mais um curto lance de escadas até o corredor acima. À medida que me aproximava, mais alto ouvia o som de guinchos e risos afetados e uma voz de mulher cantarolando: "Meu navio tem velas feitas de seda", ligeiramente desafinada. "Que mãe é essa que canta Kurt Weill para seus bebês?", minha sogra pergunta. Que moça é essa que se casa com um recém-chegado, um estranho que pode ser um ladrão, ou um assassino, ou um nazista, a despeito daquele número no seu braço, porque todos nós sabemos o que fizeram alguns para sobreviver, é isso o que ela quer dizer. Minha sogra não tem idéia do que alguns fizeram para sobreviver, mas isso não está em discussão. Ela suspeita de alguma coisa sobre mim.

Abri a porta para o banheiro. Minha esposa estava ajoelhada, curvada sobre a borda da banheira, de costas para a porta e com as pálidas plantas dos pés à vista do mundo. Como é que ela consegue andar por aí, expondo uma superfície vulnerável a vidro quebrado, pregos enferrujados e mais uma centena de armadilhas ocultas contra gente descuidada? Meu olhar subiu pelo seu corpo daqueles convites a problemas, estreitos e com arcadas de bailarina, até o *short* púrpura que transformou o seu traseiro numa ameixa madura. Minha mão curvou-se imitando o formato.

Na banheira, dois pequenos, ensaboados e escorregadios corpos queimados de sol espalhavam água em delírio. Minha filha mais velha pôs-se em pé para alcançar-me, escorregou, e desapareceu por trás da beirada da banheira. Dei um salto à frente. O braço de minha mulher, moreno e ensaboado como os corpos das garotas, mergulhou e puxou Abigail de volta à nossa vista, o cabelo escorrendo, a boca escancarada para deixar sair sonoras gargalhadas.

— Papai, papai, papai! — Betsy guinchava como uma sirene. Não, como o sinal de fim de ataque aéreo.

Minha esposa virou-se para a porta. O calor e a umidade tinham modelado seus cabelos escuros como uma nuvem rebelde. Ela lampejou para mim o seu sorriso alimentado a leite.

Isto, Dr. Gabor, é a definição de marcante.

— COMO FOI com o médico? — perguntou minha esposa.

Eu estava levando as louças do jantar da mesa para o balcão da cozinha, enquanto ela terminava os afazeres da rotina familiar. Esfregar, enxaguar, abaixar-se, esfregar, enxaguar, abaixar-se. Estava lavando os pratos antes de colocá-los na máquina projetada para lavá-los, exatamente como faziam todas as esposas nessas ruas largas, batidas pelo vento, acima e abaixo de nossa casa. Normalmente, caçoava dela por conta disso, como todos os maridos caçoam de suas esposas, e a vulgaridade desses momentos a dois sempre me diverte, no entanto, não caçoei dela esta noite, porque sabia quanto lhe custara esperar até agora para perguntar sobre o Dr. Gabor.

Naquela manhã, ela tinha me garantido que respeitaria o caráter confidencial da relação terapêutica. Minha esposa freqüentara vários cursos de psicologia na Universidade Barnard, se bem que, ao contrário da irmã, não se especializara na matéria. Porém, ela reunira conhecimentos o bastante para se preocupar. Receava que o doutor pudesse descobrir algo errado comigo. Temia que o que fosse decidido dissesse respeito a ela. Por isso não podia evitar fazer perguntas sobre o Dr. Gabor, apesar do seu respeito pelo relacionamento terapêutico, e do fato de que ter se casado comigo a fez abandonar o hábito de esmiuçar as coisas.

— Ele fez uma porção de perguntas.

— Sobre o quê?

— Sobre tudo. Sobre mim. Sobre você.

Ela virou as costas para a pia e encarou-me. Tinha lavado o rosto e escovado o cabelo, porém não estava usando nenhuma maquiagem. A pele estava bronzeada, resultado das tardes passadas no jardim, com as crianças. Seus olhos alongados, castanho-claros, refletiram brilhos esverdeados e, imprudentemente confiantes, se estreitaram de preocupação.

— Mas o que sobre mim?

— Você não precisa cochichar — eu disse. — Não foi você que perdeu a voz.

Ela se voltou para a máquina de lavar pratos.

Não tive a intenção de me mostrar irritado, porém não me agradava falar sobre o Dr. Gabor. Fazia-me quase tanto mal quanto conversar com o próprio. Quinze dólares a hora para falar sobre quais os livros que minha esposa estava lendo.

— Ele também quis saber sobre a minha família. Sobre antes.

Ela continuou com as costas viradas para mim. Aquelas eram as perguntas que ela queria me fazer. "Diga" ela costumava dizer no início, "eu quero saber".

Ela não queria saber, porém isso foi mais uma coisa que eu não lhe disse.

— E sobre sexo.

— Eu sabia.

Ela virou-se para mim novamente, e seu comprido lábio superior ficou ainda mais comprido enquanto os dentes da frente pressionavam o lábio inferior. Sua falta de experiência a deixava insegura. Eu nunca lhe confessei quanto agradecia por isso.

— Expliquei para ele que qualquer que seja o problema com a minha voz não tem nada a ver com isso.

— Mas ele acha que tem a ver com o quê?

— Não tem a menor idéia. Por isso me fez todas essas perguntas. Quis saber até o que você lia.

Eu não tinha a intenção de falar sobre isso, mesmo não tendo podido evitar parar na sua mesa-de-cabeceira, ao lado da cama, quando subi para o andar de cima, antes do jantar. Entretanto, tinha perdido a voz semanas atrás. O mais provável é que ela já tivesse lido meia-dúzia de livros, de lá para cá. *O advogado do diabo*, de Taylor Caldwell, estava sobre a mesinha agora.

— Que pergunta estranha.

— Foi como numa pescaria. Ele não tinha idéia do que estava procurando.

— Tudo o que você conseguir lembrar. É uma associação livre.

Como já disse, ela fizera alguns cursos.

— Mas não consigo lembrar.

Não era uma mentira. Há coisas que eu poderia ter lhe contado, e preferi não contar. Mas há outras coisas das quais não tenho certeza. Não tenho problemas com o passado recente. Nunca esqueci da data do aniversário dela, ou nosso aniversário, ou o momento em que soube que ia me casar com ela, que, assim ela teima, foi quase um ano depois de ela ter se decidido se casar comigo. Eu consigo me recordar do peso de minhas filhas ao nascer, e dos dias em que as trouxe de volta para casa, vindo do hospital, e aquela primeira noite que passei sentado ao lado do berço de Abigail. Sou capaz de sair de uma reunião no escritório e repetir tudo o que foi dito, e dizer quem disse o quê, posso dizer a você os custos das matérias-primas no ano passado e no ano anterior, e guardar especificações de cor. Sobre a minha vida atual, sou uma autoridade. Minha existência anterior, porém, é um mistério. Mesmo quando me esforço para lembrar, tenho dificuldades. No entanto, por vezes, quando não estou tentando lembrar nada, quando estou brincando com as crianças, ou sentado no escritório, ou pensando em assuntos que nada têm a ver com o passado, ocorre uma explosão, como as bombas dos aviões aliados sobrevoando o campanário Westertoren, e eu encaro o mundo da forma que costumava, durante aqueles ataques aéreos de surpresa, abruptos, brancos, ofuscantes. Chego a ouvir as sirenes e o cheiro dos incêndios. Alguns meses atrás tivemos um incêndio no canteiro de obras, e Harry ficou se queixando do mau cheiro, mas ninguém pode saber como é o cheiro do fogo até que tenha inalado o de uma cidade incendiada. É quão vívidos são aqueles lampejos de memória. Mas antes que eu os possa reter, o mundo escurece novamente, exatamente como acontecia durante os súbitos bombardeios aéreos. Conheço alguns episódios da minha vida. Posso até reuni-los em seqüência, da maneira que devem ter ocorrido. No entanto, não tenho lembrança de quando as coisas aconteceram, ou onde aconteceram, e nem mesmo se aconteceram comigo ou com outra pessoa. Nasci há seis anos num galpão da alfândega à beira do rio Hudson. Fui concebido um ano antes, numa noite carregada de relâmpagos, num celeiro cheirando a estrume, em algum lugar da Alemanha. Qualquer existência anterior é um rumor que escutei por acaso. Em vez de memória, tenho instintos; no lugar de um passado, tenho este inexplicável presente, obtido desonestamente, totalmente extraordinário.

Três

"Há quem acredite que um refugiado de guerra seja um ser humano, o que ele não é, e isso se aplica particularmente aos judeus que são inferiores aos animais ... uma espécie subumana sem qualquer dos refinamentos culturais ou sociais de nossa época."

— General George S. Patton

DOZE PESSOAS NA REGIÃO DE NOVA YORK morreram de causas relacionadas ao calor, um trabalhador no canteiro de obras sofreu um colapso por desidratação, mas o tempo mudou, e continuei vendo o Dr. Gabor. Que escolha me restava? Não podia ficar até o final da vida sem voz.

— Vamos conversar de novo sobre a guerra — disse ele, na minha visita seguinte.

— Não me lembro de quase nada.

— Você disse que passou a maior parte da guerra em Amsterdã.

Assenti com a cabeça.

— O seu pai estava com a ocupação?

— Já lhe disse que o meu pai era holandês. Voltamos para a Holanda antes da guerra. Junho de 1937.

— Por quê?

— Oportunidades de trabalho.

— E quando a guerra começou?

Ele não ia desistir. O que um alemão que tinha morado na Alemanha estava fazendo em Amsterdã durante a guerra?

— Eu estava em Auschwitz. — Minha voz era áspera como uma chave girando numa fechadura enferrujada.

Ele levantou a vista do bloco de apontamentos.

— Como guarda ou prisioneiro?

O sacana filho de uma puta.

— Prisioneiro.

O filho-da-puta deu uma piscadela. Suas feições se rearrumando naquele olhar. Eu não o via tinha algum tempo. A guerra havia terminado há sete anos. Eu não era a única pessoa ansiosa para esquecê-la. Mas houve uma época em que conhecia aquele olhar como a palma da minha mão, ou o número gravado no meu braço. Era repleto de piedade, de vergonha, e uma coisa mais. Repugnância. Ele não me odiou tanto como quando me imaginou denunciando judeus e espancando holandeses, mas também não gostava do fato de eu ter estado lá.

Apenas lembre-se de que onde você esteve, o que você viu, não o vai fazer ser amado pelas pessoas.

— Pensei que tivesse dito que estava em Amsterdã.

— Eu estava. Até agosto de 1944. Quatro de agosto, para ser mais preciso. Fui preso e enviado para Westerbork, depois para Auschwitz.

— Por qual razão?

— O senhor acha que eles precisavam de uma razão?

— Se você fosse judeu, não, mas, se não fosse, havia pelo menos algum pretexto. Atividade política. Homossexualidade.

— Isso não.

Ele abaixou sua caneta e se recostou em sua cadeira.

— Atividade política?

Eles tinham cercado uns trinta ou quarenta combatentes da resistência, mas, por alguma razão, correu um boato de que havia um judeu entre eles. A SS irrompeu nos vagões do trem, brandindo seus rifles, usando os punhos, berrando baixem as suas calças. E tudo em alemão, que me recuso a falar, mesmo em pensamento.

— Atividade política — assenti.

— Fale-me sobre isso.

Dei de ombros.

— Realmente, não consigo me lembrar. Você pode até não acreditar.

— Acredito em você. É um fenômeno comum nas pessoas que estiveram nos campos de concentração.

— Não sou igual a elas — retruquei.

— Você quer dizer que não é judeu?

— Quero dizer que me recuso a viver no passado. Não falo sobre isso. Nunca, nem mesmo penso a respeito. Quando meus pensamentos voltam ao passado, param no cais de embarque para o navio que me trouxe para cá.

— Muito bem, fale-me sobre isso.

O senhor poderia não entender, doutor. O senhor, que chegou antes da guerra com o seu diploma de médico, com suas enormes malas, acondicionadas na cabine do navio, e seus livros. Ou o senhor foi obrigado a deixar as malas e os livros para trás? Será que o senhor estava apenas um passo à frente de Hitler? Mesmo assim, seu demônio húngaro, saiu de lá bem na hora. Para nós, que chegamos depois, foi uma história diferente.

O sol nos castigava do alto de um céu pálido e espalhava-se pelo rio oleoso. Gaivotas guinchavam feito velhas endoidecidas, o apito do navio invadia o ar impregnado de maresia, e as pessoas gritavam entre si numa babel de línguas. Mesmo sem entender as palavras, era possível compreender a excitação e o terror. Eu tinha certeza de que alguém estava para ser lançado para fora do navio ou pisoteado na pressa de descer a prancha de desembarque e alcançar o solo norte-americano.

Foi ainda pior no galpão da alfândega. O rangido das máquinas dos navios, as batidas surdas das malas e o vozerio humano fazendo estremecer as paredes de folhas-de-flandres. Homens movimentavam-se através do calor como se estivessem debaixo d'água. Mulheres abanando-se com chapéus e lenços, ou documentos. Crianças chorando. Um velho desmaiou. E na extremidade do galpão da alfândega um feixe de luz solar filtrava-se através de uma abertura na parede de metal. Era ofuscante. Eram os Estados Unidos.

A multidão agitava-se. As pessoas procuravam pela fila em que deviam entrar. Os guardas apontavam para um lado, indicavam um outro e pediam intérpretes. Voluntários de uma dúzia de agências diferentes tentavam ajudar, perdiam a paciência e gritavam com as pessoas aterrorizadas que haviam vindo auxiliar. Achei meu lugar no fim de uma fila. Ela avançava alguns centímetros, então parava, no que homens e mulheres, procurando por seus documentos, reviravam suas sacolas, bolsos e os forros de seus casacos, pesados demais para serem usados no calor estonteante daquela manhã. De repente uma mulher começou a berrar. Queria seu filho. Onde estava seu filho? Mulheres lamentavam-se. Homens avançavam às pressas para as passagens para as pranchas de desembarque e olhavam freneticamente para baixo, vendo a água agitada pelas máquinas. Um grito ergueu-se do outro lado do cais. Aqui está ele! Aqui está ele! A mulher correu para seu filho, agarrou-o, ergueu-o, sacudiu-o, abraçou-o, sacudiu-o novamente. As pessoas afastavam-se. Todas tinham os seus próprios problemas.

A fila continuava arrastando-se adiante. Quanto mais eu tinha de esperar, mais nervoso ficava. Alguma coisa podia estar errada.

Regulamentos mudavam. Documentos que eram válidos quando o barco deixou Bremen podiam ser insuficientes já no desembarque em Nova York. Ficava o tempo todo tirando fora os meus documentos e checando-os. Não pude fazer isso no navio, os papéis tinham manchas de dedos e já estavam amassados por terem sido carregados junto ao meu corpo. O Certificado de Identidade que servia de passaporte estava em péssimo estado. Veja só, doutor, alguns de nós não tinham a coisa de verdade. Na ocasião, ainda considerava isso algo faltando. Nunca me ocorreu que seria uma vantagem.

Isto é para certificar que ***Peter van Pels...***

Eu fiquei com a respiração presa enquanto a secretária no campo datilografava as informações nos espaços em branco.

... nascido em ***Osnabruck, Alemanha, em 8 de novembro de 1926, sexo masculino, solteiro,*** tenciona imigrar para os Estados Unidos da América.

Altura ***1,89m***.

Cabelos ***castanhos*** Olhos ***azuis***

Sinais característicos ou feições: ***cicatriz no braço direito acima do pulso.***

Eles registraram a cicatriz da mordida de rato no meu braço direito, mas não o número no esquerdo. Deixaram de assinalar muitos outros sinais característicos.

O requerente declara que nunca foi condenado por infração a nenhuma lei.

As dobradiças da porta do celeiro rangeram. Os animais agitaram-se, resfolegaram, bateram as patas no chão. O velho roncava.

Eu, porém, nunca tinha sido condenado por coisa nenhuma.

Recoloquei os documentos no bolso da frente do meu casaco, livres de qualquer dano, prontos para serem mostrados quando solicitados.

Havia ainda meia dúzia de pessoas na minha frente. Talvez eu tivesse contraído alguma doença a bordo do navio, e algum sinal revelador me traísse. Talvez alguém tivesse apresentado uma queixa contra mim. As pessoas estavam sempre inventando histórias. Esse aí pertencia ao crime organizado. Aquele ali era comunista. Um sujeito tinha dirigido alguma operação no mercado negro. Faziam isso para obter vantagens para si, marcar pontos, e porque tinham necessidade de encontrar alguém para descarregar o ódio opressivo que carregavam.

Eu estava chegando perto agora. Havia apenas uma pessoa na minha frente. O inspetor da alfândega pegou o passaporte e o visto do homem e ficou examinando os documentos. "Wishwzzz..." Sua voz arrastou-se num zumbido de consoantes. Ele balançou a cabeça. "Isso aqui não é um nome, é uma praga." Rabiscou alguma coisa nos documentos, carimbou-os e devolveu-os. "Seja bem-vindo aos Estados Unidos, senhor." Ele sibilou a última palavra, porém o homem simplesmente pegou de volta seus documentos, abaixou a cabeça várias vezes para demonstrar a sua gratidão e afastou-se dali. Eu me aproximei da mesa e apresentei os documentos mostrando animação, mas não uma animação exagerada. Nem de longe um bater de calcanhares ou uma continência. Não podia lhe dar uma impressão equivocada.

Ele recebeu o certificado de identidade das minhas mãos, que, para meu espanto, não estavam tremendo, e baixou os olhos para o documento. "Van Pels. A partir de agora, trata-se de um autêntico nome norte-americano. Tão norte-americano quanto Stuyvesant. Nova York já fora chamada de Nova Amsterdã, o senhor sabe. Brooklyn era originalmente Breuckelen. Harlem, Haarlem." Ele murmurou mais alguma coisa. Continuava, porém com os olhos abaixados, examinando o certificado, e falava quase sussurrando, mas eu entendia as palavras. Sabia o que significavam em inglês, francês, holandês e alemão. Era provável que as entendesse em meia dúzia de outras línguas que eu não falava.

"Não é do povo eleito", ele tinha sussurrado.

Fiquei me perguntando se era uma piada, ou um teste. Eu o observava examinando o certificado. Na primeira vez que o vi, ficara surpreso. E ainda não tinha superado isso. Documentos alemães e holandeses, mesmo os documentos dos refugiados, declaravam a religião do portador. O Certificado de Identidade que valia como passaporte emitido pelo consulado-geral dos Estados Unidos registrava apenas a minha altura, se tinha marcas de identificação no meu corpo, e se havia sido condenado por crime. Que país!

O inspetor levantou a vista do documento. Eu esperava agora que ele se desse conta do seu engano. No navio, sempre me tomavam por um deles.

"Se passar tempo o bastante neste país, Sr. Van Pels, vai começar a acreditar que não somos senão um terreno baldio para receber o lixo do mundo inteiro. Isso faz com que me pergunte pelo que os nossos rapazes lutaram." Ele carimbou o certificado. "Acho que já registrei uma centena de imigrantes esta manhã e o senhor é o primeiro a quem eu permitiria se casar com minha irmã." Ele pestanejou e estendeu o documento para mim. Tome aqui, Sr. Van Pels. Tome esse seu bom nome holandês-americano e o seu certificado de identidade que não declara nenhuma religião, e entre nos Estados Unidos como alguém que não pertence ao povo eleito."

Tenho pensado sobre isso há anos. E já cheguei a uma dúzia, talvez a uma centena, de diferentes conclusões. Tinha calculado as probabilidades, considerado os riscos, e estimado as possibilidades. Entretanto, nunca previ a hipótese de que fosse tão fácil assim. Não havia nenhuma prova do que eu era. Não havia um indício sequer de quem eu havia sido. A Cruz Vermelha nem mesmo me colocou na lista dos sobreviventes. De acordo com os seus registros, provavelmente eu teria morrido na marcha forçada, ou logo depois, em Mauthausen. E podiam estar certos, se o soldado alemão, que não parecia menos ariano que os oficiais SS que nos conduziam para leste, nem mais humano que aquele desgraçado fazendeiro no celeiro, não tivesse, por algum capricho que jamais entenderei e nem ele provavelmente compreendeu na ocasião, me dado aquele pedaço de pão mofado. Ou talvez ele tivesse compreendido. O final da guerra estava à vista. Talvez ele estivesse fazendo sua negociação particular com o futuro. Mas tudo isso era especulação sobre os motivos daquele homem, sobre o destino de um garoto chamado Peter van Pels.

Ergui o braço para pegar o certificado. Minha manga recuou dois dedos apenas, não o bastante para o oficial ver o número, mas eu sabia que estava bem ali. Não o haviam anotado no certificado, porque não se tratava de um sinal característico, mas era algo que ainda poderia me denunciar. Fiquei imaginando o que o pretensioso funcionário que sussurrava palavras anti-semíticas incompreensíveis faria se eu tivesse despido meu casaco, arregaçado a manga e revelado a ele que eu era apenas mais um pedaço do lixo do mundo. No entanto, nem todo mundo no campo de concentração era judeu. O número revelava onde eu tinha estado, porém não quem eu era. Algum dia poderia até mesmo removê-lo. Ouvi dizer que havia médicos que executavam esse serviço.

Fiquei olhando fixamente para aqueles documentos já tão manuseados, que o funcionário da alfândega me entregava. Eu não acreditava em Deus. Como poderia, depois de ter estado onde estive e de ter visto o que vi? Não me recordava sequer de seus sinais.

O suor gotejava do meu lábio superior, transpirava das axilas e escorria pelos lados do meu corpo. A camisa estava encharcada.

Minha cueca era um trapo molhado colado à barriga, às nádegas e ao verdadeiro problema. A prova de quem eu era. O corte de Abraão, o sinal do pacto, a incisão de minha infância, o prepúcio ausente, incontestável prova toda minha.

Fiquei olhando fixamente para o homem de uniforme que tinha me confundido com um gentio, lembrando outros homens uniformizados que tinham sido igualmente ineficientes. Não, lembrando não, porque a história não me pertence, se bem que de alguma forma ao recontá-la e relembrá-la acabara tornando-se minha.

O homem que contou essa história tinha sido capturado e enfiado num trem, numa prisão em massa de combatentes da resistência polonesa — alguns comunistas, alguns católicos, todos anti-semitas, a pessoa que contara a história assim tinha jurado —, porém, correu o boato pelos vagões de que havia um judeu entre eles. E logo atrás do boato vieram os soldados, gritando obscenidades, distribuindo golpes com as coronhas de seus rifles, berrando para os homens baixarem suas calças. O homem que tinha contado a história lançou-se à frente da fila e começou nervosamente a remexer nos seus botões. A coronha do rifle atingiu-o em cheio no peito. Ele tinha tombado ao chão e rolado para trás, sem ser descoberto, amontoando-se junto com os demais feridos, surrados e não-circuncidados combatentes da resistência.

Mas agora eu estava nos Estados Unidos. Aqui, homens uniformizados não ordenam que outros homens baixem as suas calças. Aqui, homens uniformizados sorriem, mesmo quando sussurram insultos, e dão boas-vindas e desejam boa sorte e que você se sentirá como se estivesse em casa.

Porém, cedo ou tarde eu baixaria as minhas calças. Eu ainda podia vislumbrar a foto na revista *Life* do marinheiro curvando uma enfermeira para trás. Mais cedo ou mais tarde, eu me denunciaria.

O ódio aos judeus ignora o sexo. Havia um homem no campo de concentração que fora denunciado pela amante ariana. Provavelmente, mais de um, porém esse foi o único que conheci.

Era nisso que eu pensava quando vi Susannah pela primeira vez. Ou talvez estivesse pensando nisso porque já a tinha visto pelo canto do olho.

Quanto tempo de leitura da Bíblia até chegarmos à história do banho de Suzana?

E o que eles querem dizer com Sodoma e Gomorra?

Anne, Peter, vocês dois, por favor, isso é sério!

A primeira coisa que me chamou a atenção foi o cabelo dela. Levou-me mais tempo para me habituar a ver mulheres com cabelo que a ver mulheres sem cabelo. O que acha disso, doutor? Os cabelos de Susannah eram louro-escuros e sedosos. Na época, ela os usava compridos, assim ele transbordava sobre seus olhos de cílios aveludados, como nos filmes da Veronica Lake antes da guerra. Eu tinha lido, também na revista *Life*, que, no começo da guerra, a estrela cinematográfica, num gesto patriótico, tinha podado aquela cortina sedosa na qual todo homem gostaria de percorrer as mãos. Desde os tempos de Sansão que um corte de cabelos não produzira tão medonhas conseqüências. Da noite para o dia, Veronica transformou-se numa sombra do que fora. Susannah, porém, tinha os cabelos semelhantes ao de Veronica antes que ela os cortasse, e um nariz pequeno e delicado, arrematando numa ponta que quase não chegava a ser arrebitada, e aqueles dentes brancos, perfeitos, que teriam feito o Dr. Pfeffer chorar de admiração. Os dentes, como eu disse, eram de família. Ela estava sorrindo para um garoto, que eu reconheci como um dos órfãos do navio, e naquele sorriso enxerguei um grande e adorável clã que sorria de volta para ela desde a sua infância. Havia um broche de identificação sobre o pequenino seio pontudo esquerdo, embora eu não estivesse próximo o bastante para ler o seu nome ou o da agência para a qual ela trabalhava como voluntária. Posteriormente, teríamos divergências a respeito disso. Não, divergências não, uma discordância.

Ela deve ter percebido que eu a estava observando, porque ergueu os olhos. E trocamos olhares. Vi o rubor colorir suas faces.

Mouschi é um garoto ou uma garota?

É um macho, Anne.

Foi quando me ocorreu. Uma amante seria capaz de perceber. Uma prostituta perceberia. No entanto, uma garota direita não teria a menor idéia. Eu poderia baixar as minhas calças e continuaria mantendo o meu segredo.

Peguei do funcionário da alfândega o Certificado de Identidade que substituía a coisa autêntica, coloquei-o no bolso das calças molhadas e amarrotadas e dirigi-me para aquele ponto ofuscantemente ensolarado no final do galpão. Ao pôr o pé em minha nova vida, comecei a me sentir curiosamente leve. Tão leve que era capaz de flutuar. Foi o que fiz quando Werner Pfeffer pediu-me notícias do seu falecido pai.

"Não sei nada de um Fritz Pfeffer ou de uma família chamada Frank", eu respondi, e desapareci através da Décima Segunda Avenida para entrar nos Estados Unidos.

QUATRO

> "Em 23 de outubro — um dia após o decreto da 'Arianização' — foi pedido a um tabelião ... por instigação de Otto, que registrasse uma nova empresa. ...Kugler foi apresentado como seu diretor-gerente e J. A. Gies ... um diretor-supervisor. ... As ações reembolsáveis ... foram emitidas para Kugler e Gies. O negócio era portanto totalmente 'Ariano', pelo menos oficialmente. Na prática, porém, a propriedade da empresa continuou assegurada a Otto Frank."
>
> — *O diário de Anne Frank*: *edição crítica*

QUANDO A PORTA DO ESCRITÓRIO DE HARRY se abriu e ele saiu para o corredor, percebi que não se tratava de um encontro acidental. Ele estivera esperando que eu deixasse meu escritório. Queria conversar comigo, mas sem demonstrar que queria conversar comigo. Se eu pretendesse tirar vantagem de Harry quando começamos, o que definitivamente eu não pretendia, não teria sido difícil.

Ele me alcançou e seguiu caminhando ao meu lado, um homem calvo com uma perpétua sombra púrpura no queixo, um homem troncudo, com a parte inferior do corpo pesada, que me lembrava o João Bobo de borracha de minha filha. O brinquedo tem pesos nos pés, de modo que toda vez que Abigail lhe dá um empurrão, ele imediatamente retorna à posição de pé.

— Como vai a garganta, amigão?

Quando conheci Harry, ele costumava me chamar de *boychick*, garoto, em iídiche, mas depois que soube que eu não era judeu, passou a me chamar de *amigão*. E também parou de salpicar a conversa com expressões em iídiche, pelo menos quando estava comigo. A voz era elaboradamente despreocupada, mas eu sabia que ele estava receoso. Bancos e comerciantes não gostam de dar crédito a inválidos. Ninguém quer comprar uma casa de um homem que hoje está aqui e amanhã desapareceu.

— Cada dia melhor — eu disse, enquanto já saíamos do edifício para o estacionamento.

— Ótimo, ótimo. — Ele ergueu o braço e me deu algumas pancadinhas no ombro. — Então, descobriram o problema?

Não exatamente, amigão. Apenas lhe deram um nome. Afonia, foi como o Dr. Gabor o chamou. Eu não tinha a intenção de contar isso a Harry. Nem mesmo contei a ele sobre o Dr. Gabor. Harry não é uma pessoa insensível. No mínimo, tem alguma reverência por doenças. Fala de infartos e derrames cerebrais com a voz sussurrada. Nunca usa a palavra câncer. O mais próximo que chega de nomeá-lo é dizer C. Harry acredita no poder das palavras. Poderia até mesmo apreciar *afonia*, um termo tão musical e médico num único fôlego. No entanto, eu teria de explicar que não se trata de uma doença física, apenas assinala a *ausência* de uma doença física. Isso o perturbaria. Ele acha preferível que as suas doenças sejam observadas por meio de um microscópio, ou detectadas pelos raios X, ou mensuráveis por uma máquina.

— Não precisa se preocupar — garanti. — Não é *comunicante*. Quero dizer, *transmissível* — eu me corrigi e ri para mostrar que era uma brincadeira.

Ele alisou os cabelos escuros que, desde o ano passado, começara a pentear para o alto da cabeça.

— Só estou perguntando, amigão, porque as pessoas ficam me fazendo perguntas. Esbarrei com George Johnson esta manhã. Ele perguntou como o meu sócio estava, e eu não sabia que diabo dizer para ele.

— Diga a George e a todos os outros que estou muito bem. Cada dia melhor. Você mesmo pode ver quanto a minha voz está mais forte — eu coaxei para o cair da noite.

Tínhamos chegado ao carro de Harry, um Coupe de Ville azul-ovo-de-tordo, acabado de sair da linha de montagem, e a visão daqueles ofuscantes cromados dos pára-lamas curvos que não estariam deslocados numa boate desviou sua mente dos problemas.

— É uma belezinha, não acha? — ele perguntou. Eu respondi que era. Ele abriu a porta e se acomodou no estofado macio que cheirava tão bem que dava vontade de comer. — Talvez você devesse experimentar isso aqui — ele disse, enquanto pegava um maço amassado de Lucky Strikes do bolso e pressionava o acendedor do painel do carro. — Não ia melhorar a sua garganta, mas pelo menos ia servir de desculpa para o problema.

Ele levou a ponta brilhante do acendedor ao cigarro, inalou profundamente e exalou. O aroma do fumo flutuou na minha direção, mais delicioso que o cheiro de couro novo, mais forte que o cheiro corrosivo da fumaça do tráfego. Eu me agarrei à porta azul-bebê do carro de Harry para evitar me dobrar ao meio.

Você sabe por que nós não temos dinheiro para comida, Putti? Porque some tudo em fumaça. A fumaça dos seus imundos cigarros.

A dor desapareceu tão subitamente como surgira, porém eu sabia que não a tinha imaginado. Endireitei o corpo sob o crepúsculo que ia se formando, suando de medo. O Dr. Gabor e os outros médicos estavam errados. A dor tinha sido forte demais para ser psicossomática. Tinha de ser sintoma de uma doença fatal.

Eu ESTAVA dez minutos atrasado para a minha consulta com o Dr. Gabor. Culpei Harry por isso.

— Meu sócio tinha algumas questões que precisava discutir comigo — eu disse.

— Problemas?

— Apenas negócios.

— Você e seu sócio se dão bem?

Assenti com a cabeça.

— Como foi que se tornaram sócios?

No campo de refugiados, se conversassem alguma coisa sobre o passado, era sempre como um *se*. Se estivesse na frente da fila naquela manhã e não no final. Se tivesse esperado atrás, em vez de avançar. Se não tivesse sido o primeiro a começar a desabotoar a minha calça quando os SS irromperam no trem. Gradualmente, os *se* levam a teorias. Eu sobrevivi porque fui cauteloso. Sobrevivi porque corri o risco. Mas, por baixo daquelas convicções sobre a eficácia de determinado comportamento, de *contraditórias-mãos-dadas*, havia um temeroso respeito pelo acaso. Foi o acaso que me aproximou de Harry Wolfe. "Escreve-se como o nome do animal, *lobo*, em inglês, mas com um *e* no final", ele disse quando se apresentou — porém tirei proveito dele. Quero dizer, da situação.

— Harry possuía um lote de terreno — falei com voz arranhada. — Eu tinha um pouco de dinheiro guardado e estava à procura de um negócio.

Não era mentira. Eu tinha poupado dinheiro, cada centavo que ganhara trabalhando de garçom e dirigindo o táxi. No entanto, não foi por isso que Harry me aceitou como sócio. Ele não precisava do meu dinheiro. Ele precisava de mim. E isso não foi minha culpa.

— Ele foi o primeiro amigo que fiz nos Estados Unidos.

Harry fora um freqüentador assíduo do restaurante onde eu trabalhava.

Isso foi antes de ele se casar. Ele costumava aparecer cerca de três ou quatro vezes por semana, ocasionalmente com uma garota ou outro homem, porém em geral sozinho. Sua companhia eram jornais, documentos e folhetos. Eu costumava dar umas olhadelas neles, enquanto servia o jantar e retirava os pratos. "Normas da Administração Federal de Empreendimentos Residenciais." "Métodos de Pré-fabricação e Índice de Instalação de Empreendimentos Residenciais." "Financiamento via Hipoteca como a Chave para a Alta Produção."

Certa noite, ele me pegou olhando. "É a onda do futuro." Ele deu batidinhas na brochura com sua faca. "Esta escassez de moradia não vai acabar de uma hora para outra."

Assenti com a cabeça e fui atender outras mesas.

"Desde a guerra", disse ele quando voltei, "todo sujeito e sua mulherzinha querem uma casa própria. Indo logo ao ponto, o governo diz que estão habilitados a conseguir sua casa própria. Faz parte da Carta de Direitos dos Veteranos de Guerra."

Eu conhecia a Carta de Direitos. Já começara a estudar para a minha prova de cidadania, embora só estivesse qualificado para prestá-la dali a mais de quatro anos. Porém, por mais estranho que me pareça agora, nunca ouvira falar da Carta de Direitos dos Veteranos de Guerra.

"Você sabe onde eles querem suas casas?", Harry perguntou quando voltei com o seu café e a torta. Eu não estava à toa, perambulando por ali. Estava apenas fazendo meu trabalho. "Não aqui na cidade, onde as crianças iriam crescer sem nunca saber o que é um talo de grama, a menos que seus pais os arrastem para Prospect Park. Não nas cidades de onde vieram, onde as casas são velhas, precisam de reformas e têm um único banheiro nojento com o pior dos encanamentos para toda a família. Querem suas casas nos subúrbios. 'Casas absolutamente novas de primeira locação' em belos e novíssimos subúrbios. Onde as crianças tenham um jardim inteiro para brincar. E a mulherzinha tenha uma cozinha reluzentemente nova com os acessórios mais modernos. E você não tenha de se preocupar com os seus bens, porque todas as demais casas são iguais à sua, e todos os seus vizinhos iguaizinhos a você, ou pelo menos livres, brancos e com vinte e um anos."

Disse para ele que tinha lido que alguns sujeitos chamados Lewitt estavam planejando algo semelhante em Long Island. Seus olhos, que eram dispostos próximos demais um do outro para inspirar confiança, estreitaram-se, como se ele estivesse me vendo de verdade pela primeira vez, e eu sabia que ele ficara surpreso. Eu não era apenas um recém-chegado trabalhando como garçom. Eu até podia ser mais esperto do que aparentava.

Lembra-se de quando ele tinha acabado de chegar, Anne, aquela manhã em que estávamos tomando café-da-manhã, todos juntos? 'Que palerma', você disse. Não vale grande coisa.

Margot! Eu nunca disse isso.

Uma semana depois Harry disse-me que ele tinha uma entrada sobrando para os Yankees e os Dodgers no Yankee Stadium, e queria saber se eu estava interessado. Eu não gostava de tirar uma noite inteira de folga, mas algo em Harry cheirava a uma boa oportunidade. O meu patrão sempre me dizia que se eu continuasse do jeito que estava, podia estar seguro de ter meu emprego de garçom para o resto de minha vida. Disse a Harry que nunca tinha estado num jogo de beisebol e que gostaria muito de ir.

"Ótimo", respondeu ele, "só que não é beisebol, é futebol profissional. Não se preocupe, *boychick*, é um equívoco normal. Qualquer um poderia se enganar".

Depois disso, Harry pegou o hábito de ficar matando tempo no restaurante até que os demais fregueses fossem embora. Então, me dizia para me servir de uma xícara de café e uma fatia de torta, por conta dele, e descansar os pés. Ninguém precisava ser um recém-chegado morando sozinho em um quarto de porão, sempre de olho no que poderia ser uma oportunidade, para perceber que Harry Wolfe era um homem solitário. Eu atendia ao seu convite, então começávamos a conversar. Ou melhor, Harry falava e eu ficava escutando. Harry era para mim o que a escola noturna era para os garçons e motoristas de táxi que estavam com menos pressa. Foi com ele que aprendi que a Carta de Direitos dos Veteranos de Guerra tornou possível aos soldados que voltavam para casa irem para a faculdade e iniciarem negócios e, essa era a melhor parte, comprarem casas, ou, como Harry gostava de dizer, tornarem-se proprietários. Aprendi sobre incentivos do governo para banqueiros concederem hipotecas com juros baixos aos veteranos, e o governo garantia que os banqueiros recuperariam uma parte do seu investimento se os veteranos se tornassem inadimplentes. Aprendi sobre as mudanças dos códigos de edificação que poderiam ditar a Harry a altura de um teto ou a espessura de uma parede, e o egoísmo dos conselhos de planejamento dos condados, que estavam mais interessados em atrair corporações que pagassem impostos que nos bons e genuínos veteranos, que precisariam de escolas, saneamento e outros serviços caros. Aprendi mais sobre os Levitt, que eram como os heróis profissionais de Harry e iriam se tornar sua nêmesis particular. Os Levitt, Harry disse, eram judeus. Eu registrei a informação, porém não mostrei qualquer reação. E mais importante de tudo, aprendi como, graças a todos aqueles programas de governo, os banqueiros fariam a produção crescer cada vez mais para os empreiteiros, à medida que o trabalho progredisse, e assim, alguém como

Harry — ou mesmo alguém como eu, Harry acrescentou com uma piscadela para mim — não precisava de grande soma de dinheiro para ter o seu próprio negócio.

Entretanto, gradualmente a palavra *quando* começou a se insinuar furtivamente para dentro da certeza de Harry, e depois *se* começou a substituir *quando*. Não o instrutivo *se* da experiência passada, aquela em que os refugiados se apegaram como pés de coelhos, porém o lamentável *se* de oportunidade perdida. Os banqueiros o estavam evitando, ele contou. Os conselhos de planejamento não estavam lhe dando a menor atenção. Toda vez que ele mudava os projetos de arquitetura ou especificações para atender a uma norma, algum filho-da-puta surgia com outra da qual nunca ouvira falar.

"É para se perguntar por que fomos lutar na guerra", Harry disse certa noite enquanto subíamos a Fulton Street. O vento retalhava o East River e nos atravessava. As grades de aço chacoalhavam nas vitrinas das lojas fechadas. Uma árvore de Natal emaciada emergia de uma lata de lixo de metal.

"O que você quer dizer?"

"Quero dizer que enviamos milhões de rapazes lá para nocautear Hitler, porém ninguém levanta um dedo para combater essa coisa em casa."

"Essa coisa?"

"Anti-Semitismo, *boychick*. Ódio aos judeus, perseguição aos judeus, judeus não podem fazer requerimentos, proibido cães e judeus, ponha filhos-da-puta fedorentos, assassinos de Cristo, para fora daqui."

"Mas, e os Levitt? Eles conseguem os empréstimos. Conseguem a aprovação dos conselhos de planejamento." Tentei soar indiferente, como todo homem que detesta a injustiça, em vez de uma vítima com capital investido.

"É precisamente esse o problema. Os Levitt compraram metade das fazendas de batata de Long Island. Eu quero construir vinte, trinta casas. Eles estão falando de duas a três mil. Talvez mais."

Harry subestimou os seus heróis naquela noite. O primeiro projeto habitacional dos Levitt acabou chegando a mais de dezessete mil unidades. Devia ter contado ao Dr. Gabor. Ele não teria ficado tão estupefato com as minhas proezas. Mas, eu não tinha a intenção de lhe falar sobre meus acertos com Harry. Nem mesmo minha esposa conhecia a verdadeira razão que nos levou a entrar no negócio juntos.

"A questão é", Harry prosseguiu, "os Levitt apenas tornaram as coisas mais difíceis para sujeitos pequenos como eu. As pessoas olham para eles e dizem: 'Uau! Os judeus estão tomando conta da indústria de construção.' 'Cuidado! Os judeus estão comprando tudo por aqui.' Daí, começaram a sabotar sujeitos como eu."

Caminhamos por mais um quarteirão ou dois. Perguntei se tinha certeza de não estar imaginando coisas. Ele respondeu que descobriu isso quando finalmente tudo caiu sobre sua cabeça. Perguntei sobre a opção de compra que ele tinha, de dez acres em Nova Jersey. Ele tornou a descrever a área. Indaguei acerca de mais alguns detalhes, embora já os conhecesse de cor. No entanto, o tempo todo em que lhe fazia perguntas, argumentava comigo mesmo. Eu não podia fazer isso. Não estava certo. Mas outras pessoas tinham feito.

Os cavalheiros de Frankfurt estão chegando.

Kugler terá de ir encontrá-los.

Kugler não quer fazer isso.

Kugler é só o que temos. É um negócio ariano agora, lembre-se.

Não, eu não podia fazer isso. Seria errado.

Paramos na esquina para esperar a mudança do sinal luminoso. Mais uma árvore de Natal brotava de uma lata de lixo. Lantejoulas prateadas agarradas ferrenhamente aos seus galhos.

Por outro lado, não estaria prejudicando ninguém. Estaria prestando um favor a Harry. E também estaria lutando por justiça. E pelo povo judeu. Ou por um judeu. Pelo menos, estaria superando as dificuldades colocadas contra ele. Quanto mais eu pensava sobre isso, mais certo parecia. Quanto mais revirava o plano na cabeça, mais eu sabia que era à prova de falhas. Continuamos a caminhar, Harry curvado sob o peso de suas preocupações, eu galopando ao lado dele num cavalo branco, minha armadura tinindo e chacoalhando ao vento do inverno.

"Talvez eu possa ajudar", disse.

Ele parou de andar, quando comecei a explicar o plano. Fiquei admirado por me lembrar dos detalhes do que meu pai e o Sr. Frank tinham elaborado com os empregados. Havia esquecido muita coisa. Harry montaria a empresa, e eu compraria algumas das ações com o dinheiro que já havia economizado, e V, de Van Pels, e W, de Wolfe, Construções teria um sócio cristão, eu, que estaria extremamente visível, e um judeu, Harry, que poderia se ocultar no fundo de cena quando necessário.

"Ora, puta que me pariu!", ele ficou repetindo, enquanto estávamos parados, de pé, sob a luz pálida de um anúncio néon de salsichas *frankfurt* da Hebrew National. "Ora, puta que me pariu."

"Você quase me enganou", ele disse meia hora mais tarde, quando já estávamos sentados à mesa engordurada de um restaurante que ficava aberto a noite inteira. Na claridade ofuscante das luzes acima, seu queixo com barba por fazer parecia dolorido, e seus olhos, desconfiados. Quem poderia condená-lo? Um homem não transfere metade dos seus sonhos sem pensar duas vezes. Porém, revisamos o plano várias vezes, e ele não fora capaz de encontrar nenhuma falha.

"Enganei você no quê?", perguntei. "Nunca pensou que um recém-chegado que acabou de descer do navio pudesse ter uma idéia dessas?" Eu podia usar a palavra agora que ela estava recuando para o meu passado.

"Nada disso. Sempre soube que você é um garoto esperto. Acho que foi por isso que pensei que fosse judeu. Pensei que você havia trocado seu nome, mas devia ter adivinhado. Uma coisa é ir de Moscowitz para Miller, mas Van Pels é vistoso demais. Quem começa a vida como Rabinowitz não vira de repente Roosevelt. Não que isso faça diferença. Para mim, quero dizer."

Não fez nenhuma diferença para ele, mas, de repente, desapareceram as piadas sobre judeu. "Então, os três rabinos se encontraram num bordel..." Desapareceram os insultos implícitos. "Se aquele cara pensa que ele pode me tratar como a um judeu..." Desapareceram as fanfarronices. "Você devia ter me visto tratar aquele cara como a um judeu." Ele ainda gostava de mim. Deve ter confiado em mim. No entanto, se sentia menos à vontade comigo.

Já os homens dos quais ele tinha se queixado eram uma história diferente. Os banqueiros ficaram satisfeitos por fazerem empréstimos garantidos pelo governo para Peter van Pels. Os membros do conselho e políticos locais atendiam a meus telefonemas, e embolsavam minhas propinas. Alguns estranharam como me deixei envolver naquela confusão na Europa, porém ninguém quis perguntar nada. Ficaram aliviados por encontrar um bom cristão que enfrentara Hitler e por poderem negociar com ele, preferindo-o a alguns dos demais. Eu era a prova viva de que eles nada tinham contra estrangeiros. Eu era, George Johnson gracejou depois de ter assinado os documentos para o primeiro empréstimo, o Plano Marshall particular deles.

— Eu tinha dinheiro para investir — disse ao Dr. Gabor —, porém foi mais que isso.

— Como assim?

— Sempre fui bom para trabalhar com minhas mãos.

— Mas é claro que você progrediu para além disso.

— Foi minha a idéia que nos colocou à frente da concorrência.
— Se Harry algum dia se esquecesse disso, eu estaria pronto para lembrá-lo. Eu era mais que um mero testa-de-ferro.

— Que idéia foi essa?

— Construímos casas maiores e as vendíamos pelo mesmo preço. E sem cortar qualidade.

— Mas como conseguiam fazer isso? — Seus olhos de coruja me observavam com interesse. Ele tinha o respeito secreto do intelectual por experiência prática.

— Foi simples — expliquei. Foi, como disse, tão simples que me espantava que ninguém mais tivesse pensado nisso. No entanto, na época, ninguém mais tinha Susannah. Pelo menos não naqueles dias. — Espaço interno numa casa é barato. Cerca de um terço do custo total por metro quadrado. E não requer mais encanamentos, nem rede elétrica, nem janelas. Os outros estão nos alcançando agora, mas fomos os primeiros a fazer isso.

— E você diz que a idéia lhe ocorreu de repente?

— Caiu do céu — respondi.

Mais exatamente, não do azul do céu, mas do azul-ardósia dos olhos de Susannah, embora Susannah fosse mais um assunto que eu não tinha a intenção de tratar com o doutor.

— O negócio é bom — prossegui. — A companhia é sólida. O que quer que haja de errado com minha voz, nada tem a ver com isso.

Ele ficou lá sentado, me observando. O momento de curiosidade havia passado. O equilíbrio entre nós mudara novamente.

— Alguma vez já procurou ajuda psiquiátrica, Sr. Van Pels?

Balancei a cabeça, não.

— Nem mesmo quando lhe surgiram os tremores.

— Sabia que o médico estava enganado. A última coisa que eu queria no mundo era voltar para aquele campo de refugiados.

— Mas, e no campo? O processo para obtenção do visto no passaporte normalmente inclui uma avaliação psicológica.

Ele era um diabo esperto; muito bem, então. Chamavam aquilo de avaliação. Corrida de obstáculos seria o termo mais adequado. O exame psicológico era ainda mais traiçoeiro que o físico. Neste, pelo menos, você sabia o que estavam procurando. Uma lesão no pulmão. Um espiroqueta no sangue. Porém, quem ia saber do que esses civis com seus títulos incompreensíveis — assistente psiquiátrico-social, mestre em serviço social, doutor em psicologia — andavam atrás? Quem poderia adivinhar que resposta o manteria fora, que palavra o denunciaria? Quem poderia sequer concentrar-se nas perguntas naquela repartição de onde os oficiais da SS, antes, despachavam suas ordens e guardavam seus arquivos? Era ali onde aconteciam as avaliações. Muitas vezes me perguntei quem teria tido a brilhante idéia de instalar um acampamento de refugiados num antigo quartel da SS. Teria sido algum metido a engraçado, com perverso senso de ironia, ou meramente um pragmático que teria localizado a instalação física original. Provavelmente, o último caso A Agência das Nações Unidas e a Agência para Assistência e Reabilitação dirigia a operação, mas eram os Estados Unidos quem mandavam de verdade por lá.

No momento em que entrei no escritório, ouvi o estalido, feito um tiro, de botas batendo ao entrar em rigorosa posição de sentido. Quando tomava o assento que haviam me indicado, ouvi o rosnado gutural de ameaças e o sussurro sibilante sobre planos secretos letais. No entanto, o homem sentado do outro lado da escrivaninha à minha frente naquela manhã não era um oficial alemão. Era um civil norte-americano, STANLEY MINTZ, M.S.S., dizia a placa de bronze sobre a sua mesa. Ele ficou acariciando com os dedos a placa de bronze, enquanto me fazia perguntas.

"Você se sente culpado?"

"Culpado?", eu repeti.

"Culpado."

Mintz tirou os dedos da placa de bronze, apanhou um dicionário inglês-alemão, e começou a folheá-lo.

"Eu sei o que a palavra significa."

A raiva na minha voz assustou-me. Era um luxo que eu não podia me dar.

Mintz abaixou o dicionário e recostou-se em sua cadeira: "Você não vai a lugar nenhum com essa agressividade toda, meu jovem."

Não respondi.

"Mas, então? Você se sente culpado. Não é nada de que precise se envergonhar. É uma reação perfeitamente normal."

Fiquei parado na cadeira, observando a placa de bronze sobre a mesa. Era um triângulo de metal comprido com uma base larga e um topo pontudo. Senti o peso na minha mão. Eu a vi batendo na cabeça de Mintz. O sangue brotou como uma flor. Os olhos de Mintz arregalaram-se, mortos como moedas, exatamente iguais aos olhos do homem no celeiro.

Deixe para lá a culpa, vamos falar de vingança, era o que eu devia ter dito.

"Não", disse a Stanley Mintz.

— Não — repetia agora para o Dr. Gabor. — Nunca procurei ajuda psiquiátrica. Por que o faria?

Cinco

"Que ele [Peter] é bonito, não preciso dizer, já que todo mundo que o vê sabe disso. O seu cabelo é maravilhoso — uma riqueza de belos cachos castanhos. Ele tem olhos azul-acinzentados.

— *Contos do esconderijo*
de Anne Frank

"Eu agora entendo melhor por que ele [Peter] sempre abraça Mouschi tão apertado. É óbvio que ele também necessita de afeto."

— *O diário de Anne Frank*, 16 de fevereiro de 1944

"Neste meio-tempo, uma sombra tem rondado a minha felicidade. Durante muito tempo tenho tido a sensação de que Margot gosta de Peter."

— *O diário de Anne Frank*
20 de março de 1944

SUSANNAH ESTAVA SENTADA NA sala de estar quando cheguei, após a minha consulta com o Dr. Gabor, naquela noite. Não me surpreendi quando a vi. Minha mulher e sua irmã estavam sempre entrando e saindo das casas uma da outra.

— Madeleine está lá em cima com as meninas — ela disse. — Estou apenas matando o tempo. O carro de Norman está na oficina e eu tenho de ir apanhá-lo.

Sem se levantar do sofá onde estava sentada com uma revista no colo, ela soergueu o rosto para ser beijada. Eu condescendi. O gesto era inocente, despojado de memória, como tantos de minha vida.

— Como vai a sua voz? — ela perguntou. — Está me soando melhor.

Tudo o que eu tinha dito foi *alô*, e isso num sussurro rouco. No entanto, ela é uma boa mulher, minha cunhada. Foi o que acabamos virando um do outro.

— Madeleine me contou sobre o médico — ela continuou.

Eu já estava me perguntando se Madeleine havia falado sobre Gabor para a sua família. Meu palpite era que ela escondera de sua mãe, que já me achava peculiar o bastante sem um diagnóstico profissional, mas que teria aberto a boca para sua irmã, que tinha especialização em psicologia e que podia apenas invejar um marido tão destemido a ponto de se pôr a explorar as profundezas do seu próprio ser.

— Acho que você é muito corajoso. A maioria dos homens preferiria morrer a consultar um psiquiatra. — Ela passou a mão pelos seus cabelos sedosos, e eu fiquei a imaginar, coisa que quase nunca faço, o que teria acontecido se eu tivesse me casado com ela em vez da sua irmã.

Nós nos encontramos numa festa alguns meses depois de eu e Harry iniciarmos juntos o negócio. Nunca teria tido a coragem de me aproximar dela, eu nunca teria tido a ousadia de ir à festa, se estivesse ainda trabalhando de garçom e dirigindo um táxi. Subindo a pé a Broadway naquela noite, atravessando os círculos de névoa em volta das luzes da rua, escutando o chiado dos pneus no calçamento molhado, eu ainda repensava o assunto. Eu não conhecia ninguém exceto o homem da escola noturna em negócios imobiliários, e mal o conhecia. O lugar estaria cheio de homens da faculdade e de veteranos de guerra, e estranhos que desejariam, ou não, saber quem eu era e de onde viera. Eu me sentiria ao mesmo tempo preso numa armadilha e no ostracismo. Porém, o sujeito da escola noturna havia dito que lá haveria moças. Uma porção delas.

Abri caminho pela sala. Era como mergulhar num sonho de fartura. A toda minha volta, cabelos bruxuleavam, cílios agitavam-se e línguas disparavam das bocas pintadas de batom. Havia tanta gente amontoada que eu nem sequer podia me mexer sem colidir com alguma bela anca oscilante ou ganhar um relance de algum par de bamboleantes seios. Senti como se estivesse me afogando. Então, eu a vi.

Na verdade, eu a reconheci. Ela era a garota do galpão da alfândega, se bem que não lhe contei isso. Queria passar como um homem do mundo, não um imigrante fora do navio.

"Você quer saber o que me veio à cabeça quando o vi pela primeira vez?", ela perguntaria mais tarde, quando já estávamos juntos, emaranhados no sofá de brocado dourado da sala de estar dos seus pais. Estávamos tão certos de que tínhamos um futuro que estávamos começando a construir um passado.

"O quê?", diria eu com a voz ofegante, tentando superar o importuno traidor dentro das minhas calças.

"Que você era diferente."

Não contei a ela que nunca desejara ser diferente. Quando ela disse isso, daquela maneira, bem que quis. No entanto, ainda não dissera nada sobre tê-la visto no galpão da alfândega. Diferente estava bem. *Recém-chegado* já era outra história. Recém-chegado era o beijo da morte, ou assim eu pensava naquela ocasião.

Ao redor de nós, as pessoas estavam se apaixonando. As pessoas estão sempre se apaixonando, porém naquele ano se apaixonavam de modo diferente. Durante a guerra, se apaixonavam porque não havia o amanhã. Agora, estavam se apaixonando porque havia o amanhã, o próximo ano e o ano depois daquele.

Freqüentávamos o escuro das salas de cinema, seus ombros macios encaixando-se na curva do meu braço, meu joelho de flanela cinzenta — eu dizia que roupas são a camuflagem mais fácil — pressionado contra sua coxa vestida com meia de náilon. Percorríamos a pé as ruas, dedos entrelaçados como num cadeado à prova de roubo contra o mundo. Nós nos fechávamos dentro das pequeninas cabines à prova de som das lojas de discos para escutarmos os novos LP, enquanto ela desmaiava por Beethoven e estalava os dedos para Stan Getz tocando com a banda de Woody Herman, eu explicava a mágica por trás das trinta e três rotações por minuto. Fizemos coisas que ela jamais havia feito, e sentimos coisas que tínhamos certeza de que ninguém no mundo jamais sentira, e murmuramos os nomes um do outro e *ah* e *sim* e *por favor* e finalmente, porque ela era uma moça direita e assim desejava permanecer até que se casasse, *não*.

Papai diz que, nestas questões, o homem sempre assume o papel ativo, e a mulher tem de impor os limites.

Agora fico contente que ela tenha dito não. Sei que há homens que acham a idéia de dormir com as irmãs de suas esposas estimulante, porém não sou um deles. Para mim, seria simplesmente caótico.

Certo domingo, fomos para Nova Jersey no chevrolet Chevy 39 que Harry me vendeu depois que deslizou um par de cédulas de cem dólares para o vendedor por baixo da mesa para conseguir um dos novos modelos, recém-saídos da linha de montagem. Eu queria mostrar a Susannah as casas que estava construindo.

Quando paramos o carro junto ao canteiro de obras lamacento, todo espetado de molduras de madeira que brotavam da terra sulcada, ela soltou um breve grito. Perguntei o que acontecera. Ela disse que a cena lhe fazia lembrar das fotos de cidades bombardeadas que ainda enchiam as páginas da revista *Life* toda semana. Eu devia ter percebido então os problemas que me aguardavam. Nada dessa displicente "vamos varrer a guerra para debaixo do tapete e cobrir com vida" com a minha garota. Lembrei a ela de que aqueles esqueletos eram remanescentes da destruição, e estes estavam em construção.

No que fomos seguindo, atravessando tábuas que foram colocadas sobre a lama, e nos vimos de pé debaixo de um teto inacabado aberto para um céu metálico, sozinhos na meia privacidade do dois por quatro, até mesmo ela foi se afastando da tarde primaveril coalhada de nuvens na direção de um futuro rosado.

— O sofá vai ficar ali — ela disse, movimentando-se em torno da futura sala de estar — e duas cadeiras, uma para você, uma para mim, aqui. — Ela parou. — Não há lugar para uma mesinha de apoio aqui. Você vai precisar de uma mesinha de apoio com uma boa lâmpada para ler o jornal vespertino. E os seus livros.

Como sua irmã depois dela, ela não podia superar o fato de eu ter lido não apenas Dickens e Thackeray, como também Goethe e Schiller, no original, como ela o colocou.

— Sinto muito ter de lhe dizer, Peter, mas você vai ter de fazer uma sala de estar maior.

Eu não disse a ela que o esqueleto da sala era do mesmo tamanho que as salas equivalentes nas casas em projetos semelhantes. Se ela era pequena demais para Susannah, teria de ser maior. De repente tive a idéia de como fazer isso sem aumento dos custos. E agora estávamos ali, dentro de um dos resultados.

Minha cunhada olhou para o seu relógio, pôs-se de pé e alisou a saia com o gesto macio de amor-próprio de um gato tratando de si, e percebi que apenas um momento atrás eu havia me perguntado o que teria acontecido se tivesse me casado com ela em vez de com sua irmã, e ela se lembrando que tinha partido o meu coração. Na ocasião, eu quase tinha acreditado nessa frase, se bem que então eu deveria saber que nenhum dos meus órgãos era tão frágil assim.

Foi no verão depois que ela se graduara pela Barnard. Ela estava morando na sólida casa Tudor dos seus pais numa rua frondosa não muito distante de onde estávamos agora e trabalhava num campo diurno para crianças refugiadas. Eu lhe dissera, quando ela pegou o emprego, que ela tinha vocação, ou pelo menos uma queda por aquelas crianças.

— Como assim? — ela perguntou, e foi quando finalmente lhe contei sobre a primeira vez que a vi, meses antes da festa. Eu me encontrava distante o bastante do galpão da alfândega, então, para ser capaz de confessar uma coisa dessas, ou pelo menos parte dela.

— Mas eu nunca estive lá — ela disse.

— Você deve ter esquecido.

— Trabalhei um pouco como voluntária para a Sociedade Hebraica de Auxílio aos Imigrantes — ela insistiu —, porém nunca fui ao cais para esperar navios.

Eu deixei para lá. A última coisa que desejava era discutir com Susannah, se bem que acabaríamos discutindo naquela noite de verão.

Tínhamos ido ao cinema, e já que fazia uma noite agradável e seus pais não moravam num projeto habitacional dos subúrbios, sem calçadas, mas numa cidade onde as pessoas podiam ainda caminhar até a lavagem de roupa a seco, a farmácia e o cinema, seguimos a pé naquela noite. Estávamos a caminho de casa quando ela o mencionou. Acima de nós, dosséis de carvalho, olmos e bordos bloqueavam as estrelas, e de um e outro lado da rua casas escuras sonhavam silenciosamente no calor do verão. Nossas sombras gêmeas transbordavam dos nossos pés, encompridando-se e tornando-se emaciadas, quando nos afastávamos de algum poste de luz, encolhendo-se para trás à medida que entrávamos na esfera de outro.

— Escutei a coisa mais engraçada hoje.

A voz dela era tão suave que dificilmente perturbava a noite.

— O que foi?

— Uma garota no acampamento diurno conhece o seu sócio Harry. Acho que ela gosta dele.

— Que maravilha! — eu disse. Eu queria que Harry fosse feliz. Devo muito a ele.

— Não sei se ela gosta dele tanto assim, mas não é isso o engraçado.

— O que foi então?

— Harry disse para ela que você não era judeu.

Ela não tinha alteado a voz, mas pude sentir o ar vibrar. Demos mais alguns passos. Nossas sombras começaram a se desfazer gradualmente diante de nós e se espichar para trás.

— Disse a ela que deve ter entendido mal o que Harry falara.

A voz dela não se alterou, mas havia algo importunamente implícito.

— Ou talvez ele estivesse falando de alguma outra pessoa.

Estávamos agora em pé diretamente sob a luz, não projetando em absoluto nenhuma sombra. Ela levantou o rosto para mim. Exatamente acima do seu pequeno nariz arrebitado, que eu não sabia até aquele momento que tinha sido alterado cirurgicamente, um simples vinco de preocupação na sua testa cremosa.

— Ele estava falando sobre outra pessoa, não estava?

— Isso importa?

Ela soltou a minha mão.

— Não seja tolo, Peter. É claro que importa.

Peguei a sua mão de volta e tentei recomeçar a andar, mas ela se manteve parada.

— Você está dizendo que não é judeu?

— Não estou dizendo nada. Quem está é você, o Harry e a garota do acampamento diurno.

Ela puxou com força a sua mão da minha.

— Isso não é uma piada.

— É claro que é.

Ela segurou de volta a minha mão e recomeçou a andar.

— Graças a Deus. Por um minuto você me deixou preocupada.

Continuamos a andar em silêncio, tentando alcançar as nossas sombras.

— No entanto, não acho que você deveria brincar com uma coisa dessas. Nem o Harry.

Continuamos a andar. E eu ainda não havia dito nada. Ela parou novamente.

— É uma piada ou não é?

Virei-me para ela. Estávamos eqüidistantes entre dois postes de luz outra vez, e o seu rosto estava mergulhado na sombra. Esperava que o meu também.

— Eu acho engraçado é que você ache isto tão importante.

— Mas é claro que é importante.

— Eu sou a mesma pessoa, seja judeu ou não.

— Essa não é a questão.

— E qual é a questão?

— Por que você não me contou?

— Contar o que a você?

— Que você não... — ela se interrompeu. — Peter, você está implicando comigo? Se é isso, nunca vou perdoar você.

— Aposto que você vai, sim — disse eu, e tentei alcançá-la com meus braços, mas ela deu um passo para trás.

— Me diga, apenas. Você é ou não é? — e agora a sua voz rompia a paz daquela rua silenciosa e repleta de árvores.

Eu tentei começar a andar novamente, porém ela ficou totalmente parada, bem onde estava.

— Diga-me a verdade, Peter.

Tudo o que eu podia lhe dizer era a minha verdade. Eu a amava, porém amava mais ainda minha própia pele. Na próxima vez que viessem, não iriam me encontrar.

— Não sou.

Ela tomou fôlego, e sua respiração soava como o vento através das copas das árvores acima de nós.

— Isso não faz a menor diferença. — Tentei abraçá-la novamente. Ela recuou outra vez. — Eu nunca vou interferir com as suas crenças. Podia até mesmo criar as crianças como judeus — prometi, embora soubesse que não faria isso. Na próxima vez que viessem, tampouco iriam encontrar meus filhos. Eu não poderia mudar o fato de a mãe deles ser judia. Nunca pretendi me apaixonar por uma judia. Certamente, eu não tinha me apaixonado por ela porque era judia, não importa o que o Dr. Gabor disse. Mas, depois de nos casarmos, depois que as crianças nascessem, eu encontraria uma maneira de apagar as pistas. Eu não disse isso para ela naquele momento.

Ela começou a andar, evitando me olhar, seus ombros eretos, seus saltos altos devorando a calçada em passos curtos e furiosos. Os saltos distendiam as panturrilhas e, no que ela ia se afastando de mim, a visão daqueles músculos vergados como o arco de arqueiro perfurava o meu coração.

— Não posso ver você nunca mais — ela disse. — Sinto muito, mas eu simplesmente não posso.

Alarguei minhas passadas para acompanhar as dela.

— Isto é ridículo.

— Você não entende.

— Não, e não entendo também as leis raciais nazistas que proibiam o casamento entre judeus e cristãos.

— Que coisa horrível de se dizer.

— Talvez, mas é verdade.

Ela parou e virou-se para mim:

— Partiria o coração dos meus pais.

— Os seus pais gostam de mim — repliquei, embora soubesse que a declaração era apenas metade correta. O pai dela gostava de mim. A mãe, como eu disse, não era tão fácil de se levar. Uma coisa era trazer uns primos para cá depois da guerra. E outra deixar sua filha, sua primogênita, uma bela garota, uma garota esperta, uma garota que poderia ter o homem que desejasse, casar com um deles.

— Eu não posso fazer isso. Não posso me casar com um gentio.

Eu estava parado, preso dentro de uma circunferência da luz branca sepulcral. Não havia saída. Mesmo se eu lhe dissesse a verdade, agora, mesmo que ela acreditasse em mim, só tornaria tudo ainda pior. Agora eu era um gentio, alguém com quem ela não poderia se casar. Se confessasse, seria um *ex-judeu*, alguém a quem ela poderia apenas desprezar.

Ela estava chorando agora.

— Não posso fazer nada, Peter. Talvez pudesse, antes da guerra — disse ela, mantendo o rosto riscado de lágrimas erguido para mim como se fosse um oferecimento. — Não parecia tão importante antes. Mas é agora. — Ela apanhou um lenço da bolsa e assoou seu belo e cirurgicamente melhorado nariz. — Hitler fez de mim uma judia.

Que coincidência, tive vontade de berrar para dentro da noite e acordar todos aqueles presunçosos vizinhos dorminhocos. Ele fez o mesmo comigo.

7 de janeiro de 1941: judeus não podem freqüentar os cinemas.

15 de abril de 1941: judeus devem entregar seus aparelhos de rádio.

31 de maio de 1941: judeus não podem usar piscinas e parques públicos.

15 de setembro de 1941: judeus não podem visitar zoológicos, cafés, restaurantes, hotéis, pensões, teatros, cabarés, concertos, bibliotecas e salas de leitura.

23 de janeiro de 1942: judeus não podem trafegar de motocicletas.

29 de maio de 1942: judeus estão proibidos de pescar.

6 de julho de 1942: judeus não podem usar telefones.

Ele tinha tornado todos nós judeus, o devoto e o hesitante, o religioso e o secular, os de sangue cem por cento, pai, mãe e quatro avós, e aqueles que tinham apenas uma tênue gota de sangue judeu de algum ancestral meio esquecido. Porém, aqui nos Estados Unidos a história era diferente. Aqui você podia brincar de ser a ralé da história. Aqui, uma garota cujo cabelo brilhoso jamais fora tosado, e cuja carne tenra nunca fora tatuada, e cujo corpo pálido mimoso nunca fora derrubado na lama para servir de passadeira para que os soldados não sujassem as suas botinas recém-polidas podia bradar que Hitler a tinha transformado numa judia. Em pé naquela rua tranqüila, vendo-a afastar-se de mim, eu finalmente acreditei que havia um povo eleito. Não eram os judeus.

A IRMÃ DELA, Madeleine, ligou para mim no dia seguinte. Eu jamais falara com ela pelo telefone, ou, se tivesse, teria sido para pedir que chamasse Susannah, e assim não tinha reparado na voz de sua irmã. Era tão espessa e rica como chocolate, não o chocolate norte-americano em barra ou Kisses, da Hershey, porém uma substância mais escura e mais intensa que os meus sentidos quase lembraram de uma distante e aparentemente segura infância. Ela disse que, se eu estava metade tão arrasado quanto Susannah, estaria precisando de alguém para me animar. Disse que queria me levar para sair e me embebedar. Não era o tipo de coisa que se espera que uma garota direita diga, eu fiquei surpreso e um tanto ofendido, porém a perdoei. Eu já estava começando a transferir minha fidelidade. Mas nem mesmo precisei transferi-la. Naquela noite em que Susannah me levou para sua casa pela primeira vez, me apaixonei pela família inteira. Mesmo antes disso, já me considerava um vassalo deles, e isso desde que vira o sorriso dela, no galpão da alfândega, naquela manhã, não importando o que ela tenha dito, e imaginei a família que tinha estado lhe retribuindo o sorriso todos esses anos.

Madeleine e eu já estávamos casados no verão seguinte, logo após a sua formatura. Ela não se incomodou por eu não ser judeu. Hitler, ela disse, tinha feito dela uma atéia.

Quanto ao segredo dentro das minhas calças, eu tinha acertado sobre o que uma moça direita desconhece. Estávamos casados havia três meses quando ela se deu conta de que eu era circuncidado. Já então eu havia descoberto que nos Estados Unidos, ao contrário de na Europa, alguns cristãos são circuncidados. Contei a ela que os meus pais haviam visitado os Estados Unidos durante a lua-de-mel deles e, já que eu fui concebido aqui, decidiram pagar um tributo ao costume local. Eu nunca falava sobre minha mãe e meu pai, e assim ela adorou a história.

— Avise a Madeleine que eu telefono para ela amanhã — Susannah dizia agora. Ela se ergueu na ponta dos pés para plantar um casto beijo de despedida em minha face e, de repente, descobri a resposta para minha velha pergunta. Se eu tivesse me casado com ela em vez de com sua irmã, com quem ela estaria fadada a uma amorosa rivalidade perpétua, teria feito pouca diferença. Isso não queria dizer que eu não amasse minha esposa.

Seis

"Teria sido terrível se o meu diário se tivesse perdido."

— Anne Frank, citada em *The Stolen Legacy of Anne Frank: Meyer Levin, Lillian Hellman, and the Staging of the Diary,* por Ralph Meinick

DR. GABOR RARAMENTE PERGUNTAVA SOBRE a minha voz, mas perguntou naquela noite.

— Você tem notado alguma melhora, seja qual for?

O senhor é que é o médico, tive vontade de lhe dizer, diga o senhor. Eu vinha freqüentando o seu consultório duas vezes por semana havia já um mês, sentado na penumbra, olhos fixos na bagunça sobre sua escrivaninha, respondendo às suas perguntas tolas da melhor maneira que podia, e pagando quinze dólares por hora para desfrutar desse prazer. Era o bastante!

— Um pouco — menti.

Ele se recostou na enorme cadeira que o fazia parecer menor e desabotoou o casaco de outro dos seus elegantíssimos ternos. A tênue luz da lâmpada em cima da sua escrivaninha refletia-se na corrente de ouro atravessada em seu colete. Enquanto ele se balançava para trás e para a frente, o reflexo surgia e desaparecia.

— Há uma coisa que posso lhe dar... — ele começou.

Eu não podia acreditar nos meus ouvidos. O homem era um tolo. Pior do que isso, um charlatão. Ele tinha desperdiçado um mês da minha vida fazendo perguntas sobre coisas que não tinham o menor cabimento com a minha voz quando tudo o que tinha a fazer era prescrever alguma medicação, e eu poderia voltar a falar. Eu seria capaz de pegar *Os burgueses de Calais* e coroá-lo. Porém, tratei de manter a minha voz calma. Eu tinha ganhado uma quantidade considerável de dinheiro desde o dia em que me apresentei para aquele exame psicológico no antigo escritório da SS, mas ódio era um luxo superior a minhas posses.

— O que estamos esperando? — perguntei.

— É um procedimento simples. Eu administro uma pequena dose de amital sódico. Enquanto estiver sob os seus efeitos, você vai ser capaz de falar normalmente. Vai também começar a se lembrar dos episódios que o conduziram à perda de sua voz.

— Você está falando de soro da verdade?

— Um termo infeliz.

Infeliz, doutor, porém preciso. Malditamente preciso. O senhor quer injetar uma coisa nas minhas veias que fará com que eu comece a falar.

— Nada que precise temer — ele disse.

Como diabos o senhor poderia saber disso?

— O tratamento tem se mostrado eficaz em casos semelhantes ao seu.

Casos semelhantes ao meu? Não há casos semelhantes ao meu, doutor, ou no máximo apenas um punhado. Isso é o que você não consegue meter na sua maldita cabeça de couro legítimo. Não sou um dos milhões que foram pegos. Sou um dos poucos que escaparam. Como o senhor explica isso? Como o senhor justifica isso?

Tirei um lenço do bolso para enxugar o bigode de suor que estava se formando. Empurrei a cadeira para trás alguns centímetros. Precisava de espaço para esticar minhas pernas. Ele estava quieto, observando-me com o seu olhar fixo de coruja, mas eu não conseguiria olhar para ele. Meu olhar ricocheteava em torno da sala, procurando algo em que me agarrar. Senti os laços corredios em *Os burgueses de Calais* se apertando em volta do meu pescoço. E foi quando o vi. Estava em cima de uma estante baixa atrás da escrivaninha dele. Não posso imaginar como o havia deixado de ver até agora, mas então não entendo como não reparei nele na noite em que Madeleine apanhou um livro da mesa-de-cabeceira, e perdi minha voz. Era o mesmo livro. Disso tenho certeza, embora não tivesse a menor idéia de como ele poderia existir.

A sobrecapa empoeirada era vermelha cor de ferrugem, cor de sangue seco. A fotografia dela cobria metade da capa da frente. Os enormes olhos estavam fixos em mim. Estavam negros de tão carregados de acusações. A boca inteira estava carregada. Do quê? De condenação. O rosto era pequeno, os ombros estreitos e impossivelmente frágeis. Eu tinha esquecido que ela era uma criança. Ela jamais seria outra coisa.

Como era possível? Ela havia morrido. Todos eles estavam mortos, exceto Otto, eu soube disso pelas listas da Cruz Vermelha. Eu era o único de quem não havia nenhum registro.

O nome dela sob a fotografia. Grossas letras brancas dispostas numa caixa preta reta e estreita como um caixão.

ANNE FRANK

Debaixo do nome, o título estava impresso em cursivo.

O diário de uma adolescente

Ela está sentada na pequena escrivaninha, em seu quarto, escrevendo apressadamente. O Dr. Pfeffer quer usar a escrivaninha, porém ela pede que ele espere um pouco mais. Está debruçada sobre a mesa da cozinha fazendo uma anotação no diário. Mammichen implica com ela. Deixe-me ler, Anne, apenas uma página. Ela está enroscada numa cadeira, escrevendo furiosamente num caderno sobre o colo. Margot encontra-se noutra cadeira, escrevendo o seu próprio diário. Estão escrevendo para a posteridade, como o Sr. Bolkestein, o ministro do gabinete, solicitara a elas, através do programa de rádio transmitido de Londres. Depois da guerra, ele promete, serão reunidos os diários e as cartas para mostrar ao mundo como fora a vida aqui. "Eu serei publicada", Anne diz, "eu serei famosa". Margot não faz predições sobre o futuro do que está escrevendo, se bem que o seu diário, assim pensamos todos, seria o que poderia atrair interesse. Margot é a irmã séria.

Contudo, é o diário de Anne que o porco da Grune Polizei* espalha pelo chão naquela manhã quente de verão em que chegaram para nos prender. Teria um vizinho visto uma sombra atrás da cortina da janela? Ou um dos homens que trabalhavam lá embaixo ouvira algum barulho, apesar da maneira furtiva com que nos movíamos durante o dia? Teria um comerciante desconfiado da quantidade de alimento que Miep, antigo secretário de Otto, agora a nossa corda salva-vidas para o mundo, conseguia providenciar, graças a cartões de racionamento falsos, sedutores sorrisos e o arranjo que o meu pai fez com o açougueiro antes de nos escondermos? Alguém deve ter nos denunciado à Grune Polizei, porque eles sabiam exatamente aonde ir. Sobem as escadas com suas armas fora dos coldres, jogam no chão a estante de livros que escondia a entrada para o anexo e sobem mais um lance de escadas até os quartos superlotados. Usam roupas civis, com exceção de um, que estava uniformizado. Ele pergunta onde guardamos nossos valores. O seu punho gordo fecha-se em torno de um maço de florins. Ele olha em volta procurando alguma coisa onde enfiar o que havia pego, agarra a maleta numa mão e a vira de cabeça para baixo. Os cadernos de Anne caem no chão. E páginas esvoaçam logo a seguir. Rodopiam, ondulam e navegam no ar, através de um feixe de luz cor de mel que penetra por uma das

*Polícia nazista fardada com uniforme verde (*grune*). (*N. do E.*)

janelas. Nenhum de nós, nem mesmo Anne, olha para aqueles papéis enquanto deixamos o anexo e entramos naquela luz dourada pela primeira vez em dois anos. Um instante depois, a escuridão do interior do carro de polícia nos envolve.

— Eu acho que vale a pena experimentar — disse o Dr. Gabor.

— Não há necessidade. — Minhas palavras estremecem as paredes do pequeno escritório.

Dr. Gabor endireitou-se na poltrona sobressaltado. Ele nunca tinha escutado minha verdadeira voz.

LOGO QUE cheguei a casa aquela noite, mesmo antes de subir as escadas para dizer a Madeleine que tinha recuperado a minha voz, fui até a estante na sala. Levei algum tempo para encontrar o livro. Fui de um lado para o outro, a cabeça inclinada para um lado lendo as lombadas, agachando-me para examinar as prateleiras de baixo, torcendo o pescoço para ver as do topo. Faulkner, Fitzgerald, Forster, Frank. Parei. Ela o tinha colocado entre os livros de ficção.

Arranquei o livro da prateleira, embora não tivesse a menor noção do que planejava fazer com ele. Anne olhava-me fixamente. Os olhos recusavam-se a piscar. Aqueles olhos eram indecentes. Eu tinha vontade de forçar os cílios a se cerrarem. Em vez disso, me alonguei e coloquei o livro na prateleira de cima, fora do alcance de minhas filhas, demasiado alto até para Madeleine.

— O QUE ACONTECEU? — Madeleine insistia em me perguntar.

— Não tenho a menor idéia — insistia em lhe responder.

— Talvez tenha sido alguma coisa que o Dr. Gabor disse — ela sugeriu durante o jantar.

— Talvez — eu concordei.

Quando desci à sala de estar, depois do jantar, o livro permanecia no topo da estante, onde o havia colocado. Não podia evitar ficar olhando para ele enquanto me movimentava pela sala. Tinha a impressão de que ele me olhava furtivamente, às minhas costas, quando estávamos sentados assistindo a tevê. Podia escutar o sussurro baixo que ele emitia. "Conte-nos as novas, Peter. Conte-nos como vai o mundo sem nós."

Ele estava no mesmo lugar, quando desci na manhã seguinte, e quando voltei para casa naquela noite, e no dia seguinte a esse. Era como um velho amigo ou um parente distante, numa fase sem sorte, que se leva para casa com as melhores das intenções, mas aos poucos o arrependimento cresce. E, como aquele convidado indesejável, ele me seguia por toda parte, pedindo-me atenção, faminto de garantias, desesperado por alguma coisa, embora eu não soubesse o que era.

Continuava me vigiando naquele sábado à tarde quando Madeleine me deixou com as meninas, enquanto ia comprar uma torradeira para substituir aquela que não fui capaz de consertar. Ainda havia isso. De repente, fiquei sem jeito para fazer qualquer tarefa de casa. Madeleine caçoou de mim por causa disto. "Se eu quisesse alguém que não soubesse consertar coisas, teria procurado um marido judeu." Ela se aproximou por detrás de mim, na minha bancada de trabalho, envolveu com os braços o meu pescoço e me deu um beijo no alto da cabeça. Ela nem sequer se importava com a torradeira, mas estava eufórica com o retorno de minha voz. Tê-la perdido incomodava Madeleine muito mais do que ela deixava transparecer.

Eu estava sentado no sofá da sala de estar na tarde em que ela saiu para fazer compras, com um olho no jornal e o outro nas minhas filhas. Abigail estava me fazendo um bolo imaginário no pequeno fogão cor-de-rosa que minha sogra lhe dera de presente de aniversário. Betsy estava contando uma história fantasiosa para uma multidão de brinquedos. A presença de minhas filhas ainda me espantava. O terror não era menor agora do que na noite em que trouxera Abigail do hospital para casa.

Madeleine tinha ido dormir cedo naquela noite. Ela estava exausta e teria de se levantar em poucas horas para amamentar o bebê. No entanto, eu entrei no quarto que ainda cheirava a tinta fresca para dar uma última olhada antes de recolher-me. Tinha de vê-la novamente. Tinha de me certificar se ela ainda estava lá.

Eu tinha planejado dar uma olhada rápida e sair. Mas a visão da minha filha atraiu-me para o berço como a força da gravidade. Fiquei observando-a durante vários minutos. Finalmente, puxei a cadeira de balanço para junto do berço, sentei-me e passei os braços por entre as ripas. Mas era mesmo para ela estar tão quente? Ela recolhia as suas perninhas para o peito. Estalava os lábios. Sua mão fechou-se em torno do meu dedo. Ela bem poderia ter trancado a porta do quarto. Eu não era capaz de deixar aquele quarto. Eu nem sequer era capaz de libertar o meu dedo. Mesmo depois que seu punho relaxou, continuei seu prisioneiro. Esse pequeno pedaço de humanidade, esse ser vivente era feito de uma matéria semelhante à minha. Eu não fora ainda capaz de me recuperar do milagre. E ainda não sou. A chegada de Betsy apenas intensificou a experiência. Eu estava conectado.

Enquanto estava sentado com um olho nas minhas filhas, naquela tarde, um movimento no topo da prateleira prendeu minha atenção. O livro parecia estar vibrando.

Endireitei o corpo, como se estivesse pregado ao assento, olhando para ele, incapaz de me mover. Estava oscilando na beirada da prateleira. E começou a cair. A distância entre o topo da prateleira e o chão esticava-se. O livro adquiriu velocidade e força. Não adiantava dizer para mim mesmo que estava imaginando coisas. O livro continuou caindo. Era uma pedra grande prestes a colidir estrondosamente com o solo, um meteorito indo direto contra as minhas crianças.

Eu me libertei das garras do sofá e joguei-me sobre minhas filhas. A cabeça de Abigail ergueu-se, num susto, seu rosto marcado de terror. Betsy começou a guinchar. Eu as puxei, uma em cada braço, e apertei os seus corpos surpreendentemente sólidos contra o meu. Então, levantei os olhos. O livro continuava tranqüilo no topo da estante.

EU TINHA de tirá-lo da nossa casa, mas não conseguia pensar no que deveria fazer com ele. Não podia queimá-lo. Isso era o que eles tinham feito com os livros. Eu não o jogaria no lixo. Isso foi o que eles tinham feito com a gente.

Na segunda-feira de manhã, retirei-o da estante e levei-o para o carro. Não me agradou sair por aí dirigindo com ele ao meu lado, no assento da frente, meu passageiro não-convidado, meu passado não bem-vindo, porém, eu teria de imaginar alguma coisa para fazer com ele.

Ele ainda estava no mesmo lugar quando deixei o escritório naquela noite. Os enormes olhos escuros fitavam-me fixamente. Virei o livro com a frente para baixo. As costas da sobrecapa estavam cobertas com uma caligrafia comprimida. ESTA É UMA PÁGINA DO DIÁRIO DE ANNE FRANK. As palavras em holandês marchavam através da página como insetos. Abri o porta-luvas, joguei o livro dentro, e bati a porta para trancá-lo ali.

A idéia me surgiu enquanto passava pela estação ferroviária. Fiz uma curva súbita e imprudente, entrando no estacionamento ao ar livre. Eu não o destruiria. Eu o passaria às mãos de qualquer outra pessoa.

Havia alguns carros vazios estacionados numa das laterais. A área mais perto das pistas, onde as esposas se sentavam aos volantes pintando as unhas, ou lendo revistas, ou mandando as crianças no assento traseiro pararem de brigar, enquanto esperavam que os maridos retornassem, estava vazia. Não havia ninguém na plataforma. Eu estava num intervalo entre dois trens.

Estacionei numa das vagas perto das linhas férreas, apanhei o livro do porta-luvas e saí do carro. Não pude evitar dar uma espiada ao meu redor, embora soubesse que não havia nada de ilegal em deixar um livro para um passageiro chateado ou um viajante curioso apanhar. Subi velozmente a escadaria até a plataforma. Não me sentia tão leve há dias. Na hora em que alcancei o topo da escadaria, eu estava já sem peso. E deve ter sido essa a razão de tê-lo feito. Não consigo pensar em qualquer outra. Não era o que tinha em mente.

Eu estava me movimentando a passos largos, com o livro na mão direita, mas, em vez de me dirigir para um dos bancos, desviei-me para as linhas de trem. Virando de lado, como um arremessador de beisebol girando para executar o arremesso, joguei o braço para trás, depois girei-o para frente e deixei o livro voar. Ele planou sobre as pistas, leve e livre como eu estava, bateu na beira da plataforma oposta com um estalo, e caiu. Escutei o baque quando se chocou com os trilhos. Ficou entre dois trilhos, esparramado sobre os dormentes.

Fiquei ali parado, olhando fixamente para ele. Não era minha intenção destruí-lo. Só queria tirá-lo de casa. Voltei furtivamente para o carro, os ombros curvados, a cabeça baixa. Quando saía do estacionamento, um carro estava virando para entrar. Eu desviei o rosto.

VINTE minutos mais tarde, entrando na sala de estar, meu olhar dirigiu-se imediatamente para o topo da estante. A pequena lacuna entre os livros era um buraco escancarado. O espaço ficou mais largo à medida que a noite passava. Sentia aquele vazio como a fome física, que eu tinha pensado que nunca iria desaparecer.

Já passava das dez quando me pus de pé e disse a Madeleine que tinha esquecido alguns documentos no escritório e precisava pegar o carro e ir até lá apanhá-los.

— Por que você não sai mais cedo amanhã de manhã? — Não havia nenhuma suspeita em sua voz. Eu era bom marido, pai amoroso, homem decente, não um sujeito dado a aventuras noturnas. Tudo o que eu mais desejava estava nesta casa.

Respondi-lhe que estaria de volta num instante, subi para apanhar as chaves do carro e peguei uma lanterna no caminho ao sair de casa. "Para achar os interruptores de luz no edifício", disse, antes que ela pensasse em me perguntar.

Dessa vez, o estacionamento estava completamente vazio. Estacionei o carro próximo da plataforma, novamente. O abrir e fechar da porta soou como alguém gemendo na escuridão.

Subi os degraus de dois em dois. Não tinha tempo a perder. Acendi a lanterna e joguei o foco de luz sobre os trilhos. Custou-me várias varreduras para encontrá-lo, embora ainda estivesse exatamente onde tinha aterrissado, sobre os dormentes entre os trilhos.

Andei até a borda da plataforma. O distância até os trilhos, abaixo, não era grande. Pulei. Meu tornozelo se torceu quando o pé bateu no chão. Meus joelhos vergaram-se. Recuperei o equilíbrio um segundo antes de tombar.

Comecei a percorrer os trilhos, jogando a luz da lanterna à minha frente. Os meus sapatos trituravam o cascalho. O feixe balançava e circulava na escuridão. Um vulto escapuliu através dela. Olhos brilhavam. Uma cauda serpenteava. A cicatriz da mordida do rato no meu braço latejava, embora nunca houvesse me dado problemas antes.

Eu avançava apressado, apesar da dor no tornozelo. Havia poucos trens àquela hora, e mesmo que algum se aproximasse, eu o escutaria a distância e avistaria as luzes. Mesmo assim não era uma coisa inteligente de se fazer, não para um marido e pai, nem para ninguém.

Mais outro rato escapuliu ao ser atingido pelo feixe de luz. Eu o rastreei com a lanterna até que ele se entocou num buraco debaixo da plataforma. Quando focalizei a luz novamente sobre os trilhos, o livro havia desaparecido. Ondulei o feixe de luz à minha volta. O longo raio branco de luz cortou a escuridão circularmente. Maldito rato. Maldito livro. Se não fosse por causa dele, eu estaria em casa, minha esposa lendo ao meu lado, minhas filhas dormindo no outro lado do corredor. A lanterna subiu um trilho e desceu por outro, cortando os dormentes, galgou as laterais da plataforma, rastejou lentamente de volta e veio repousar a poucos centímetros de onde eu estava. Os olhos pretos fixaram-se em mim. "Onde você esteve, Peter? Fiquei esperando por você."

Eu me curvei para alcançá-lo. A sujeira e as cinzas estavam ásperas entre meus dedos, enquanto minha mão enroscava-se em volta dele. Iniciei minha volta sobre as pistas de trem. A lanterna dançava sobre os trilhos.

Quando alcancei a plataforma, coloquei o livro e a lanterna sobre o concreto para deixar os meus braços livres, e assentei as mãos com as palmas para baixo, para me dar impulso. Dobrei os meus braços, depois os enrijeci e lancei as pernas para cima, porém a plataforma era mais alta dos que eu pensara. O meu joelho esbarrou no concreto. Minhas pernas vergaram-se sob mim, quando caí sobre os trilhos. Pensei em Betsy encolhida no seu berço. Imaginei Abigail em sua cama, um braço fofo dando um aperto mortal num urso de pelúcia. Vi Madeleine olhar para o relógio.

Dobrei os braços novamente, enrijeci-os novamente, lancei as pernas novamente, e caí de costas sobre os trilhos novamente. Foram necessárias mais três tentativas para me içar até a plataforma. Minhas mãos ficaram esfoladas e ensangüentadas, os joelhos e as canelas doloridos de tanto baterem no concreto. Quando voltei para o carro, verifiquei que tinha rasgado uma das pernas de minhas calças.

Pus o livro de volta no porta-luvas. Ficaria muito bem guardado ali, por enquanto.

Quando cheguei em casa, Madeleine estava sentada na cama, lendo. Ela ergueu os olhos da página, viu minhas mãos ensangüentadas e as calças rasgadas, e perguntou o que diabo tinha acontecido. Disse que tinha tropeçado ao descer a escadaria do edifício para o estacionamento. Perguntou o que tinha acontecido com a lanterna que eu tinha levado. Disse que a bateria havia pifado. Do jeito que estava a conta das minhas mentiras, mais esta fazia pouca diferença.

NA SEMANA SEGUINTE, continuei circulando com o livro. Da mesma forma como outras pessoas que estavam em esconderijos mudavam-se às escondidas de porões para armários e daí para cavernas, quando seus benfeitores ficavam assustados, ou os vizinhos começavam a desconfiar, ou o dinheiro para subornos acabava, assim também eu continuei inventando novos lugares para minha carga. Retirei-o do porta-luvas do meu carro e recoloquei-o na estante da sala de estar, numa prateleira que estava fora do alcance de todos, exceto de mim, escondi-o atrás de minha bancada no porão. Tranquei-o no cofre-forte nos fundos do armário das roupas de cama. O cofre não era grande, e mal havia espaço suficiente para o livro com o passaporte e a pasta de papel pardo que eu mantinha ali. Depois, tirei-o do cofre. Não queria que ele contaminasse as demais coisas. Tranquei-o na gaveta de cima da escrivaninha do meu escritório. Não pretendia lê-lo, mas não conseguia abandoná-lo.

Ele sempre me acompanhava. Tinha conseguido ignorá-lo, quando ele estava sobre a mesinha-de-cabeceira no outro lado da cama onde eu dormia. Os anúncios e as resenhas haviam escapado da minha atenção, porque nunca olhava essa seção nos jornais. Mas agora que conhecia o livro, ele se tornara inescapável. Na rua, mulheres carregavam-no apertado aos seios como insígnia de honra. Atrás da caixa registradora no carro-restaurante onde Harry e eu por vezes almoçávamos, a garota ergueu os olhos acusadoramente, quando a interrompemos para pagar nossas contas. Entrando em meu escritório certa tarde, captei um relance do rosto de Anne, um instante antes de minha secretária enfiá-la no seu esconderijo na escrivaninha. Senti-me como um sujeito caçado que, para todo canto que se vire, vê cartazes seus de *procura-se*.

Sete

> "Você não pode imaginar o que isso significa. O diário seria publicado em alemão e inglês, narrando tudo o que se passou em nossas vidas no período em que estávamos no esconderijo, todos os medos, as disputas, tudo sobre comida, política, a questão judaica, o tempo, mau humor, problemas de crescimento, aniversários e reminiscências — em suma, tudo."
>
> — Otto Frank, em uma carta de 11 de novembro de 1945, citado em *The Hidden Life of Otto Frank*, de Carol Ann Lee

EU NÃO TINHA A INTENÇÃO DE LÊ-LO, mas, no final das contas, foi o que fiz.

Como poderia deixar de ler? Eu o lia junto da minha bancada no porão, quando achavam que eu estava fazendo uma arca de guardar brinquedos para o quarto de Abigail; e no banheiro, no meio da noite, enquanto Madeleine dormia no outro lado da porta trancada; e no estacionamento de um supermercado onde ela não fazia compras porque, ainda que os preços fossem mais baixos, os produtos eram inferiores; e no estacionamento da ferrovia, até que certa noite ela perguntou se era o meu carro que ela vira ao passar, dirigindo, pela estação aquela tarde. As estações ferroviárias a preocupavam. A sua irmã tinha recontado a história de um sobrevivente de um dos muitos carros de transporte de gado que tinha se deitado sobre os trilhos e esperado ali até um trem passar sobre ele. O acidente, se pode ser chamado assim, parou o tráfego de trens em ambas as direções durante horas. Disse a Madeleine que não tinha sido o meu carro, e parei de ir lá, mas não parei de ler o diário. Não pude. Eu era como um garoto com um vício secreto, como até então tinha sido, deitado na minha cama estreita como um caixão, agarrado comigo mesmo, pouco me importando se meus pais, no outro lado da parede úmida e mofada, escutassem, nem que eu ficasse cego, ou louco, ou nascessem pêlos nas palmas das minhas mãos, porque eu provavelmente estaria morto antes que qualquer coisa assim pudesse acontecer.

Quando eu não o estava lendo, estava pensando nele. É essa, como o Dr. Gabor poderia ter ressaltado, caso tivesse continuado a vê-lo, a natureza de um vício secreto. Ele se tornou o meu mundo real, mais verdadeiro que o porão onde construía coisas para a minha esposa e para as crianças; que o banheiro onde tentei fugir para debaixo de um chuveiro forte, embora não consiga imaginar como pude pensar que fosse possível fugir daquelas lembranças logo num chuveiro, entre tantos lugares do mundo e mais real que o estacionamento do supermercado onde mulheres apressadas passavam com seus carrinhos obscenamente cheios de compras. A umidade do canal subindo pelas paredes era real, e o mau cheiro de mofo, suor, peidos, mijo e fezes, e o gosto de batatas podres e feijões mofados, e o frio que tornou as mãos de minha mãe tão brancas quanto gelo por debaixo das luvas comidas por traças, e o calor que nos castigava, descendo do céu e exalando-se das ruas onde fomos proibidos de andar, e o terror, e a degradação provocada pelo terror. Eu estava preso na armadilha daquele livro da mesma forma como estivera preso naquela casa. Mas — e era isso que eu não podia entender — sentia saudades também. Sentia falta daqueles aposentos malcheirosos onde as paredes soltavam vapores no verão e gotejavam como se suassem frio no inverno. Eu ansiava por aqueles pais. Sentia falta de Anne. Sentia pena de mim mesmo.

Vez por outra, me irritava. Não apenas por ela ter trocado os nomes, ainda que isso já fosse bastante ruim. Na ocasião em que chamara Pfeffer de *dussel*, que era idiota em alemão, pelas costas dele, no anexo, tudo era uma inocente brincadeira de dois jovens lutando contra a tensão, porém, agora, o pobre Pfeffer virara Dussel para sempre. Ela costumava também criticar severamente e maltratar a minha mãe e o meu pai. Mas esses renomeados Van Daans não eram meus pais, isso eu quis berrar contra ela e não consegui, porque o cheiro dos cigarros do meu pai fechou-me a garganta e o som das risadas de minha mãe afogou a minha voz. Eu não era páreo para as lembranças que o diário me trazia de volta. Não podia resistir àqueles fantasmas me puxando. Eles se erguiam das páginas ásperas, arremessavam os braços em volta do meu pescoço, entravam em luta corpo-a-corpo comigo, ofegando, rindo e soluçando, de volta a suas vidas, de volta ao tempo quando eram vivos.

Minha mãe curvou um dedo com anéis. "Lembra-se da noite em que cortei os seus cabelos?", ela sussurra, e estamos dançando em volta da sala, eu com calção de banho e tênis, ela com vestido estampado com remendos, minhas mãos nos seus pulsos, os seus braços debatendo-se numa luta simulada. Ela está rindo, chorando e suplicando aos gritos que a deixe em paz, e eu empurrando, puxando e carregando-a na dança ao redor da sala, meio brincando, meio furioso, cheio de terror diante desse poder, que por um momento sobrepuja o outro terror, aquele com o qual todos nós convivemos.

Meu pai berra comigo para lhe entregar o livro, não o livro sobre o qual estou debruçado, já cercado pelo entardecer, porém outro livro, porque eu sou novo demais para saber de certas coisas —

ainda que não seja tão novo assim para deixar de descer com ele e o Sr. Frank até os escritórios, minha mão agarrando o martelo para o caso de sermos atacados por ladrões — e ele toma aquele outro livro, que fala sobre pênis e vaginas e relação sexual, das minhas mãos, e trocamos empurrões, tapas e chutes, e ele me xinga e me manda para o sótão sem jantar, e lá eu me sento escutando o ronco de terremoto que faz meu estômago vazio e o barulho deles comendo, conversando e remexendo os pratos logo abaixo de mim, e desejo que ele morra, embora saiba que seja um pensamento inconcebível dadas as circunstâncias. Ele é um tolo, eu resmungo em pensamento, mais *dussel* que Pfeffer. Pelo menos Pfeffer colocou seu filho num navio e o mandou para a Inglaterra.

Mas, então, noutra ocasião, estamos ajoelhados, meu pai e eu, ombros colados um ao outro, enquanto encaixamos as telas no depósito de comida que estamos construindo, e o Sr. Frank, que me auxilia com o meu inglês, porém é incapaz de construir qualquer coisa prática, fica observando. Meu pai fala, em voz baixa, como se fosse um segredo que devemos esconder dos que não são capazes de fazer coisas bem-feitas, "bom trabalho, Peter, bom trabalho".

Eu, sentado no estacionamento do supermercado, escutando meu pai sussurrar ao meu ouvido, enquanto olho fixamente para o livro apoiado sobre o volante. O exemplar estava em frangalhos, sua encadernação arrebentada, por ter sido arremessado sobre os trilhos, as páginas rasgadas pela queda. Eu me estiquei, abri o porta-luva e apanhei um rolo de fita adesiva. E assim como podia aplicar curativos no joelho de Abigail ou beijar o *dodói* de Betsy, comecei a remendar as páginas rasgadas. Eu cantarolava de boca fechada enquanto trabalhava. Madeleine diz que eu sempre faço isso enquanto trabalho, embora não perceba. Mas, de repente, me dei conta de que estava cantarolando de boca fechada. Era Mozart. "Eine Kleine

Nachtmusik" encheu o carro, e eu estou de volta ao sótão da frente com Anne. É noite de domingo de Páscoa, o segundo domingo de Páscoa que passamos ali, o último que passaríamos ali, e estamos ouvindo música pelo rádio, enquanto o castanheiro do lado de fora da janela faz uma despeitada promessa de primavera.

Terminei o atendimento ao ferido e recomecei a folheá-lo.

É aniversário de minha mãe, e meu pai dá dinheiro a Miep na esperança de que ela encontre cravos encarnados, seu presente habitual. Minha mãe grita de prazer pela excitação escarlate em nossas vidas cinzentas, e lança os braços em torno do pescoço de meu pai, e beija-lhe demoradamente a boca, porém, agora, em vez de desviar o rosto, enojado, como fiz na hora, estreitei meus olhos para vê-los mais nitidamente. Como eles eram jovens; minha mãe saudável e animada, com a boca larga, sempre pronta para tomar para si uma dentada da vida; meu pai alto, garboso, envolto em espirais de fumaça de cigarro e piadinhas piegas. "O que faz *clict* noventa e nove vezes e *clact*, uma? Uma centopéia com uma perna-de-pau." Eles se amam? Fazem amor neste pútrido anexo sem privacidade?

Escuto-os gritando um com o outro.

— Não vou vender o casaco.

— Ótimo, vamos comer pele de coelho neste inverno.

— Você só quer o dinheiro para gastar fora com seus cigarros.

— Você o quer para comprar mais roupas depois da guerra. Depois da guerra! E o que vamos comer até o fim da guerra?

Mas fazem as pazes. Sempre fazem as pazes. Ele a fica espiando, quando ela está de pé junto à pia, aproxima-se dela, e envolve com os grandes seios melões com as suas enormes mãos manchadas de nicotina. "Não", ela solta um grito agudo, e a palavra torna-se sim em sua boca. "Kerli", ele entoa no seu ouvido. E eles entram valsando no quarto de dormir.

Glutões, Anne os chama. Ah, sim, eles são glutões.

Continuo virando as páginas, faminto por notícias nossas. Um registro me detém.

Peter é muito acanhado, porém não tão acanhado para admitir que ficaria perfeitamente satisfeito se deixasse de ver os seus pais por um ano ou dois.

Estou atordoado, andando para lá e para cá, no anexo, saltando de uma parede descascada e úmida para outra. Estou sufocando aqui dentro, sou grande demais para esse teto tão baixo e os quartos abarrotados, demasiado forte para minha indefesa e aterrorizada mãe e meu pai em sua impotência enraivecida, crescido demais para ser surrado por ela e por ele. Os meus enormes pés fazem muito barulho. Meus braços compridos ficam derrubando coisas. Temo quebrar tudo. Sonho comigo quebrando tudo.

Eu me espicho e apanho um maço de cigarros. Harry o tinha deixado no assento da frente. Segurando o livro com uma só mão, agito o maço para tirar um cigarro e pressiono o acendedor. Não tinha sequer consciência do que estava fazendo, até inalar. O cheiro de meu pai fechou-se à minha volta. Mal consigo respirar. Escancarei a porta do carro para deixar entrar um pouco de ar. O livro cai do meu colo para o chão. Do piso negro de alcatrão do estacionamento, Anne olha assustada para mim. Eu a recolho, limpo a capa com a mão, fecho a porta do carro. Os seus olhos fixos me encaram do seu rosto eternamente infantil.

— Os adultos têm apenas ciúme porque somos novos sussurro, enquanto subimos os degraus do meu quarto de dormir para o sótão.

Mas eles são mais jovens que nós, ou pelo menos mais inocentes. Do lado de fora do anexo, bombas caem, assassinos marcham pelas ruas e vagões conduzem sua carga para o leste, enquanto aqui dentro, os pais, que jamais concordam em nada, estão de acordo que Anne e eu não devíamos passar as noites sozinhos no escuro, e

Otto, que ainda confia nas velhas decências — eu era um oficial do exército alemão na última guerra, dirá ao homem da Grune Polizei, enquanto o brutamontes enfia nossos valores na maleta — puxa-me de lado e fala de caminhos do prazer, nos quais uma coisa conduz a outra, e de nos guardar-nos, ou ao menos Anne, para o futuro. "Que futuro?", quero perguntar a ele, porém não o faço, porque eu preciso acreditar que ele tem razão. No entanto, Anne e eu continuamos a subir as escadas para o sótão, onde nos sentamos na escuridão, inalamos os primeiros odores maduros da primavera e os agressivos vapores que se elevavam do canal em frente da casa, um agarrado ao outro, como se nossa vida dependesse disso. Se Deus permitir que ela viva, diz ela, sob a proteção da noite, vai realizar mais que a sua mãe jamais conseguiu, e fará com que sua voz seja ouvida, e trabalhará para a humanidade. Se eu sobreviver, digo para ela, irei para as Índias Orientais e vou vencer na vida. No entanto, aos poucos, paramos de conversar e começamos, com passos hesitantes, a procurar passagens através dos caminhos do prazer de Otto. Sinto seu corpo infantil amadurecer em meus braços e a vida grita estridente nos meus ouvidos, ou talvez fosse apenas a sirene do ataque aéreo.

Eu fecho os olhos, porém Anne, meu pai, minha mãe, e todos os demais, incluindo o pobre Pfeffer, estão impressos por dentro em minhas pálpebras. Não há como fugir deles. Abro os olhos. Gotas de água respingam sobre o rosto de Anne na sobrecapa empoeirada do livro. Tinha começado a chover. Eu estico o braço para fechar a janela. Já estava fechada. Olho para cima. O sol debruça-se do céu como uma moeda embaciada por cima do supermercado.

Apanho um lenço do bolso, assòo o nariz e olho ao redor. Mulheres passam apressadas, os corpos arqueados para a frente pelo esforço de empurrar seus carrinhos inundados, seus olhos passaram por mim, depois seguiram adiante. Um garoto pára me encarando. Sua mãe agarra-lhe a mão e o arrasta para longe. Outra mulher nem mesmo se arrisca. Segurando uma criança com uma das mãos, ela faz um largo desvio para me contornar. Engaiolado dentro do meu carro, olho fixamente para eles. Leio suas suspeitas tão claramente como se estivessem usando balõezinhos de histórias em quadrinhos. Homem mau. Criminoso. Assassino.

NAQUELA NOITE, enquanto Madeleine dormia ao meu lado, saí da cama e fui até a cozinha sem fazer barulho. Depois do carpete macio, o linóleo pareceu-me frio e escorregadio sob meus pés descalços. Fechei as portas de ventilação antes de acender a luz do alto, cujo brilho me fez piscar ofuscado. A caminho da geladeira, recostei-me na janela, protegi os olhos com as mãos em concha para atenuar o brilho do ambiente e voltei-me na direção das casas dos meus vizinhos. Uma lua cheia derramava um fantasmagórico fulgor sobre os jardins, mas não havia lâmpadas iluminando-as. Indian Hills dormia, pacificamente, foi o que imaginei.

Fui até a geladeira, abri a porta, e comecei a tirar coisas de lá. Uma após a outra, carreguei-as para a mesa. Duas coxas de frango, uma fatia de bolo de carne, metade de uma torta, um jarro de manteiga de amendoim, uma garrafa de leite, uma tigela de espaguete coberto com papel encerado, um vidro pela metade de comida para bebê. Já havia acabado com uma das coxas de frango e com o espaguete, quando Madeleine abriu as portas com frestas de respiração. Ela piscou diante das luzes. Os olhos correram do prato para a tigela, para a garrafa de meu obsceno banquete, depois para mim.

— Você está bem? — perguntou gentilmente.

— Apenas um pouco faminto.

Seus olhos brilharam quando viu o vidro de alimento para bebê.

— Eu devia estar meio sonolento. — Levantei-me e levei a comida de bebê de volta para a geladeira. — Pensei que fosse molho de maçã comum.

Ela ainda estava me observando, quando eu voltei da geladeira, seu rosto adorável contorceu-se num nó de preocupação. Minha pobre esposa estava começando a suspeitar de algo que eu já sabia todo esse tempo. Afinal de contas, ela não tinha tirado a sorte grande.

Oito

"Ele [Peter] disse que a vida teria sido muito mais fácil se tivesse nascido cristão ou pudesse tornar-se cristão depois da guerra. Perguntei se ele queria ser batizado, porém não era isso o que ele queria tampouco. Ele disse que nunca seria capaz de sentir-se um cristão."

— *O diário de Anne Frank,* 16 de fevereiro de 1944

Eu pensava em voltar a Amsterdã, apenas por uma semana ou duas.

Disse para mim mesmo que isso daria descanso aos fantasmas. O que na verdade eu queria era fazê-los voltar à vida. Eu me deitava na cama às três da manhã, aquela hora traiçoeira quando tudo volta rastejando, ouvindo a minha mãe ameaçar suicidar-se por causa do enorme medo que tinha de morrer; e meu pai furioso porque não tínhamos mais dinheiro para Miep nos comprar comida; e eu pedindo desculpas por ter me esquecido de destrancar a porta da rua. À noite, depois que os trabalhadores haviam ido embora, saíamos sorrateiramente do anexo e descíamos até os escritórios e os armazéns nos andares inferiores. Por algumas horas, dominávamos o prédio, porém sempre fechávamos por precaução a porta que dá para a rua. Era minha tarefa destrancá-la antes de retornarmos para o esconderijo, mas, naquela noite, esqueci de fazer isso e, na manhã seguinte, os homens não puderam entrar. Agora, fico deitado na cama, jurando que retornaria. Que destrancaria a porta. Eu corrigiria os erros. Eu salvaria todos eles.

No entanto, quando os primeiros raios solares já batiam nas janelas, tive a certeza de que não voltaria. Não seria capaz de retornar para aquele mundo. Miep e o seu marido Jan, e também Kleiman e Kugler, tinham arriscado as suas vidas para salvar as nossas, porém havia outros. Lembrei-me das palavras que algum bom cidadão holandês havia rabiscado sobre a ponte do outro lado do canal que se avistava das janelas pelas quais não devíamos olhar. *Tire suas mãos sujas de nossos imundos judeus.* Pelo que eu escutara no campo de refugiados, as coisas não haviam melhorado depois da guerra. As pessoas voltavam para casa dos acampamentos para encontrarem vizinhos dormindo em suas camas e comendo em suas mesas, esquecidos de que já os haviam conhecido e, mais ainda, de que haviam combinado tomar conta dos seus prezados bens até que pudessem pedi-los de volta. "Mas será que vocês já não causaram problemas o bastante?", o bom povo de Amsterdã perguntava. Também sofremos privações, eles insistiam. Se mataram tantos nos campos de concentração, queriam saber, como pode tantos estarem voltando? Os judeus alemães levaram a pior de ambos os mundos. O governo holandês anulou as leis nazistas contra os judeus, depois designaram os judeus alemães como inimigos nacionais. Eu não ia voltar para uma coisa dessas, nem mesmo como um gentio.

Ocorreu-me em outro pesadelo totalmente acordado das três da madrugada. Eu iria à igreja. Abraçaria meu novo eu plenamente.

Tinha de escolher entre a episcopal, a presbiteriana, a luterana, a católica e provavelmente meia dúzia de outras que nem mesmo me chamaram a atenção nas minhas peregrinações pelas redondezas. Madeleine ia achar estranho. Nem eu nem ela acreditávamos em religião. Tínhamos combinado criar os nossos filhos sem superstições. No entanto, ela havia me visto voltar de uma ida ao escritório parecendo que havia sido surrado por um bando de delinqüentes, e me apanhou tirando comida da boca do bebê, e vira o meu carro escondido no estacionamento da estação de trem, embora eu tivesse negado isso. É claro que poderia lidar também com uma peculiar visita à igreja.

Passei pela Igreja de Cristo, que ficava apenas a alguns minutos de nossa casa, mas não parei. Estacionei na frente da St. Michael's, porém a imagem de Jesus na cruz, onde eu, se os insultos que sofri na juventude merecessem crédito, o pendurara, foi um sinal para me afastar dali. Quando notei um carro da polícia aproximando-se, pelo espelho retrovisor, enquanto estava sentado em frente da All Souls, dei partida, pus a marcha em primeira, e quase colidi com outro carro na minha pressa de fugir.

MAL HAVIA AMANHECIDO quando desci com o carro de marcha à ré pela entrada de carros, na manhã seguinte. Madeleine ainda estava dormindo. Beijei seus cabelos emaranhados e sussurrei que tinha uma reunião cedo sobre a qual tinha esquecido de avisar.

— Não acorde o bebê —, ela murmurou e entocou-se em mais alguns minutos de doce inconsciência.

Uma camada escorregadia de folhas caídas tornava a entrada de carros traiçoeira sob os pneus. Quando alcancei a auto-estrada, dei uma olhada no velocímetro. Estava a quase trinta quilômetros acima do limite de velocidade. Não reduzi. Deixei os pântanos de cor escura e enormes tanques de óleo de Nova Jersey para trás, atravessei a ponte Goethals, e mantive rumo leste. Fazia anos que não voltava, porém ainda conhecia o caminho. Quando passava o edifício, naqueles dias, sempre acelerava o passo até para me afastar dali o mais rápido possível.

Encontrei uma vaga um pouco abaixo no quarteirão. A chuva havia se transformado em neblina. Subia da rua trazendo o cheiro repulsivo e azedo dos esgotos. Um homem conduzia um cão de três pernas. Dois garotos chapinhavam numa poça. Uma mulher, agasalhada com capa de chuva e lenço no cabelo, desviou-se deles. Ninguém nem sequer me lançou um olhar rápido. Portas voltavam faces desconfiadas para a rua. "Vá cuidar da sua vida" pairava no ar da manhã úmida. Eu estava bem longe de Indian Hills.

A fachada de tijolos vermelhos, com listras pretas por causa da chuva, precisava de argamassa, e uma folha de cartolina cobria um buraco em uma janela. A porta de madeira pesada cedeu com facilidade, embora, pela sua aparência, desse a impressão de que estaria emperrada. O cheiro de livros velhos, de cânfora e repolho me assaltava. Não entendi o repolho.

De onde estava podia ver, descendo uma ala central estreita, até a parte da frente do interior da sinagoga. Passava por entre as fileiras de bancos, dividida a cerca de um terço do seu comprimento por uma poeirenta cortina púrpura. Tinha me esquecido da cortina. Nas sextas-feiras à noite, sábados e feriados, ela seria puxada de um lado até o outro para separar os homens das mulheres.

Eu comecei a descer a ala central, passei pela cortina, até a parte da frente do salão comprido e estreito. A arca estava aberta. A Torá estava assentada sobre uma mesa alta de madeira. Um grupo de homens, envolvidos em xales de oração, acotovelava-se ao seu redor, cantando. Embora eu não entendesse as palavras, algo em mim respondia à cadência inconsolável. No entanto, que alma não lamenta junto com um réquiem em tom menor? Enquanto cantavam, ajoelhavam-se, depois endireitavam o corpo, para em seguida incliná-lo à frente. O movimento também me era familiar, embora nunca o tivesse emulado. O pensamento de que poderia estar em meu sangue dava-me calafrios. Provaria que estavam *certos*. Entretanto, não era por isso que eu estava aqui?

Um dos homens destacou-se do grupo e começou a recuar de costas, subindo a ala central, em minha direção, inclinando-se, meneando e cantando, enquanto se aproximava. Quando me alcançou e virou-se para mim, fiquei surpreso. A distância, envolto no xale de oração e coroado com o solidéu, todos pareciam velhos, mas esse homem devia ter mais ou menos a minha idade. O solidéu preto assentava-se elegantemente sobre uma massa de cabelos ásperos cor de cenoura. Debaixo das correias de couro que ligavam uma pequena caixa preta à sua testa, sardas cor de ferrugem salpicavam sua pele leitosa. Os cabelos, isto me ocorreu, o teriam salvado, se não o matassem antes. Eles teriam feito experiências, no interesse da ciência, para descobrir do que se tratava essa pequena curiosidade, um judeu ruivo. Ele se inclinou novamente. Eu não tinha certeza se isso fazia parte da dança ou se ele estava se curvando para mim. Estendeu-me um livro de capa preta. Ao fazer isso, o seu xale de oração escorregou. Correias ligando outra caixa de couro preto ao seu braço afundavam-se na pele e distorciam o número tatuado. Ele continuou estendendo o livro para mim, da mesma forma que os inspetores da alfândega no cais, naquela manhã, fizeram com os meus documentos. Eu o peguei dele.

Com o cotovelo, me empurrou para o banco e veio atrás. Embora estivesse segurando um livro aberto em uma mão, não o olhava. Enquanto continuava orando, manteve os olhos sobre mim. Eu focalizava os meus direto à frente. Ele esticou um dos braços, abriu o livro que eu estava segurando, folheou-o e indicou com a cabeça as páginas abertas. Abaixei a vista para o livro. Estranhos caracteres percorriam a superfície. Reconheci as formas, mas não compreendi o significado. Eu nem sequer conhecia os sons correspondentes. Levantei os olhos para a arca aberta. Meu olhar ergueu-se, mas meu espírito não o acompanhou. Eu não sentia nada. Fechei os olhos e concentrei-me no lamento dos homens que rezavam. Ajoelhei-me e tentei inclinar meus ombros à frente. No entanto, algo forte como um arame de aço vindo dos céus manteve-me ereto. Esperei por uma reação. Queria que o meu estômago ardesse de fome. Esperei que os pêlos da minha nuca se arrepiassem. Mas não adiantou. A visão do diário de Anne me deixara mudo. Estes objetos e rituais semi-recordados nem chegavam a me dar arrepios.

Esperei até que os fiéis gritassem os seus últimos améns e começassem a tirar os seus xales de oração, depois subissem pela ala central. O homem de cabelos ruivos seguiu-me, como eu já sabia que o faria. Ele me alcançou quando cheguei à porta e inclinou-se, aproximando-se, para me dizer algo. Senti uma poderosa baforada de bolas de naftalina. Bolinhas de naftalina, era como Anne as chamava, quando minha mãe as tirava da lata, porque tinham sido armazenadas num armário à prova de traças. De pé naquela sinagoga que me era estranha, poderia sentir o gosto doce e pegajoso derreter-se na minha língua.

— Você é judeu? — ele perguntou.

Fiquei parado, fitando o jovem de aparência de velho. Seus cabelos se arrepiaram na cabeça como se uma corrente elétrica os tivesse atravessado. Sua surrada suéter sem mangas caindo frouxa sobre uma camisa de flanela puída, suas calças empoeiradas despencando sobre sapatos gastos.

— Sou norte-americano — respondi.

— Eu também. Se eu fosse qualquer outra coisa, acha que poderia estar aqui na sinagoga? No Centro Comercial de Varsóvia, não ia ser fácil. Alemanha, nem se fala. Eu sei que você é norte-americano, Sr. Ianque Tolo Pomposo, mas você é judeu?

Não respondi.

— É uma pergunta simples. Como diz a canção, você é ou você não é?

Eu não tinha contado isso à minha esposa, nem, antes dela, à sua irmã, nem ao meu sócio. Nunca contaria a meus filhos. Em parte, fiz isso por eles. Então, por que deveria contar a esse estranho, este recém-chegado que estava colado a mim feito mosca no papel?

— Sou.

Ele assentiu com a cabeça.

— Porém, não praticante. — Ele abriu seus lábios finos num sorriso selvagem.

— Sobre ter fé, eu não perguntei. — Ele se inclinou aproximando-se mais ainda. Senti o cheiro de bolas de naftalina novamente e o gosto dos biscoitos. — Então, me diga, você voltará? Homens como você, estamos precisando.

— Homens como eu?

— Um *minyan*.

Por um momento, pensei que ele havia dito *minion*, ou seja, criado. Já ia lhe dizer que não era isso. Então, outra palavra que tinha esquecido me voltou à memória. Ele queria que eu formasse um *minyan*, o *quorum* de dez homens adultos exigidos para a oração.

Disse-lhe que voltaria, embora tivesse a certeza de que não iria.

LIVRO DOIS

—

1955-1980

Nove

"Nunca esquecerei o dia em Auschwitz quando Peter van Pels, de dezessete anos, e eu vimos um grupo de homens selecionados. Entre eles estava o pai de Peter. Os homens foram levados embora em marcha. Duas horas mais tarde, um caminhão chegou carregado com suas roupas."

— Otto Frank,
citado no *Anne Frank Magazine*, 1998

"[As] famílias Frank e Van Pels* e Friedrich Pfeffer [chegaram] na estação [em Auschwitz] na noite de 5-6 de setembro... A *seleção* foi realizada na plataforma... 549 pessoas — entre elas todas as crianças com menos de quinze anos — foram mortas nas câmaras de gás naquele mesmo dia, 6 de setembro. Entre elas estava Hermann van Pels."

— *O diário de Anne Frank: edição crítica,*
baseado no dossiê 103.586 da
Cruz Vermelha holandesa

*Quando a edição crítica do *Diário* foi publicada em 1989, os nomes verdadeiros dos personagens, em vez de nomes que Anne inventou, foram usados nos ensaios explanatórios.

O NOME DESTE MÉDICO ERA MILLER. Dr. Joseph Miller. Sua aparência era tão comum quanto o nome. Para mim, isso era bom. Não queria outros Gabors garimpando memórias do Velho Mundo, fedendo a misérias do Velho Mundo. Não tinha vindo aqui porque estivesse com algum problema. Dessa vez, tinha marcado uma consulta com um médico porque tudo estava indo muito bem. Minha voz estava ótima. Nunca mais nem mesmo voltei a pensar sobre o incidente. O diário tinha me derrubado a princípio, apenas porque supusera que havia virado fumaça, como tudo o mais. A idéia de que tivesse sobrevivido no rastro de tantas mortes era de certa forma obscena. No entanto, consegui pôr as coisas nos seus devidos lugares. Era apenas um livro. Mesmo quando li que seria feito uma versão dele para teatro, não fiquei perturbado. Se era isso o que Otto queria, quem era eu para protestar? Senti pena por ele, viver tanto assim no passado, mas não me tocava tanto assim.

Eu tinha uma esposa, a quem amava, e que me retribuía esse amor; duas filhas saudáveis; e uma outra criança a caminho. Três meses antes, Madeleine tinha anunciado, quando atravessei a porta certa noite, que o coelho tinha morrido. As palavras eram em código, no entanto entendi imediatamente. Todos os maridos em Indian Hills sabiam o que significavam, provavelmente todos os maridos nos Estados Unidos. Perguntei-me se algum deles, além de mim, achava estranho que usássemos a linguagem da morte para anunciar a chegada da vida. Não disse isso à minha esposa. Eu me referia ao que todos os maridos nos dois sentidos da Seminole Road, por toda a Indian Hills, por todos os Estados Unidos, fariam, nessas circunstâncias, todos, ou seja, exceto os namoradores, bêbados e homens que não tivessem família. Atravessei a cozinha, tomei-a em meus braços, beijei-a e disse-lhe quanto me sentia feliz. Cumpri todos os procedimentos apropriados. Não quero dizer implicitamente que estava meramente cumprindo procedimentos. Minha alegria era genuína. No entanto, não sou dado a comportamentos efusivos. Se tivesse feito um estardalhaço, Madeleine teria ficado preocupada, achando que algo estava errado.

Ela estava querendo um menino, não apenas porque já tínhamos duas garotas, mas porque tinha certeza de que eu, como todo homem, assim ela pensava, queria um filho. Estava enganada a esse respeito. Por mais que gostasse de ter um filho, estava torcendo por mais uma filha. Uma menina me deixaria maluco de satisfação.

Os negócios iam igualmente bem. Harry estava com a razão sobre cada sujeito e sua esposa andarem desejando uma casa novinha em folha nos subúrbios. Já havíamos iniciado uma terceira extensão do empreendimento imobiliário. A Associação Nacional dos Construtores do Lar tinha até mesmo nos dado um prêmio. A princípio, fiquei relutante em aceitá-lo. Não gostei da idéia de chamar a atenção sobre mim.

Harry revirou os olhos para o teto do escritório quando lhe disse isso. "O pessoal paga um bom dinheiro para assessores de imprensa para ter os seus nomes no jornal, e o meu sócio não gosta de chamar a atenção."

Ele tinha razão. Este medo de sobressair era o último vestígio de minha mentalidade de recém-chegado. Já que eu pensava dessa maneira, seria melhor voltar para Marseilles. O prêmio não podia senão trazer benefícios. Deixei até mesmo ele me convencer a fazer o discurso de agradecimento no almoço, embora achasse que deveria ser ele a fazê-lo.

— Eu tenho sotaque — disse eu.

— Eu também. Autêntico "brooklynês". Enfrente-o, amigão, é por sua causa que estamos recebendo esse prêmio ridículo. Construímos uma bela casinha, porém é isso também o que fazem uma porção de outros sujeitos. Estão até mesmo entendendo a história de aposentos maiores pelo mesmo custo. Existe somente uma diferença entre nós e eles. Você. Peter van Pels. A prova viva de que os Estados Unidos ainda são a terra da oportunidade. Que qualquer um pode ir borbulhando até o topo desse cadinho de etnias. Sem dúvida, não ofende ninguém o fato de ele não ser membro da tribo. — Ele deu uma piscadela.

Fui fazer o discurso de agradecimento no almoço. Posteriormente, alguns homens se aproximaram de mim, me apertaram a mão e ofereceram-me seus cartões. Um fotógrafo tirou fotos. O jornal local publicou a notícia ilustrada com uma fotografia. O *Journal American* publicou um parágrafo. Madeleine já o havia colado no aparador, quando cheguei em casa aquela noite.

— Olhe só isso aqui. — Ela indicou o jornal com a cabeça, depois afastou da testa um cacho de cabelos com as costas da mão. Na primeira vez que cortou o seu cabelo num estilo chamado "corte poodle", eu odiei. Prefiro mulheres com cabelos compridos. A preferência é compreensível. Mas acabei me acostumando com o seu corte adolescente. Tinha nome de cachorro, mas emprestou um ar felino ao seu olhar comprido e faces afiladas. Parecia ao mesmo tempo vigilante e contente, embora pudesse ser conseqüência da gravidez.

— O que é isso?

— Um artigo sobre o meu famoso marido.

— Em um jornal de Nova York? — era mais do que eu havia pedido. Certamente alguém veria o artigo, embora eu não imaginasse quem.

Apanhei o jornal, passei os olhos pelo artigo uma vez, depois o li uma segunda vez mais lentamente. Era um parágrafo inócuo sobre um homem de negócios norte-americano comum. Apenas um recém-chegado poderia ter medo daquilo.

Madeleine comprou três exemplares do *Journal American* e do jornal local, recortou os artigos e os emoldurou. Deu um conjunto para a sua mãe e outro para sua irmã. Eu não estava presente quando ela os entregou, porém posso imaginar o seu sorriso, disfarçado e presunçoso, como se estivesse lambendo leite de seus bigodes de gato. Ainda que ninguém o admitisse, a família contabilizava pontos. Norman tinha ido para a faculdade e depois para a faculdade de medicina, porém eu lera Goethe e Schiller "no original". Ele era um homem com uma carreira, porém eu ganhava mais dinheiro. A primeira pessoa para quem Madeleine telefonou quando soube a respeito do prêmio foi seu pai. Meu sogro admirava os títulos do meu cunhado, Norman Fine, médico, membro do Colégio Norte-americano de Médicos. No entanto, apreciava o que chamava de meu senso prático. Tinha admiração pela intimidade de Norman com questões como vida e morte, porém um pouco de desdém por sua ignorância sobre trabalho pesado. Ele me amava, confessou afinal, como um filho, mesmo sendo eu um *shagetz*. Já contei que meu sogro era um homem que venceu por seu próprio esforço?

O prêmio me fez desejar poder dar a notícia ao meu pai, embora raramente pensasse nele ou em minha mãe, ultimamente. Do que adiantava pensar neles? Estavam mortos. Aquela parte de minha vida estava morta e enterrada.

Eu acreditava no futuro. Foi por essa razão que procurei o consultório do Dr. Joseph Miller, por isso e minha filha Abigail. Abigail estava agora com seis anos, idade suficiente para se envergonhar. Foi essa a expressão que enxergara no seu rosto, quando levantei a vista da minha bancada no porão, certa tarde.

Estava dando os últimos retoques na casa de boneca que havia feito para ela. Debbie, a filha de Susannah, estava conosco. Debbie era cinco meses mais velha que Abigail e, nos grandes olhos azulcinzentos de minha filha, estava a fonte de toda a sabedoria e firmeza na decisão. Eu achava que a minha sobrinha tinha algo de sádica, porém talvez fosse por causa do pai superprotetor. Esse era o termo usado por Madeleine.

Estava colando o último rolo de papel de parede aveludado na miniatura da sala de jantar vitoriana. Era um trabalho delicado, sobretudo para mãos tão grandes quanto as minhas, e eu estava encurvado, espiando para dentro da casa, concentrado no trabalho manual. As duas garotas de pé, junto da bancada, me observavam. Estiveram tagarelando, em meio a risadinhas e sussurros, a tarde inteira, e, por instantes, não percebi o silêncio. Foi só quando alisava o papel na parede e me inclinei para trás que me dei conta de que elas estavam de olhos fixos em mim. Não, não em mim, mas no meu braço esquerdo. A boca de Debbie era um pequeno botão de rosa de repugnância. Mas foi a expressão de minha filha que mais me cortou o coração. Eu a reconheci imediatamente, embora já não a visse há anos. Era a mesma expressão que tínhamos no rosto, não quando nós mesmos éramos submetidos ao horror, mas quando éramos forçados a testemunhá-lo sendo perpetrado nos outros. Era vergonha. E para isso não havia lugar no rosto de minha filha.

Na manhã seguinte, telefonei para marcar uma consulta com o Dr. Miller. Eu a vinha adiando fazia meses, talvez anos, porém agora eu estava pronto.

— É um procedimento simples — o médico me explicou, recostando-se na sua cadeira, o que, pensando a respeito, não era diferente do modelo de cadeira Gabor, que também se inclinava para trás e girava, no entanto a semelhança terminava aí. O corte à escovinha do cabelo de Miller, esparso e amarelo como a penugem de um pinto recém-saído do ovo, conferia-lhe um ar de improvável ingenuidade. Nenhum homem adulto poderia ser tão ingênuo. Seu jaleco branco engomado parecia estéril. Os olhos, por trás das pesadas lentes de aro de chifre, focalizados a mais de dois centímetros acima de minha cabeça. Talvez fosse esse o segredo da sua ingenuidade. Ele não olhava diretamente para o seu interlocutor.

— O que faremos, Sr. Van Pels, é incisar o número, como procederíamos com um tumor ou um sinal na pele. Depois aproximamos as bordas da pele cortada para suturar. Se a área for grande demais para isso, faremos um enxerto de pele, mas tenho certeza de que isso não será necessário no seu caso. Sua tatuagem é de um tipo bastante comum.

Uma tatuagem de tipo comum, igual a milhões de outras. Pelo menos, houvera milhões de outras iguais, durante certa época. Atualmente, há bem menos delas por aí, e não por causa do Dr. Miller e de seus colegas. Mas não vou ficar pensando nisso. O fato de outras pessoas terem morrido com suas tatuagens não quer dizer que eu deva viver com a minha. Mais objetivamente, não significa que a minha filha tenha de viver com a minha.

— Se o senhor decidir ir adiante...

— Eu já decidi.

— Ótimo. — O médico ficou em pé. — Minha assistente marcará um horário. — Ele contornou sua escrivaninha até onde eu me encontrava e se dirigiu para a porta. — Não há razão para andar por aí com uma mancha feia como essa, hoje em dia. — Uma mancha. Jamais tinha pensado nela dessa maneira. — O senhor vai ficar admirado com os progressos que temos alcançado. Não quero dizer que podemos brincar de Deus. — Ele correu a mão sobre a penugem amarela sobre sua cabeça. — No entanto, podemos desfazer um bocado de erros da natureza. Do homem também. Já removi dúzias de números idênticos ao seu.

Não havia números idênticos ao meu. Esse era o problema. Os números eram a única individualidade que eles tinham nos deixado. Um após o outro subimos para a mesa, o Sr. Frank, o Dr. Pfeffer, meu pai, eu, e, obedecendo suas ordens, expusemos nossos braços. Tivemos sorte. Sabíamos alemão. Os que não sabiam, os que não tinham idéia do que queriam que fizessem, eram chutados, surrados, e coisas piores. Já nós fomos apenas numerados naquele dia, números consecutivos. O meu diferia do que ficou para meu pai por apenas um dígito. Minha indelével herança.

— Isto é o que a moderna cirurgia plástica pode fazer pelo senhor — o Dr. Miller disse ao abrir a porta, afastando-se para o lado para me deixar passar. — Apagamos o passado.

EU O SENTI sentado ao meu lado no carro no caminho de casa, o braço esquerdo apoiado sobre o couro marrom do assento da frente. O número borrado sombrio, idêntico ao meu, exceto por aquele último dígito, pulsando contra a pele, que havia empalidecido por conta dos dois anos que passou sem receber luz do sol.

Estiquei o braço e liguei o rádio do carro. Ike estava se recuperando satisfatoriamente de uma trombose coronária, e Roy Campanella havia conseguido, na primeira rodada de rebatida, uma dupla volta completa pelo circuito, ressuscitando a esperança de que os Dodgers pudessem finalmente ganhar um título da World Series, e cerca de mil pessoas tinham comparecido ao comício no Carnegie Hall para libertar Morton Sobell, que estava cumprindo pena de vinte anos por ter participado do caso de espionagem de Julius e Ethel Rosenberg. Os Rosenberg tinham ido para a cadeira elétrica havia mais de dois anos, e até agora não se passara um mês sem que alguma organização jurasse corrigir velhas injustiças. As pessoas deviam saber melhor das coisas.

Não é possível corrigir antigos erros. No entanto, foi um acontecimento lamentável a eletrocussão de um casal comum, mãe e pai, judeus, como meu sogro sempre salientou, como se a religião deles fosse responsável não apenas pelo que sofreram, mas também pela vergonha dele. Tive vontade de lhe dizer que não se podia ficar com ambas as coisas. Se os Rosenberg são inocentes bodes expiatórios, você não pode ser culpado por associação.

No entanto, quer saber a quem eu condeno pelo caso Rosenberg? Julius e Ethel. Não por espionagem. Não posso lhe afirmar se são culpados disso ou não. Eu os condeno por terem ido para a cadeira elétrica. Eu os condeno por terem deixado órfãos esses dois garotinhos. Ainda fico vendo as fotos deles nos jornais, com casacos xadrez e bonés de aba. Michael e Robert. Bons nomes norte-americanos. Michael e Robert Rosenberg estão sorrindo no retrato. O advogado de defesa os está conduzindo na saída de Sing Sing. Provavelmente será a última vez que eles verão seus pais, e aqueles pobres inocentes garotos estão sorrindo. Não têm idéia do que lhes está reservado. Mas eu posso lhes dizer. Eu os vejo caminhando naquele retrato, o mais velho com um braço sobre o ombro do irmão, e posso prever tudo. Eu sinto a aspereza da lã do casaco xadrez, friccionando o meu pescoço e meus pulsos. Vejo o brilho escuro e lubrificado das armas dos guardas refletindo a luz do sol. Escuto os gritos pedindo clemência, salvação, alguma espécie de interferência. Não importa que os jornais digam que os pais enfrentaram a morte com silenciosa dignidade. O que sabem os jornais de tais coisas? Aqueles dois garotinhos ouvirão os gritos dos seus pais pelo resto das suas vidas. Esse é o motivo pelo qual eu condeno Julius e Ethel Rosenberg. Eles próprios poderiam ter cancelado as execuções, e a qualquer momento. Uma linha telefônica estava aberta para Washington até o último momento. Tudo o que tinham de fazer era confessar, e suas sentenças seriam comutadas para pena de prisão. Aqueles dois garotinhos poderiam visitá-los. Com o tempo tornar-se-iam homens, com o tempo chegariam à minha idade, os seus pais podiam conseguir liberdade condicional. A maioria das pessoas não tem toda essa sorte. A maioria das pessoas não tem a chance de salvar a si mesmas, ou a suas famílias.

Desliguei o rádio. Os Rosenberg nada tinham a ver comigo. Eu não era nem mesmo levemente tocado pela ligação religiosa, como meu sogro parecia pensar que ele fosse, embora admitisse que hábitos antigos não se largam com facilidade. Meu instinto ainda dividia o mundo entre judeus e cristãos. A única diferença é que agora eu estava no lado seguro da linha divisória.

Entrei na estrada Seminole. Nessa ocasião, já não esperava mais ver ruínas fumacentas ou bosques onde nenhum edifício jamais fora levantado. Assumi que a casa estaria ali, recentemente pintada, com calhas limpas e arbustos bem cuidados, já faltando pouco para estar à sombra das árvores que cresciam ao seu redor, quase tão rápido quanto minhas filhas. Já não dirijo mais com ambos os pés. Por vezes, chego a tirar uma das mãos do volante. E dentro de algumas semanas não teria mais número, nem cicatriz, isso o Dr. Miller prometera, olhando para o espaço acima de minha cabeça.

NÃO CONTEI a Madeleine sobre a consulta marcada com o Dr. Miller. Qual era o sentido de preocupá-la antes da hora? Além disso, sabia que ela se sentiria aliviada. Houve tempo em que ela sentia medo de tocar na tatuagem. Mesmo quando fazíamos amor, ela tratava de evitá-la. Atualmente, já não se incomodava tanto com isso, mas não significava que se entristeceria se eu a retirasse. Que pessoa havia de querer manter uma coisa como essa? Ela jamais chegaria a dizer isso. Tinha respeito demais pelo meu passado para sugerir remendá-lo. Tinha um coração sensível demais para arriscar ferir-me. No entanto, eu estava fazendo isso por todos nós.

Esperei até a noite da véspera do procedimento para lhe contar. O médico tinha dito que eu precisaria de alguém para me levar de carro para casa. Eu lhe disse que eu mesmo poderia dirigir, mas ele apenas sorriu seu inabalável sorriso e respondeu que o médico era ele. A ingenuidade de Miller me desagradava tanto quanto a tortuosidade de Gabor.

Estávamos nos preparando para ir para a cama, quando trouxe o assunto à baila. Não quis mencioná-lo na frente das garotas. Elas iriam notar a bandagem, mas, uma vez retirado o curativo, acabariam esquecendo o número como se jamais houvesse existido. As crianças possuem a memória curta. Assim também alguns adultos, felizmente.

— Fui procurar um médico. — Eu desamarrava os sapatos, e mantinha a cabeça abaixada enquanto falava. Tratava-se de uma colocação, não um convite para discussão.

— Você está bem? — A voz dela subiu meia oitava, alarmada.

— Estou ótimo. Trata-se de uma cirurgia eletiva.

Eu a senti atrás de mim, parada e de pé, no outro lado da cama, esperando. No seu lugar, eu já teria adivinhado o que estava por vir, mas, então, eu nunca poderia estar no seu lugar, não mais que ela no meu.

— Vou remover o número. Aquele do meu braço —, afirmei como se houvesse algum outro.

Ela não respondeu imediatamente, porém eu sabia o que se passava por sua mente. Estava contente de vê-lo desaparecer, mas não admitiria o seu contentamento, porque isso seria o mesmo que confessar que a tatuagem a desagradava.

— É uma cirurgia perigosa? — ela perguntou finalmente.

Então, eu estava certo.

— Um passeio! — A expressão era de Harry, e a maneira como soava brincalhona parecia adequada à ocasião.

Ergui os olhos a tempo de vê-la endireitando o corpo para tirar o pé das suas calças. Sua barriga retesada contra calcinhas de algodão branco virginal. A pele acima delas estava esticada, era fina, e tão pálida como pergaminho, um choque quando se comparava aos braços e pernas tão bronzeados.

— O médico vai fazer tudo no seu consultório. Com anestesia local.

— Você tem certeza de que quer fazer isto?

— Já tomei a minha decisão.

— Quando?

— Há duas semanas.

— Quero dizer, quando vai ser a cirurgia?

Pus-me de pé e entrei no *closet* para guardar meus sapatos.

— Amanhã bem cedo.

— Amanhã cedo! — As palavras foram abafadas pela porta que me ocultava de sua visão.

— Se eu lhe tivesse contado antes — falei de dentro do *closet* —, só ia servir para preocupar você. Na verdade, eu tinha planejado só lhe contar depois de tudo terminado, mas o médico disse que vou precisar de alguém que me traga de carro de volta para casa.

— Eu só queria que você tivesse me avisado antes. O que eu faria se não fosse um dos dias da Sra. Goralski?

Três vezes por semana, a Sra. Goralski vinha limpar a casa, fazer o serviço de lavar e passar roupa, e ficar com as garotas, enquanto Madeleine saía para as suas reuniões, ia aos seus encontros beneficentes, fazia compras com sua mãe e irmã, e, vez por outra, usando algo mais elegante, tomava o trem para Nova York e ia a um museu ou a uma matinê. Sempre dizia que se sentia culpada desperdiçando uma tarde se divertindo enquanto eu trabalhava tanto, mas não me incomoda que ela se divirta. Fico contente de poder lhe proporcionar isso.

— Mas acontece que é um dos dias da Sra. Goralski — eu disse. — Foi por isso que marquei a cirurgia para amanhã.

Saí do *closet* com um sorriso confiante, porém ela o perdeu porque estava suspendendo a camisola acima da cabeça. Captei um relance de membros dourados, pele pálida como a lua e pêlos púbicos escuros, antes que ela a baixasse.

No começo do nosso casamento, eu tinha receio de olhar para o corpo de minha esposa. Tinha certeza de que seria punido por tal prazer. Eu ainda estava tomado de reverência. Meu espanto tinha a ver com o intumescimento da gravidez, porém era muito mais que isso. Ficava maravilhado com a maciez e a integridade dela. Ela era tão perfeitamente intacta. Não tinha ainda furado as orelhas, como sua mãe e a irmã haviam feito. Enquanto permanecia paralisado pelo momentâneo brilho da sua nudez, pensei novamente no quanto seria melhor se a criança que ela esperava fosse uma menina.

MADELEINE E EU estávamos sozinhos na sala de espera, exceto pela recepcionista, que era o que Harry chamaria de "arrasa-quarteirão". Olhei para meu relógio. A "arrasa-quarteirão" nos dissera que o médico logo nos atenderia. Isso dez minutos antes.

— Se ele marca uma consulta para as dez horas, tem de nos atender às dez horas — sussurrei para Madeleine.

Ela ergueu os olhos do seu livro, voltou-se brevemente para a recepcionista, depois se inclinou mais para junto de mim.

— Só passou um pouco das dez — cochichou.

— Dez horas não significa um pouco depois das dez. Onde eu ia parar se deixasse um cliente esperando à toa no meu escritório?

— Você só está um pouco nervoso.

— Não estou nervoso. Só não gosto que me deixem esperando.

— Talvez ele tenha tido uma emergência.

— Ou talvez goste de fazer os outros esperarem. É provável que marque mais de um paciente no mesmo horário. É a maneira destes médicos ganharem dinheiro.

Madeleine me fitou nos olhos, depois indicou com a cabeça a recepcionista, para me prevenir de que ela poderia me ouvir.

— Ora, é isso mesmo.

Ela repetiu que eu é que estava nervoso. Eu lhe disse que parasse de dizer isso. Não havia nenhum motivo para eu estar nervoso.

A porta que dava para o consultório se abriu. Outra "arrasa-quarteirão", esta um pouco menos bonita porém em melhor forma, ou talvez fosse apenas o "efeito anjo misericordioso" do uniforme branco. Ela correu o olhar pela sala. Será que esperava uma multidão? Os seus olhos pousaram em mim.

— Sr. Van Pels?

Eu me levantei. Madeleine também.

— Espere aqui — eu disse.

— Não gostaria de um apoio moral?

Eu lhe disse que estaria bem.

— Só até ele começar.

— Fique aqui.

Ela pareceu ofendida, depois se lembrou das duas "arrasa-quarteirão". Minha esposa tem seu orgulho. Ela também se orgulha do seu senso de humor, sobretudo em situações difíceis.

— Arf! — ela disse, e passou o olhar de uma para a outra com um sorriso de sabedoria, maternal, do gênero "todos os homens são apenas crianças no fundo do coração", embora devesse saber que restava pouco de menino dentro de mim.

Atravessei o consultório e comecei a descer o corredor seguindo o anjo misericordioso. Ela me conduziu a uma pequena sala no final do corredor, entregou-me uma camisola branca e mandou-me despir tudo acima da cintura e vestir a camisola.

— O médico logo estará com o senhor.

Eu tirei meu paletó, a gravata, a camisa e a camiseta, pendurei tudo num cabide atrás da porta e vesti a camisola. Havia uma cadeira com espaldar reto no canto. Havia também uma mesa comprida, coberta com um lençol branco. Eu não queria me sentar naquilo. Fiquei com a cadeira. Consultei o meu relógio. Eram 10h25. Se eu já não tivesse tirado metade das minhas roupas, teria ido embora. Não estava nervoso, como Madeleine insistia. Não estava com maus pressentimentos. Simplesmente não gostava que me deixassem esperando. Diria isso a ele assim que chegasse.

A porta se abriu. O médico entrou. A enfermeira seguia-o feito uma vela branca de navio inflada pelo vento da importância dele. O médico não se desculpou pelo atraso. E eu também não o mencionei. Não queria criar problemas com o homem que estava prestes a cortar a minha carne com uma faca.

Enquanto me deu bom-dia, comentou algo sobre o tempo agradável desse início de outono, perguntou como eu me sentia, lavou as mãos, vestiu um par de luvas cirúrgicas, e checou os instrumentos que a enfermeira arrumava. Tornou a me explicar que se tratava de um procedimento simples. E repetiu que não havia nenhuma razão no mundo para que eu me obrigasse a andar por aí com uma coisa como aquela, tão agressiva ao olhar. Ele disse que tinha realizado o procedimento dúzias de vezes. Sentou-se no pequeno banco de couro preto e utilizou os pés para aproximar-se mais rápido de mim.

— Já removi aquela outra também. Um caso fascinante, alguns anos atrás. — Ele ergueu o olhar do meu número e dirigiu-o para o espaço acima de minha cabeça. — Uma tatuagem na parte interna do braço. — Ele ergueu a mão direita para o lado interno do seu braço esquerdo para indicar o local. — Mais ou menos desta extensão. — Manteve elevada a mão com o polegar e o dedo indicador separados três centímetros um do outro. — Meu palpite é que ele era da SS.

Eu tinha esquecido que essa também era no lado esquerdo. Fosse SS ou prisioneiro, carregávamos o sinal no mesmo lado. O latim de minha meninice me voltou. Nós carregávamos o sinal no lado *sinistro*.

O médico estava esfregando um chumaço de algodão sobre o meu braço agora, não sobre o número, mas acima dele. A sensação era revigorante, como depois da loção pós-barba.

— Pelo que entendo, eram funcionais. — Ele pegou a seringa da enfermeira com sua mão esquerda. Assim, ele era *sinistro* também. — Eram usadas para indicar o tipo sanguíneo. No caso de serem feridos e necessitarem de uma transfusão. — Ele se debruçou sobre o meu braço. — Eu a removi totalmente. — Senti a picada da agulha na minha carne. — Nem um vestígio. Nem cicatriz. Nada. — Eu observava o líquido correr na seringa. — Você poderia ver aquele homem hoje na praia, Sr. Van Pels, e não faria a mínima idéia do que ele fizera na vida. — O médico retirou a agulha. — Como sempre digo, isso é o que a moderna cirurgia plástica pode fazer pelas pessoas. Apagamos o passado. — Uma sensação peculiar se expandiu dentro de mim.

Sem desviar os olhos do meu braço, ele estendeu a mão esquerda para a enfermeira novamente.

— É claro, estou apenas conjecturando. — Com um movimento rápido, a enfermeira passou o instrumento para a mão do médico. — Ele não disse que era uma tatuagem da SS, e eu certamente não perguntei. — Ele sorriu afetadamente para o meu número aos seus olhos. O *ex-nazista,* era uma brincadeirinha nossa.

Tentei puxar o meu braço para trás.

Ele o agarrou com mais força ainda.

— Não precisa ficar com medo — disse ele sem levantar os olhos. — O senhor não vai sentir nada.

Puxei novamente.

— O senhor vai ter de ficar imóvel, Sr. Van Pels.

Eu torci o braço tentando soltá-lo.

— Mudei de idéia.

— É um procedimento de pequeno porte. Como já disse, o senhor não sentirá nada.

— Mudei de idéia. — Não tive a intenção de gritar. — Não quero remover coisa nenhuma. O senhor não tem o direito de removê-lo.

Ele baixou o bisturi e ficou de pé. Os seus olhos focalizaram o meu rosto durante um instante, apenas o suficiente para que a sua repulsa transparecesse no próprio rosto dele.

— A decisão é sua. — Ele virou-se de costas e deixou a sala. A enfermeira seguiu-o agitada. As suas palavras filtraram-se pela porta, justo quando ela já ia se fechando, e chegaram até mim:

— Muito instável essa gente.

EU INSISTI em dirigir para casa. Madeleine não discutiu. Ela não tinha idéia de quanto o meu braço esquerdo estava dormente. Nem mesmo comentou o fato de eu estar dirigindo com uma única mão. Por essa época, ela já havia se acostumado com isso. Mas não pôde evitar perguntar, enquanto eu acelerava para ultrapassar um carro que estava rodando devagar demais na faixa expressa, e passava a toda por anúncios de gasolina, pasta de dentes e vendedores de carros usados, o que me fez mudar de idéia.

— De repente, comecei a achar que não deveria fazer isso.

— Mas ontem à noite você pensava diferente. E também nas duas últimas semanas. Não foi quando você foi ver o médico pela primeira vez?

Assim, voltamos àquela discussão.

— Não quis preocupar você. Foi por isso que não lhe contei sobre o médico.

Ela não disse nada.

— Está querendo dizer que ficou desapontada?

— Por você não ter me contado?

— Por não ter removido meu número?

— Para começar, eu nem queria que você o removesse.

Voltei-me para ela. Estava sentada bem no canto do assento da frente, com as costas contra a porta do passageiro. Eu não deixava as crianças sentarem desse jeito. É perigoso.

— Não se encoste na porta. — Ela mudou de posição. — Se você não queria que eu fizesse a cirurgia, por que não falou nada?

— Quando? Às onze horas da noite passada? No caminho, hoje de manhã?

— Você devia me ter dito.

— E você devia... — ela começou, mas logo parou.

— Por que você não queria que eu removesse o número?

— Eu não queria que você não o removesse.

— Decida-se. Você não queria que eu o removesse, mas não queria que eu não o removesse.

— Queria que você fizesse a cirurgia, se era isso que você queria. Mas não achava que fosse necessário.

— Necessário?

— Não tem nada errado em ficar com a tatuagem.

— A mulher que nem mesmo quis furar as orelhas está me dizendo que não há nada de errado em sair por aí com um número tatuado no meu braço.

— Quis dizer que já estava acostumada com ele.

— *Você* já estava acostumada com ele. Então, isso acerta tudo. Então fica sendo maravilhoso andar por aí com uma merda de um número tatuado no meu braço.

— Também não disse isso. O que eu disse é que a tatuagem faz parte de você. — Ela hesitou. Outra parede de *outdoors* passou por nós em velocidade. Velas de ignição, cereal de café-da-manhã e pneus de automóveis. — Sem ela, você não seria você.

Que coisa estúpida para se dizer, eu quis gritar.

— Pare de se recostar na porta — foi o que eu lhe disse.

ESPEREI até Madeleine cair no sono. Ela sabia do cofre nos fundos do armário de roupas de cama. Tinha me visto instalá-lo com minhas próprias mãos, pouco depois que nos mudamos para cá. Eu nunca lhe dera a combinação, não porque desconfiasse dela, mas apenas porque sempre me esquecia de anotá-la para ela. Mas não havia nada no cofre que fosse para ser mantido em segredo com relação a ela. Tudo o que havia ali era para ela e as crianças.

Fiquei de ouvidos atentos até sua respiração se tornar mais profunda e regular, depois contei mais cinco minutos pelo relógio da mesinha-de-cabeceira. Quando tive certeza de que não iria acordá-la, saí da cama, atravessei silenciosamente o quarto, desviando-me bem do criado-mudo próximo ao armário de roupas e da cadeira no canto, e fechei a porta atrás de mim. Não queria que a luz a perturbasse. Fechei também a porta que dava para os quartos das garotas. Embora o conteúdo do cofre pertencesse a elas, eram jovens demais para entender essas coisas.

Acendi a luz do corredor e abri a porta do armário de roupas de cama. A limpeza inundou os meus pulmões. Retirei a pilha de toalhas sobre a prateleira da frente do cofre com cuidado, não por me preocupar que Madeleine notasse que eu estivera mexendo no cofre outra vez, mas apenas porque não queria desfazer a arrumação dela ou a da Sra. Goralski. Não sou um homem sem consideração.

Abri a porta falsa embutida no fundo do armário. O cofre de aço refletia a luz da luminária acima. Levei a mão até o segredo e comecei a girá-lo. Oito para a direita, quatro para a esquerda, seis para a direita. O mês e o ano em que cheguei aos Estados Unidos. As pontas dos meus dedos sentiam o clique dos números encaixando-se. A simples operação de abrir a fechadura me dava prazer.

Abri totalmente a porta. A visão do passaporte de aparência tão oficial e do gordo envelope de papel pardo sempre produzia em mim a sensação de um gole de uísque, meio adrenalina, meio relaxante. Deslizei para fora o passaporte. A capa de imitação de couro escorregava entre os dedos. A estampa e as letras douradas — Estados Unidos da América — faiscaram para mim. Eu o abri reverentemente como se fosse um livro de oração. Letras pretas desfilavam através do papel grosso. *Van Pels, Peter; esposa, Madeleine; filha, Abigail; filha, Elizabeth.* Assim que o bebê nascesse, eu acrescentaria outro nome.

Deslizei-o de volta para dentro do cofre e puxei o envelope de papel pardo. Era mais pesado que o pequeno documento azul. Desamarrei o cordão em volta do fecho e levantei a borda. O dinheiro estava dormindo lá dentro, dividido em pilhas, cada pilha presa por dois elásticos. Eu as tirei fora, arrumei-as com capricho na estante, depois pus de lado o envelope para ter ambas as mãos livres para contar. O médico estava enganado. Não é possível desfazer o passado. Foi por isso que fui embora tão subitamente do seu consultório. A princípio, fiquei constrangido por causa do incidente, porém não mais. Eu tinha agido corretamente. Não que a ausência do número fosse me fazer uma outra pessoa. Madeleine estava enganada a esse respeito. Acontece apenas que tentar desfazer o passado é justamente outra maneira de viver no passado. Eu estava interessado no futuro. Por isso mantinha o passaporte atualizado e acrescentava dinheiro ao envelope regularmente. Minha vida estava melhor do que nos meus mais ousados sonhos, no campo de refugiados. Mas eu gosto de estar preparado para todas as eventualidades.

Coloquei o envelope de volta no cofre, girei a fechadura e retornei ao quarto tão silenciosamente quanto o deixara.

Estava apenas cochilando quando senti Madeleine pressionar-se contra minhas costas. Seu braço insinuou-se debaixo do meu, sua mão veio pousar no meu peito, o bebê pressionou contra a parte inferior das minhas costas.

— Está tudo ainda lá?

— Do que você está falando?

— Do cofre. Não estava mexendo nele?

— Eu apenas queria checar uma coisa.

Ela se aconchegou ao meu ouvido.

— Foi só uma brincadeira, não uma queixa.

— Eu tentei não acordar você.

— *Você* não me acordou. Foi a sua ausência.

Estiquei minha perna para trás e enganchei-a na dela. Madeleine deslocou sua mão do meu peito para o meu braço. As pontas dos seus dedos roçaram o número tatuado. A princípio, pensei que fosse um acidente, depois percebi que ela sabia o que estava tocando. Ela tinha mirado exatamente nele.

DEZ

"Até que ponto permanecemos obrigados com o mundo, mesmo quando somos expelidos dele?"

— *Homens em tempos sombrios*,
Hannah Arendt

NÃO ESCUTEI O CHORO que anunciou a chegada do meu filho. A área de espera ficava a certa distância da sala de parto, para onde haviam conduzido Madeleine em uma cadeira de rodas havia menos de uma hora. Foi com toda essa pressa que ele chegou. Meu filho, como eu, era impaciente.

Antes, já me achava um homem de sorte. Agora, não era capaz de acreditar na minha boa fortuna. No momento em que o vi, antes disso, no instante em que o médico me disse que era um menino, todas as restrições que eu tinha a respeito de ter um filho desapareceram. O problema não era insuperável. Mas o que eu estava dizendo? Não havia nenhum problema. Eu tinha uma escolha a fazer, e já a havia feito. Não ia deixar nada interferir nesta alegria.

Do mesmo modo que eu tinha sido numerado, como meu pai foi, o mesmo número, diferente apenas por um dígito, assim também eu tinha sido cortado, como meu pai fora, o mesmo corte de Abraão, o mesmo sinal do pacto. Eu não acreditava no pacto. Não era mais um judeu. Não havia nenhuma razão para circuncidar meu filho. Por outro lado, não havia nenhuma razão para não o fazer. Nos Estados Unidos, muitos gentios são circuncidados, até mesmo George Johnson, que pertencia ao *country club*, o qual não permitiria que minha mulher atravessasse seu portão. Soube disso porque, antes que George descobrisse sobre Madeleine, tinha me convidado para jogar golfe no clube e, no vestiário, eu havia dado uma cuidadosa olhadela. Eu estava em boa companhia. Pelo menos, não estava sozinho. Aquele porão cheio de vapor, quase no ponto de fervura, com desodorante almiscarado, uísque maduro e bem-humorada zombaria, era bem diferente de vagão de transporte de gado apinhado de combatentes da resistência polonesa, mas o que se escuta aqui traz lembranças. "Baixem suas calças, baixem suas calças." Havia centenas de histórias iguais a essa. Jovens louros disfarçados de arianos, garotos de três anos escondidos com freiras católicas, italianos, franceses, gregos e holandeses, todos passando por pessoas do país, inferiores à raça-mestre, certamente, porém não judeus, até que soou o grito para baixarmos as calças. Quando gritassem isso para o meu filho, o que ele diria? Que nos Estados Unidos não apenas os judeus são circuncidados? Que mesmo George Jonhson, que era tão anti-semita como eles, embora mais discreto quanto a isso, fora cortado do mesmo modo que ele? Não pensei que a resposta acarretaria tanto peso. Não estava querendo me arriscar.

Mudei de idéia. Não circuncidaria David. Madeleine tinha originalmente sugerido que, se o bebê fosse um menino, nós lhe daríamos o nome de meu pai. Então, lembrou com quem estava lidando. Judeus davam aos filhos nomes de parentes mortos, os gentios, davam seus próprios nomes a eles.

— A não ser, é claro, que você o queira chamar de Peter. Isso vai deixar meus pais malucos.

Para os meus sogros, dar o nome de alguém vivo a um bebê seria o mesmo que condená-lo à morte imediata, mas Madeleine não era supersticiosa e, a essa altura, eu sabia que a perspectiva de deixar seus pais malucos não a desagradava inteiramente.

Disse que não desejava dar ao meu filho o meu nome. Nenhum homem devia ter de carregar o peso de seu pai. Quanto ao meu pai, disse a Madeleine que seria uma crueldade largar um Hermann, mesmo um Herman, num Indian Hills repleto de Marks, Scotts e Barrys. Decidimos por David. Soava bem. E o nome era ecumênico. Havia David no Velho Testamento, sem dúvida, mas havia também David, o santo padroeiro de Gales. O David do Velho Testamento matou Golias. São David era normalmente retratado com um pombo pousado no ombro. Eu estava procurando garantir todas as minhas apostas.

A PRIMEIRA vez que eu o vi foi através da vidraça de uma janela. Ele estava chorando. Os braços agitavam-se no ar do berçário, e suas pernas contorciam-se dentro do cobertor que o embrulhava, bem apertado, e sua boca era um minúsculo orifício negro em meio a seu rosto vermelho enfurecido. Fiquei de pé à espera de a enfermeira vir apanhá-lo no colo. Ninguém parecia ouvi-lo. Não conseguia entender isso. Eu estava do outro lado da vidraça e ouvia os gritos deles. Era inconcebível. Era sádico. Transformei a mão em punho e bati com os nós dos dedos no vidro. Uma enfermeira com cabelos amarelos descolorados escapando desmazeladamente da touca ergueu a cabeça. Uma leve batida no vidro chamou-lhe a atenção, porém o berro de um bebê, não. Apontei para o meu filho. Ela ficou olhando para mim. "Por favor", fiz eu, movendo os lábios. Como o meu sogro gosta de dizer, você consegue mais moscas com mel que com vinagre. Ela balançou a cabeça em sinal de desaprovação, porém se deu o trabalho de dar alguns passos até o bercinho e apanhou David. Custou um minuto, se tanto, de afagos e balanço até o choro amainar. Fiz uma pantomima de agradecimento, curvando a cabeça. Ela balançou a cabeça novamente, mas dessa vez sorriu. Bem que merecia que eu a denunciasse, mas não a denunciaria. Eu não ia arruinar este dia tão importante com queixas triviais. E a última coisa que eu desejava era perturbar minha esposa. Eu teria caído de joelhos aos seus pés para lhe agradecer pelo presente de nosso filho, se fosse um homem desse tipo, mas não sou. Porém, eu tinha lhe comprado um presente, para demonstrar quanto estava agradecido. Um broche de brilhante não é para se desdenhar. Mais caro que o bracelete de ouro que lhe dera quando Abigail nasceu e do que as pérolas por Betsy, não porque o nascimento de David fosse mais significativo, mas porque eu estava ganhando mais dinheiro.

Comecei a descer o corredor para o quarto de Madeleine. A pequena caixa de jóias no meu bolso roçava contra a minha perna a cada passo. Torcia para que ela gostasse do broche. Lastimava não ter comprado os brincos, afinal de contas. O joalheiro disse que comprar brincos de brilhantes para uma mulher que não tinha furado as suas orelhas era imprudente, porém imprudente era como eu me sentia. Eu tinha um filho. Não havia nada que eu não fizesse por ele e por suas irmãs. Não havia nada que eu não desse para a mãe deles. Tudo o que ela tinha de fazer era pedir.

Madeleine estava sentada no leito do hospital, com os anéis curtos dos cabelos emplastrados na cabeça, uma cor enfermiça esverdeada na pele, embora isso pudesse ser o reflexo das paredes do hospital. Não parecia estar na sua melhor forma, e eu a amava mais do que nunca. Claro que não lhe disse isso. Ela não precisava que lhe falassem da sua aparência algumas horas depois de ter dado à luz. E sabia que eu a amava.

Cruzei o quarto até a cama. Enquanto ela fazia força para mover o corpo com as palmas das mãos, sua boca enrugou-se numa careta.

Eu realmente a amava, ali, mais do que nunca. Madeleine se moveu para me dar espaço junto dela. Eu me sentei e peguei a sua mão. A pele parecia seca como papel de seda. Inclinei-me para beijá-la. Ela cheirava a remédio e leite.

Perguntou se eu tinha visto David e se não o tinha achado o bebê mais bonito do berçário, e respondi que sim e sim, mas não mencionei que tive de bater na vidraça da janela para uma enfermeira vir pegá-lo no colo. Não quis incomodá-la. E ela não gostava quando eu fazia reclamações que não achava razoáveis, se bem que eu não veja da nada de pouco razoável em pedir a uma enfermeira para vir cuidar de um bebê chorando. Ora, Jesus, é a obrigação dela.

— O pediatra passou por aqui — ela disse, enquanto se recostava nos travesseiros. — Queria saber sobre a circuncisão. Eu disse a ele que seria sem cerimônia religiosa. Queremos um procedimento médico comum, executado por ele, ou por um de seus assistentes.

— Um dos seus assistentes?

— Às vezes, um residente resolve tudo. Por mim, tudo bem. Desde que seja um médico treinado para fazer isso. Não vou deixar que alguém que ignore as coisas mais importantes da medicina moderna encoste a faca em nosso filho. Não importa o que meus pais digam.

— Vamos conversar sobre isso.

— Isso significa que o papai está perseguindo você de novo. Não há o que discutir. O filho é nosso, e você e eu estamos de acordo. Sem cerimônia religiosa.

Não tínhamos feito nenhum acordo, porém eu não queria discutir com ela agora. Estava tão fraca. Estava tão suscetível.

— Quero dizer que precisamos conversar se vamos mesmo fazer isso.

— O que quer dizer? Ele tem de ser circuncidado.

— Por quê?

— Porque é o que fazem com todos os meninos que nascem hoje em dia. É a prática médica mais aceita.

— Como também as ventosas, antigamente.

— Não brinque, Peter. Todos os livros dizem que é mais saudável.

"Ah, os livros." O que sabem os livros? Onde estavam os livros quando aqueles homens atravessaram o trem gritando "baixem as calças, baixem as calças"?

— O pediatra disse isso também.

— O nome do pediatra é Caneglio.

— O que isso tem a ver com o assunto?

— A Sra. Caneglio vai à missa todos os domingos.

— Não estou entendendo você — ela disse, se bem que, pela maneira como seus compridos olhos se estreitaram, tive a impressão de que estava me entendendo muito bem.

— O Dr. Caneglio não corre o risco do filho ser confundido com um judeu.

A cabeça dela deu um solavanco para trás, como se eu a tivesse esbofeteado.

— Tomado, como?

— Você sabe o que quero dizer.

— Se não queria que seu filho fosse tomado por judeu, não devia ter se casado comigo.

— Pensei que estivéssemos de acordo. Nenhum de nós acredita em coisa alguma.

— Não estou falando sobre acreditar em coisa nenhuma. Estou falando sobre ser judeu. Eu sou judia. O que significa que David é meio judeu. De acordo com as leis hebraicas, que pouco me importam, porém, de acordo com elas, ele é inteiramente judeu. Se a mãe é judia, a criança também é. Assim é um pouco tarde para começar a se preocupar se seu filho será confundido com um judeu.

Por que não lhe contei a verdade, naquela ocasião? Ela teria se sentido aliviada, não por saber que sou judeu, mas por eu não ser algumas das outras coisas que começava a temer. Ela teria ficado impressionada. Eu não era um judeu qualquer. Era o judeu de Anne Frank. Mas dizer-lhe isso seria o mesmo que retornar àquilo tudo. Eu não seria capaz de fazer isso.

— Você não passou pelas coisas que eu passei — foi tudo o que eu disse.

Foi como se tivesse lhe dado outra bofetada, mas, dessa vez, não respondeu. Não podia questionar o meu passado.

— Vamos conversar sobre esse assunto depois — repeti, embora já tivesse decidido que não. Se eu não protegesse o meu filho, quem o faria?

Tirei a caixa de veludo do meu bolso e estendi-a para ela. Ela não fez nenhum movimento para recebê-la.

— Abra — eu disse.

Ela permaneceu parada, sentada na cama, olhando a caixa fixamente. Estava exausta demais até mesmo para abrir a caixa. Abri a tampa para ela com um piparote. O broche de brilhante piscou lá do forro de cetim preto. Ela estava tão transtornada que começou a chorar.

A CASA estava às escuras. Jamais tinha me dado conta de que parecia tão sinistra à noite. Senti falta dos buracos de âmbar que as janelas iluminadas projetavam na escuridão. Sentia falta de saber que minha mulher e minhas filhas estavam ali dentro.

Quando tomei a entrada de carros, meus faróis cortaram os arbustos. Alguma coisa, um gato de algum vizinho, um quati, arremessou-se através do feixe de luz e desapareceu na escuridão.

Estacionei o carro junto da caminhonete de Madeleine, saltei e entrei pela porta dos fundos. O silêncio era tão denso quanto a escuridão. Susannah tinha levado as garotas para passar a noite com ela. Agora, lamentei ter concordado com o arranjo. Quanto mais cedo eu tivesse Madeleine, as garotas e David debaixo do meu teto, mais feliz eu me sentiria.

Percorri a casa acendendo as luzes. Depois, pendurei meu casaco no *closet* da frente, tirei o paletó e a gravata, e apanhei um copo no armário e uma travessa de gelo do *freezer*. Não sou de beber. Bebo um uísque com parceiros comerciais, quando me convidam. Sou conhecido por ficar um pouco alto em casamentos e demais festas familiares. Não sou avesso a um coquetel quando saímos para jantar fora, comemorando qualquer coisa. Mas não sou desses sujeitos que entram em casa à noite e vão direto para o armário de bebidas. Esta noite, no entanto, tenho um motivo para festejar. Ganhei um filho, um filho não-circuncidado que nunca seria tomado por judeu, e não importa o que tenha dito Madeleine. Eu tomei a decisão correta.

Dirigi-me ao aparador na sala de jantar, apanhei a garrafa de Chivas Regal que o meu sogro sempre traz quando vem nos visitar, embora também não seja de beber, assim como eu, e enchi o copo até a metade. No que o levava de volta à cozinha, avistei o meu reflexo nas janelas compridas na extremidade da área de refeições. Estavam algo enganadoras, na escuridão. Ergui o meu copo num brinde ao meu filho. A figura na janela ergueu o seu em retribuição. Bebemos.

Abaixei o copo sobre o balcão e tirei da geladeira a caçarola de ferro fundido com o assado e os pratos cheios de vagens e batatas. Da mesma forma que Madeleine deixara pronta uma mala já havia semanas, tinha se certificado de que a geladeira ficasse estocada com sobras para me abastecer enquanto estivesse fora. Minha fome tinha se moderado, mas sua fama subsistia.

Instruções foram presas com fita adesiva nas diversas panelas e pratos, para que eu soubesse como esquentá-los. Segui as orientações, então retornei para a sala de jantar, levando o meu copo, enquanto aguardava que tudo ficasse aquecido. Quando a comida ficou pronta, empilhei tudo sobre uma travessa e a levei para um extremo da mesa da cozinha. Raramente jantava sozinho nessa mesa. Mas havia feito refeições sozinho durante algumas noites depois do nascimento de cada uma das minhas filhas. Houve outra ocasião, também. Levei um momento para localizá-la. Eu tinha descido no meio da noite, esvaziara metade da geladeira, e carregara tudo para a mesa. Madeleine veio atrás de mim um pouco mais tarde. Vi bem a expressão em seu rosto, quando ela abriu a porta e entrou na cozinha. Ela começou a piscar contra a luz brilhante. Colocou uma mão acima do rosto amarrotado de sono para proteger-se da claridade que a ofuscava. Seus olhos estreitaram-se quando o absurdo banquete entrou em foco. Seu olhar rastejou sobre a mesa. E parou quando deu com o vidro de comida de bebê. Eu disse algo sobre ter achado que fosse apenas molho de maçã e levei-o de volta para a geladeira, mas era tarde demais. Sabia o que se passava na cabeça dela. Que espécie de homem é esse que rouba comida das bocas dos filhos? Ela não teria nem sequer como imaginar. Os refrigeradores de sua infância tinham sido entulhados com frutas maduras, leite cremoso, e sobras já se estragando, para serem jogadas fora. No anexo, poderíamos ter nos alimentado durante uma semana com as sobras jogadas fora do refrigerador de minha sogra em um dia. Para minha esposa, passar fome era deixar de almoçar, inanição, o nome de uma dieta para perder peso. Ver-me tão dominado pela fome, naquela noite, a tinha escandalizado. Seus olhos se estreitaram, e sua boca torceu-se de desgosto, ela tinha olhado para mim como se eu fosse um estranho. Tinha olhado para mim do mesmo jeito que olhara no quarto do hospital, mais cedo, esta noite, quando eu lhe disse que não deixaria circuncidar o nosso filho porque eu não correria o risco de ele ser dito judeu.

Eu me levantei e recolhi o meu prato. Não sabia que estava com fome, mas, subitamente, quis mais. Sentia como se fosse capaz de devorar o naco inteiro de carne, equivalente a uma semana de valor nutritivo para mim. No que me voltei, peguei de novo um relance de mim mesmo nas janelas compridas no final da área de refeições. Momentos antes, um homem jovem, um novo pai, tinha erguido um brinde para mim daquelas janelas. Agora, um homem velho, os ombros arriados, o rosto escavado de privação, me lançou uma espiada por baixo das pálpebras caídas. Quando eu começara a me parecer com meu pai?

Endireitei os ombros e ergui o queixo, mas ainda via os olhos semicerrados do meu pai nos vidros escuros. A obstinada linha de boca era dele também. Tomei mais um gole do meu uísque. O homem que lembrava meu pai tomou um gole também. "Parabéns", eu disse e curvei-me. Ele se curvou, em retribuição. Uma bela coisa, eu lhe disse, e ele concordou. Um filho. Para perpetuar o nome, aquele eu não tinha mudado, eu o tranqüilizei. O nome que eu não tinha tido de mudar, ele lembrou-me.

David van Pels, insisti.

David van Pels, a figura no vidro repetiu. Ambos erguemos uma das mãos e enxugamos um dos olhos com o dorso dela.

Exceto por uma coisa.

Eu já sabia o que me aguardava. Porém, não tinha me dado por vencido diante da minha esposa e não pretendia capitular diante dessa fantasia da minha imaginação. Sabia que ele não era mais do que isso. Eu não era um desses sujeitos traumatizados, aquelas almas com cicatrizes que atravessam a rua quando avistam policiais, e ficam paralisadas de terror quando ouvem o som da sirene aproximando-se, ficando mais alto, e alucinadas, na presença de um morto O termo para essa doença, em alemão, é claro, é *Verfolgungsbedingt*. Significa que o problema, o que quer que seja, é o resultado do que o indivíduo suportou nas mãos dos nazistas. Também significa que o pobre miserável está qualificado a ganhar uma insignificante compensação financeira do governo alemão. Esse é o motivo por que *Verfolgungsbedingt* é tão difícil de provar. Tenho lido sobre alguns diagnósticos dados por conselhos médicos alemães. Atormentados por depressão? O que isso tem a ver com o fato de que semana após semana, durante meses sem fim, você ficou de pé numa fila de garotas de quinze anos, contando em voz alta oito, nove, dez, onze, sem saber se naquele dia em particular os pares ou os ímpares estão marcados para a morte? Sofrer alucinações? Sem dúvida isso não está relacionado a você ter sido obrigado a testemunhar o fuzilamento do seu pai, mãe, irmão mais velho e três irmãs.

— Eu não posso fazer isso — eu disse. — É muito perigoso.

— Pensei que você estivesse nos Estados Unidos agora. A terra de oportunidade. O lar do homem livre e do corajoso. O país do pênis circuncidado.

— Estou. Eu sou um cidadão norte-americano. Todos somos. A família inteira.

— Então, diga-me, qual a vantagem disso, se vive como se tivesse voltado àquele anexo fedorento? Diga-me, meu bem-sucedido filho com uma bela casa, um próspero negócio e um cofre cheio de dinheiro para a fuga.

— Eu não removi o meu número. Eu o mantive, pelo senhor."

— Você acha mesmo isso? Você mantém o número e pode lavar suas mãos em relação a mim? Em relação a sua mãe e a mim, nós dois?

— Não estou lavando minhas mãos com relação a você. Estou apenas tentando proteger meu filho. É o que um pai tem de fazer por seus filhos.

— O que você está querendo dizer? Que eu não protegi você? Levei você para Amsterdã, não foi? Os Países Baixos mantiveram-se neutros na guerra anterior. Como ia saber que ia ser diferente?

— Outras pessoas sabiam.

— Coloquei o nosso nome na lista de emigração. Mesmo antes do início da guerra.

— No entanto, não foi antes o suficiente.

— Então, o que está querendo me dizer, que esperei demais?

— Foi isso mesmo, mas que droga.

— Não fale assim comigo. Ainda sou o seu pai. Os nazistas não mudaram isso, nem você tampouco.

— Nem estou tentando fazer isso. Só porque não ando por aí declarando no rádio que sou um judeu, não significa que traí você.

— No rádio? Você chama contar à sua esposa e aos seus filhos de fazer declarações no rádio? Mas isso não me importa. Importa o meu neto. Ele devia ser igual a mim, a você e a meu pai. É tudo o que estou pedindo. Um pouco de respeito. Uma linhagem. É o mínimo que você pode fazer por mim.

— Você está morto, ora, meu Deus.

Meu pai continuou fixando-me da janela.

— É esta a razão pela qual você tem de fazer isso por mim.

UM JOVEM DE APARÊNCIA SAUDÁVEL vestido num jaleco branco engomado cortou o prepúcio de meu filho sem qualquer ritual religioso, e se bem que David deixasse escapar um grito agudo de protesto, não houve qualquer conseqüência imediata, exceto talvez a exagerada e sub-reptícia atenção que eu não podia evitar prestar a outras crianças enquanto suas fraldas estavam sendo trocadas, e homens adultos de pé junto a urinóis. A contagem era reconfortante. Se eles irrompessem no trem para os Estados Unidos, um dia desses, metade da população seria escolhida.

NA NOITE anterior de Madeleine e o bebê voltarem para casa do hospital, eu depositei mais seiscentos dólares no envelope de papel pardo, no cofre dentro do armário de roupas de cama. Já tinha tomado o cuidado de adicionar o nome de David ao passaporte. O dinheiro nada tinha a ver com o fato de eu lhes ter permitido circuncidar o meu filho. Eu colocava ali mais dinheiro com intervalos de poucos meses. Éramos cinco agora. O custo de vida estava subindo, se bem que quanto mais dinheiro eu continuasse a pôr, maior a certeza de jamais precisar tirá-lo.

Onze

"Ele [Pfeffer] era um homem bonito, um charme que lembrava o cantor francês Maurice Chevalier... Ele era uma pessoa muito atraente."

— *Anne Frank — o outro lado do diário: A história da mulher que ajudou a esconder a família Frank*, de Miep Gies e Alison Leslie Gold

"Há contudo o problema desse segundo ato sem emoção (de *O diário de Anne Frank)*... Em 8 de setembro, depois do ensaio... [o teatrólogo, o diretor e o produtor] encontraram a solução: o Sr. Van Daan roubaria um pedaço de pão."

— *Os verdadeiros Nick e Nora: Frances Goodrich e Albert Hackett, escritores de clássicos para o palco e para as telas*, de David L. Goodrich

QUANDO CHEGUEI EM CASA AQUELA NOITE, Madeleine vestia um conjunto preto de lã, saltos altos que distendiam as suas panturrilhas como se fossem cordas de harpa, e pérolas, não o longo cordão duplo que lhe comprei quando Betsy nasceu, que ela reservava para as noites, porém o cordão adolescente de um volta só que os seus pais lhe haviam dado quando ela completou dezesseis anos. Ela havia estado em algum lugar, porém eu não seria capaz, nem que minha vida dependesse disso, de me lembrar de onde, embora ela provavelmente tivesse me avisado.

— Foi maravilhoso — ela disse.

Eu ainda não tinha tirado o paletó.

— O que foi maravilhoso?

— A peça.

Agora eu lembrava. Não sabia como isso me tinha escapado da cabeça. Ela e Susannah haviam tomado o trem para Nova York para ver uma apresentação de matinê de *O diário de Anne Frank*. Não havia nada de incomum nisso. Minha esposa e sua irmã freqüentemente iam às matinês sem seus maridos. Nem Norman nem eu gostávamos de enfrentar o tráfego para entrar na cidade, jantar às pressas para pegar o início da peça, sentar num teatro superaquecido com os joelhos colados em nossos queixos — Norman é quase tão alto quanto eu —, casacos amontoados em nossos colos e alguém com hálito de alho saído de um jantar francês bem em nossos pescoços durante duas horas e meia. Susannah tentara conseguir com que Norman fizesse uma exceção para essa peça, mas ele insistiu que nenhum homem desejaria desperdiçar uma noite de sábado vendo oito atores fingindo estar trancados em um par de salas mal ventiladas, esperando a morte. Eu apoiei Norman. Nenhum de nós gostava também de Tennessee Williams, outro dos favoritos de nossas esposas. Não iríamos suportar, por melhor que fosse a razão, todas aquelas criaturas infelizes torturando umas às outras, com sotaques ininteligíveis.

Ao contrário de sua irmã, Madeleine não tentara me convencer a ver *O diário de Anne Frank*. Ela não conhecia particulares de minha vida durante a guerra, a não ser que eu tinha de alguma forma sobrevivido em Amsterdã, algo muito penoso, porém não uma impossibilidade para um gentio, e que depois tinha ido parar em Auschwitz por me negar a assinar o compromisso de lealdade ao *Reich* alemão exigido de todos os estudantes holandeses. Nunca lhe havia dito que essa fosse a razão, embora tivesse mencionado o compromisso, porém, de alguma maneira, à medida que crescia a sua indignação contra as audiências de McCarthy, foi nisso que acabou acreditando. A minha coragem entusiasmava-a, a minha imprudência preocupou-a, e lembrando ambas, convenceu-se de que uma peça sobre Amsterdã sob a ocupação iria me ferir fundo demais para servir de diversão. Estava enganada. Admito que o livro me transtornou, na primeira vez em que o vi, mas isso fora há anos. A peça me tocou de modo mais distante. Mal reconheci os personagens. Eu seria capaz de sentir apenas antipatia por aquele bando de atores que os personificavam. Alguns anos mais tarde, quando uma peça sobre Franklin Roosevelt intitulada *Sunrise at Campobello* foi encenada na Broadway, um repórter perguntou a Eleanor Roosevelt o que ela achara. A Sra. Roosevelt respondeu que era um *show* divertido, porém nada tinha a ver com qualquer pessoa que ela tivesse conhecido. Essa foi a minha impressão sobre *O diário de Anne Frank,* mesmo sem a assistir.

— Foi maravilhoso — Madeleine disse, agora.

Maravilhoso não é uma palavra que minha esposa costumasse usar, e eu poderia adivinhar isso, do abreviado *staccato* de sua fala, e a maneira ereta com que ela se sentou à mesa da cozinha, enquanto as meninas jantavam, de que parte dela ainda se achava no Teatro Cort vendo Joseph Schildkraut interpretar Otto Frank, Gusti Huber como a Sra. Frank e Susan Strasberg como Anne. O papel de Peter era desempenhado por um ator chamado David Levin. Eu não quis ver a peça, mas, de algum modo, tinha colhido uma considerável quantidade de informação sobre ela. Cheguei mesmo a passar pelo teatro certa vez, quando estava na cidade. Não me lembro do motivo que me levou até lá aquela noite. Os letreiros negros marchavam ao longo do néon da marquise. Enquanto estava com os olhos fixos neles, um homem aproximou-se. "Olá, companheiro." Os meus punhos se cerraram antes mesmo de eu me virar. Tinha um focinho de porco, em vez de nariz. "Vinte pratas", ele sussurrou. "Quinta fila no centro. Melhor impossível." Abri os punhos. O homem não era um bandido, apenas um cambista. Eu lhe disse que não estava interessado, mas, enquanto me afastava, começando a descer a rua 48, não pude deixar de rir com aquela insanidade. Vinte dólares por um ingresso. Anne teria ficado orgulhosa.

Levei o meu casaco para o armário do corredor. Madeleine levantou-se e me seguiu.

— Foi de apertar o coração. — Outra expressão que ela não lança com freqüência.

— Eu sabia que seria — disse e voltei para a cozinha. Ela me seguia.

— Mas tem cenas engraçadas também.

Então era uma comédia.

Apanhei um copo do armário, abri o *freezer* e retirei uma forma de gelo. Como disse, não sou de beber, mas tive vontade de tomar um drinque naquela noite. O sindicato dos pintores local estava ameaçando entrar em greve contra a pintura por *spray*, novamente.

Deixei dois cubos caírem em meu copo, cheio até a metade de uísque, levei-o para o aparador na sala de jantar, e trouxe de volta para a cozinha. Minha esposa seguia obstinada os meus passos.

— É a melhor coisa que vi nos últimos anos.

Sentei-me à mesa entre minhas filhas e pus o copo à minha frente.

— Estou contente que tenha se divertido.

— Não tenho certeza se divertir é a palavra correta, mas a peça me fez entender certas coisas.

Por certas coisas ela quis referir-se a mim. Eu não ia lhe dizer que se sentar num teatro durante duas horas e meia olhando atores fingirem estar com fome, assustados e condenados não a ajudaria a me entender. Eu nem mesmo ia explicar que não queria que ela me entendesse. Eu a amava por não me entender. Aquela foi a razão que me fez continuar andando quando a garota em Marseilles lançara-me sorrisos tão finos como moedas novas de dez centavos. Não pensava naquela garota havia anos. E não pensaria nela novamente assim que Madeleine parasse de insistir sobre a peça.

— Então — eu disse para Abigail —, quais são as novidades na sala da Sra. Gleckler?

Ela levantou um braço para que eu o examinasse. A fragilidade dele ainda me assustava. Havia um curativo no seu cotovelo.

— Se você prefere não ouvir falar nisso... — Madeleine disse.

— Estou escutando — lhe disse. — O que aconteceu? — perguntei a Abigail.

— Laurie me empurrou.

— Eu chorei no final — Madeleine disse. — A platéia inteira estava às lágrimas.

— E depois você empurrou Laurie também? — perguntei a Abigail.

Abby sorriu e assentiu afirmativamente com a cabeça.

— Boa garota!

— Ela ficou no esconderijo durante dois anos — Madeleine disse — e morreu num campo de concentração. — Sua voz fraquejou nas três últimas palavras, como se não fossem apropriadas para ouvidos infantis, como se nossas filhas fossem entender algo mais que ela própria entendia. — Mas nunca perdeu a fé na humanidade.

Eu me virei para Betsy. Suas faces e mãos estavam cobertas de comida, porém o seu prato continuava cheio. A recusa de minhas filhas de comer sempre me deixava confuso. Será que elas desconheciam o que era fome? Graças a Deus não sabiam o que a fome era.

— Menina, aquelas cenouras parecem ótimas. — Estalei os lábios.

— É só dizer, se não quer escutar nada a respeito — Madeleine insistiu.

Eu não deveria ter de lhe dizer.

— Estou escutando —, repeti, e apanhei a colher do prato de Betsy.

— A parte mais admirável, o que salva a peça de ser insuportável, é o triunfo do espírito humano.

Agora entramos no espírito humano.

— O pai, Otto Frank, ainda está vivo. É como a peça se inicia. Com ele achando o diário.

Tomei um gole de meu drinque.

— Eu nem posso imaginar — Madeleine disse — como deve ter sido isso.

Estava certa. Não podia. Então, por que diabos insistia em falar no assunto? Ergui a colher para a boca de Betsy. Ela cerrou os lábios.

— Você sabe o que mais era fascinante? A maneira como os diferentes personagens reagiam à situação. Havia duas famílias no esconderijo, e um homem solteiro. O homem, Dussel, era como se chamava, era um completo idiota.

— É o que *dussel* significa. — Eu não tinha a intenção de falar nada. Não a impediria de falar, mas não queria estimular a discussão.

— Não sabia.

— Você não fala alemão.

— Que coincidência. Que ele seja idiota e tenha um nome querendo dizer idiota.

— Pelo amor de Deus, Madeleine. Ela inventou o nome. — Cutuquei a boca fechada de minha filha com a colher. Betsy sacudia a cabeça para trás e para a frente. — Pelo menos, meu palpite é esse.

— Claro. Eu devia saber. Seja como for, esse personagem Dussel realmente é um bufão, mas o terceiro homem, o outro pai, o Sr. Van Daan, é pior.

— Pior como? — Eu devia ter fechado a boca.

— Ele era um ladrão.

Eu forcei a colher entre os lábios de minha filha. Sua boca se abriu, para deixar sair a raiva, a oportunidade que eu estava esperando. Enfiei a colher dentro da boca de Betsy.

— É uma cena horrorosa. Certa noite, a Sra. Frank escuta um barulho e levanta-se, e lá está o Sr. Van Daan, o pai do garoto por quem Anne está apaixonada, roubando pão do guarda-louça. O tempo todo eles pensavam que fossem os ratos, e na verdade era ele. Ele. Tirando a comida da boca do seu próprio filho. Pode imaginar?

— Isso nunca aconteceu — eu disse, numa voz mais alta que os gemidos da minha filha.

— O quê?

Eu introduzi mais uma colherada de comida.

— Quero dizer, não, não posso acreditar que isso tenha acontecido. Pode ser que não. É apenas uma peça.

— Se bem que é baseada no diário.

Minha filha guinchou. Enchi sua boca.

— O diário era verdadeiro — Madeleine insistiu. — Portanto, o pai deve ter feito isso.

A colher retiniu no chão. Eu não a tinha jogado. Escapuliu.

— Mas que diabo, Madeleine, você é formada numa universidade. Nunca ouviu falar de licença poética? — Afastei-me da mesa com um tranco e fiquei de pé. — E em vez de ficar se preocupando sobre quem come o que, por que não presta alguma atenção à sua própria filha? Por que não tenta fazê-la comer uma refeição decente inteira, em vez de se preocupar com um bando de atores gordos e felizes que nem mesmo sabem o que é ter fome?

Se eu parasse por aí, já teria sido ruim o bastante. Talvez, se tivesse me preocupado em olhar para os rostos voltados para mim, os de minhas filhas sujos de comida, todas as três surpresas e amedrontadas, é o que teria feito. No entanto, eu não estava olhando para minha esposa nem para minhas filhas. Estava com os olhos fixados para além dos seus magros ombros, acima do brilho de suas cabeças, vendo um outro grupo reunido ao redor de outra mesa, rostos de faces escavadas, cabelos embotados pela sujeira e desnutrição, estômagos doendo de fome. Pisquei, tentando afugentar aqueles outros comensais, mas não foram embora.

— Igual a você. Igual a toda essa maldita família. Catando comida nos pratos, jogando alimentos em ótimo estado no lixo. Isso me dá nojo — gritei, enquanto me retirava cambaleando da cozinha.

Desci para a sala de estar e liguei a televisão. Rostos cinzentos em sorrisos com dentes arreganhados olhavam-me de soslaio pelas costas. Bocas abriam-se e fechavam-se. Vozes zurravam. Eu me levantei e abaixei o volume. Agora, poderia escutá-las na cozinha.

Madeleine levava a melodia, enquanto os soluços de minhas filhas mantinham o ritmo.

— Papai falou sem pensar. Mamãe disse algumas coisas bobas, foi só isso. Mamãe devia ter tomado mais cuidado. Papai não está zangado com vocês.

Eu me levantei e aumentei o volume da televisão novamente.

Quando olhei para cima, alguns minutos mais tarde, minhas filhas estavam de pé no topo da escada. Seus olhos eram duras bolinhas de gude de desconfiança, as bocas, fendas de suspeita.

— Ora, vamos — chamei —, venham me fazer companhia.

Betsy, a aventureira, desceu hesitante um único degrau. Abigail, precavida, permaneceu onde estava.

Eu abri meus braços largamente ao longo do espaldar do sofá em duplo convite.

— Vamos — repeti. Betsy desceu mais um degrau. Abigail não se moveu. — Por favor — implorei.

Betsy desceu mais outro degrau.

— Com *chantilly* por cima.

Ela desceu os últimos dois degraus e arremessou-se através da sala e sobre o sofá. Abigail esperou até que a sua irmã se encaixasse na curva de meu braço. Ela era cautelosa, minha primogênita. Quando se convenceu de que não era um truque, de que eu não me transformaria em um monstro novamente, veio atrás de sua irmã, atravessando a sala, e sentou-se no meu outro lado. Eu envolvi-lhes os ombros e as puxei, aproximando-as uma da outra.

— Está tudo bem —, entoei, a voz mais alta que a tevê. — Tudo vai acabar bem.

Eram palavras de um pai, se bem que meu pai nunca mentira para mim.

QUANDO SUBI os degraus para a cozinha meia hora mais tarde, Madeleine estava de pé na pia com as costas voltadas para a porta. Havia tirado o casaco do seu conjunto e colocado um avental sobre a saia e blusa. Uma sandália de salto alto achava-se ao seu lado. O seu peso descansava sobre o pé com meia, erguendo um quadril mais alto que o outro. A postura era de uma vadia, mas eu sabia que não era intencional.

— Você quer que eu vá buscar os seus chinelos?

Ela balançou a cabeça: não. Os cachos do seu penteado *poodle* roçando na parte de trás do colarinho.

— Sinto muito.

Ela não respondeu.

— Não posso imaginar o que aconteceu comigo.

Ela fechou a torneira, apanhou uma toalha e virou-se para mim. Um fio de maquiagem escorreu por uma das faces.

— Se você queria que eu parasse de falar no assunto, era só me dizer. Eu perguntei se estava incomodando você. Quis saber se você queria que eu parasse.

— Não é isso.

— Então o que é? Eu não entendo.

Esta é a questão. Você não entende. Você não pode entender. Nem eu quero que entenda.

— Vamos simplesmente apenas esquecer o que aconteceu.

Ela ficou parada, me encarando, fitando-me, por sobre o zumbido dos equipamentos da cozinha.

— Sua máscara escorreu.

Ela levou a mão à face esquerda e esfregou-a.

— Na direita.

Ela esfregou a outra face. O risco preto transformou-se num borrão. Eu podia ter atravessado a cozinha e limpado. Permaneci onde estava. Ela se virou de volta para a pia.

— Pode me fazer só um favor? — pediu ela.

— Qualquer coisa. — Eu falava sério.

— Não me traga flores amanhã. Não me traga flores, e não traga nada para as garotas também.

— Como assim?

— É o que você sempre faz depois que algo assim acontece.

— Quando algo assim acontece? Você fala como se fosse uma coisa habitual.

Ela não respondeu. Nem mesmo se deu o trabalho de se virar, porém eu sabia pelo movimento rítmico dos seus ombros, quase como o movimento daqueles homens rezando na sinagoga à qual fui depois que recuperei a minha voz, que ela estava chorando novamente. Não era justo. Não era uma coisa habitual. Nós nunca havíamos brigado.

NA NOITE SEGUINTE, parei a caminho de casa vindo do escritório e comprei um arbusto de camélias. Ela havia dito que não lhe comprasse flores, mas sabia que não estava sendo sincera. Além disso, não era um buquê que morreria em poucos dias, mas uma planta que continuaria a florescer.

DOZE

"Gusti [Huber] foi a primeira atriz na Áustria a ser liberada pelo governo militar norte-americano."

— Joseph Besch, anteriormente capitão Besch. Exército dos EUA, marido de Gusti Huber, citado na coluna do jornal *Broadway Discover*

"Gusti Huber ... interpreta a Sra. Frank... Uma grande estrela do palco e do cinema no tempo da guerra nazi-alemã, apareceu em numerosos filmes... Em 1943, enquanto a verdadeira Sra. Frank vivia em permanente temor pelas vidas dos seus entes queridos, Gusti Huber encantava os alemães com um filme intitulado *Gabrielle Dambrone*... Em 1944, quando a família Frank foi levada como prisioneira em carros fechados, a Srta. Huber divertia os cidadãos do Terceiro *Reich* como estrela de suas estonteantes performances... Na mesma ocasião em que Anne era assassinada em Bergen-Belsen, Gusti ocupava-se rodando uma comédia cinematográfica... Eu me pergunto se ela teria pronunciado a palavra *Shalom* no palco, se tivesse Hitler ganhado a guerra."

— Herbert G. Luft, *American Jewish Ledger*. Newark, Nova Jersey, 28 de março de 1956

MADELEINE ESTAVA SENTADA à mesa quando entrei na cozinha naquela noite, os seus óculos de casco de tartaruga no nariz, a velha máquina de escrever portátil que tinha usado na universidade à sua frente. Era freqüente ela tirar a máquina de escrever dos fundos do *closet* do corredor para fazer algo para a Liga das Mulheres Votantes, ou a Liga das Mulheres pela Paz e Liberdade, ou por toda uma variedade de causas nobres. Nos meses que antecederam a execução dos Rosenberg, ela raramente a guardava. Ultimamente, andava pouco fora do armário, mas estava fora esta noite.

Pedi desculpas pelo meu atraso, e, ainda sem parar de datilografar, ela me disse que David estava dormindo, mas que acabara de pôr as meninas na cama, e eu ainda tinha tempo de subir para desejar-lhes boa-noite. Os seus dedos voavam sobre as teclas. Ela era uma excelente datilógrafa, graças ao meu sogro, que insistira para ambas as filhas adquirirem uma habilidade profissional, no caso de a sorte lhes pregar uma peça e algum dia vierem a precisar ganhar a sua própria vida.

Subi para desejar boa-noite a minhas filhas. Madeleine devia ter estado tão absorvida no que quer que estivesse fazendo que perdera a noção do tempo. Elas já estavam dormindo. Fiquei no vão da porta observando-as na luz tênue que se irradiava como uma névoa cor-de-rosa e azul do abajur no formato de borboleta ligado à tomada no canto. Abigail dormia mantendo o corpo reto, arrumado, compacta como uma múmia, os braços ao longo do corpo, a face uma lua polida, pairando sobre a paisagem do seu cobertor florido. Betsy esparramara-se na cama como se tivesse sido jogada de uma grande altura. O rosto para baixo, braços e pernas em ângulo agudo em relação ao seu pequeno corpo, ela me fazia lembrar alguma coisa. Demorou algum tempo para decifrar o que era. Ela parecia uma suástica humana. Entrei com cuidado no quarto, curvei-me sobre sua cama, e endireitei seus braços e pernas. Depois, puxei as cobertas sobre ela e voltei para o andar de baixo.

Madeleine ainda estava na mesa. As mãos continuavam voando sobre o teclado. Ela tinha pressa de terminar. Minha esposa não gostava de estar ocupada quando eu chegava em casa à noite. A *McCall's*, a *Ladies' Home Journal* e sua mãe a haviam prevenido de que a desatenção era o primeiro passo ladeira abaixo para maridos errantes e harpias demolidoras de lares valendo-se da força dos infernos para se tornarem segundas esposas. Ela não acreditava nas revistas, nem na sua mãe, mas não estava tão segura de suas convicções a ponto de pôr à prova a hipótese.

Eu me aproximei por trás dela, curvei-me para lhe dar um beijo no alto de sua cabeça e alonguei-me sob seus braços em movimento, para abraçá-la. Ela já tinha parado de amamentar, mas os seus seios ainda estavam túrgidos.

Ela encolheu os ombros para me afastar.

— Vou acabar isso aqui num minuto.

— O que é agora? Crianças famintas na Grécia ou os comunas em Washington? — Eu caçoava dela por conta das causas em que se engajava, mas eu as invejava, ou pelo menos a sua fé nelas. Como era reconfortante pensar que uma carta irada pudesse corrigir erros, que uma petição com grande número de assinaturas salvaria o mundo.

— Dê uma olhada nisso. — Ela indicou com a cabeça um jornal aberto sobre a mesa. *Newark Star-Ledger*, lia-se, atravessando o topo da página. Não recebíamos o *Neward Star-Ledger.* Ou alguém o tinha dado a ela ou lhe havia dito para sair e comprá-lo. Era uma campanha.

Apanhei o jornal. O cabeçalho da coluna à esquerda chamou minha atenção.

O PAPEL DE GUSTI HUBER
EM *O DIÁRIO DE ANNE FRANK*

Fiquei surpreso. Madeleine não havia mencionado a peça desde a noite em que eu tinha gritado com ela e com as meninas sobre desperdício de comida. O fato de estar trazendo o assunto à baila agora era uma indicação do quanto estava tocada. Ela não queria me aborrecer, mas não poderia fechar os olhos à injustiça, seja lá qual for neste caso.

"Este documento, em forma de livro e peça teatral, comoveu centenas de milhares de pessoas", eu li.

Ainda não podia entender por quê. Inúmeras pessoas haviam ficado em esconderijos. Milhões tinham morrido. Ninguém se importara. Ao menos, ninguém havia feito nada para impedir. E ninguém queria ouvir falar nisso agora. Onde você estava, o que viu não vai fazer de ninguém mais estimado pelas pessoas. Isso era verdadeiro há dez anos. E é mais ainda hoje em dia. Exceto para Anne. O mundo parecia não se fartar de Anne. Susan Strasberg ergueu-nos os olhos fixamente abertos das páginas brilhantes de meia dúzia de revistas, incluindo a capa da *Life,* a sua pele cremosa, os olhos luminosos, os cabelos lustrosos. Anne bem que podia ter tido essa aparência, naquele tempo. Todos nós. Os membros do elenco relataram as poderosas emoções que experimentaram durante seis noites por semana e duas vezes por dia nas quartas e sábados. Garotas adolescentes recortavam retratos do jovem que fazia o papel de Peter e penduravam em suas paredes, assim como Anne pendurava fotografias de astros de cinema e personagens da realeza acima de sua cama. Se Abigail fosse alguns anos mais velha, uma fotografia de um garoto que fazia o papel do garoto que supostamente era o garoto que eu fui estaria pendurada acima da sua cama. Eu estava preparado para que ela tivesse seus surtos de paixão por atores, mas não poderia permitir este outro entusiasmo, essa exaltação subserviente à miséria e ao sofrimento. Isso tinha de ter um fim.

"Madeleine", eu diria.

"Sim?", ela responderia sem levantar os olhos das teclas.

"Sobre esta peça."

"Huu-hum."

"Eu sou Peter."

Será que sua cabeça se ergueria, num sobressalto, da máquina de escrever? Será que ela me diria para parar de brincar e que esse não era assunto para se fazer graça? Acreditaria em mim? E se acreditasse, o que iria acontecer então? Iria me apertar contra seu peito? Iria me oferecer o ombro para eu lamentar pelo que sofri? Será que colocaria a chave de prata de seu amor, polida a ponto de brilhar como toda a prata daquela casa, na fechadura do meu passado, e a giraria? Isso eu não poderia permitir.

Baixei a vista para o jornal novamente e passei os olhos no restante da coluna. Era sobre Gusti Huber, a atriz que fazia o papel da mãe de Anne Frank na Broadway, porém dizia respeito à sua carreira antes de vir para os Estados Unidos. Contava que ela recusara trabalhar com atores e diretores judeus em Viena antes da guerra e continuou fazendo filmes para os nazistas até o fim da guerra. "Na época em que Anne era assassinada em Bergen-Belsen, Gusti estava ocupada rodando uma comédia intitulada *Wie ein Dieb in Der Nacht — Como um ladrão na noite*.

Essa era outra coisa que eu adorava nos Estados Unidos. Aqui, isso ainda era notícia, novidade.

— Você escreveu uma carta para o editor?

Madeleine pôs-se de pé, colocou a máquina de escrever de volta no estojo, e fechou-a à chave.

— Um pouco mais que isso. — Ela pegou uma das cartas e estendeu-a para mim.

Sr. Kermit Bloomgarden

1.545 Broadway

Nova York 36, N.Y.

Bloomgarden era o produtor da peça. E isso era mais um fragmento de informação que eu adquirira sem imaginar como.

Passei a vista pela carta. Minha esposa e centenas de outras mulheres ameaçavam boicotar a peça se Gusti Huber não fosse substituída.

— Você já viu a peça.

— Ele não sabe disso.

Olhei de soslaio para a mesa. Estava entulhada de papéis.

— Para quem mais você está escrevendo?

— Para o diretor. Os teatrólogos. Para a Guilda Teatral, a Eqüidade dos Atores.

Meus olhos foram da mesa para minha esposa. Suas bochechas estavam enrubescidas, os olhos um tanto selvagens. Era como ficava depois que fazíamos amor. Dei uma olhadela na mesa novamente. Não via mal algum num punhado de cartas para pessoas que provavelmente nem mesmo as leriam. O produtor e o diretor eram famosos. Ambos os teatrólogos haviam feito fortuna escrevendo para filmes sobre marido e mulher, detetives bêbados com um pequeno *terrier*, e Jimmy Stewart decidindo não cometer suicídio na véspera de Natal. Não tinha idéia de onde eu tinha recolhido toda essa informação inútil. A peça estava rendendo bom dinheiro. Nenhum deles estaria se importando a mínima se a atriz que fazia o papel da Sra. Frank tinha se apresentado para o próprio Hitler.

— E Otto Frank. — As bochechas de Madeleine flamejaram. O calor da honradez cintilou em seus olhos.

— O quê?

— Faz parte da campanha. Há uma lista de pessoas para quem devemos escrever. O pai de Anne Frank está nela. Eu lhe falei que ele ainda está vivo. Mora na Suíça.

— Suíça — eu repeti. Havia visto seu nome nas listas de sobreviventes da Cruz Vermelha. Tinha lido algo sobre ele em artigos sobre a publicação do diário. No entanto, tais relatórios tinham sido tão insubstanciais que mais pareciam boatos. Agora, ele estava em minha cozinha. Eu não poderia mais fingir não acreditar nele. Você é um filho para mim, ele costumava me dizer quando eu lhe trazia comida no hospital de Auschwitz.

— Basiléia — Madeleine disse. Ela apanhou uma carta sobre a mesa e leu: Herbstgasse 11, Basiléia, Suíça.

Peguei a folha de papel das mãos dela. "Caro Sr. Frank." Meus olhos correram a página até embaixo. A carta era educada, até mesmo deferente. Ela se mostrava segura de que o Sr. Frank não sabia de nada. Tinha certeza de que ele não permitiria que continuasse esse sacrilégio contra a memória de sua filha. Ela assegurou-o de que o diário de sua filha ocupava um lugar em seu coração e consciência. Alcancei o final da página.

Atenciosamente,

Madeleine van Pels

(Sra. Peter)

A minha sogra, a Emily Post do centro-norte de Nova Jersey, educara bem as filhas. Apesar de toda a rebeldia contida de minha esposa, ela seria incapaz de assinar uma carta sem o formal Sra. e meu primeiro nome abaixo do seu, do mesmo modo como seria incapaz de assoar o nariz num guardanapo na mesa de jantar ou de ir ao teatro sem luvas brancas.

Isso, eu não poderia permitir. Na época em que Otto me chamava de filho, eu desejava um pai. No entanto, eu não poderia me dar ao luxo de um pai agora, pelo menos não de um como Otto, que estava preso ao passado. Se meu pai de verdade ainda vivesse, seria diferente. Eu jamais teria virado as costas para ele. Juro. Não se pode julgar um homem pela maneira como ele se comporta em uma plataforma de estação de trem, com cães mordendo as suas pernas e oficiais SS golpeando sua cabeça, ou durante uma tarefa para a qual fomos designados, sempre na alça de mira de um guarda de campo de concentração. No entanto, Otto não era meu pai. Eu o admirava. Tinha pena dele. Porém, não o acompanharia em sua sentimental jornada passado adentro. Eu havia declinado subir rastejando esses degraus para dentro de um mundo de escuridão. Recusei-me a pôr a mim e a minha família em risco.

— Você não pretende de fato enviar isso, não é?

— Por que não?

— Porque é cruel.

— Ele deve tomar conhecimento. Tenho certeza de que ele desejaria saber. Eu gostaria, no lugar dele.

Havia ali, novamente, aquela fé imprudente no poder do vicário.

— Você acha que Otto Frank não sabe? Você acha que o homem que escreveu este artigo sabe, as pessoas que estão organizando esta campanha de cartas sabem, e agora você e eu sabemos, porém só o pai da garota que escreveu o diário não sabe?

— Não posso crer que ele permitiria isso, se soubesse.

Talvez ela tivesse razão. Talvez Otto não soubesse. Ou talvez ele soubesse e todavia não tinha apreendido. Quando o homem da Grune Polizei chegou para nos levar embora e reparou na velha arca da Primeira Guerra Mundial com o nome de Otto e sua patente no exército alemão impressa nela, praticamente entrou em posição de sentido, e uma expressão de alívio cruzou a face de Otto. Isto sim era mais compreensível. Esta era a Alemanha que ele conhecia. Minutos mais tarde, nos empurravam escadas abaixo para dentro da *van* que nos aguardava.

— Talvez não esteja em suas mãos. Essas coisas são arranjadas por meio de contrato. As pessoas compram e vendem direitos, do mesmo jeito que fazem com propriedades. Se eu vender uma casa, não posso impedir o novo dono de pintá-la de uma cor feia ou fazer algum acréscimo de mau gosto à construção. Se essa pessoa, como disse mesmo que era o seu nome, Otto Frank, se ele vendeu os seus direitos sobre a peça, provavelmente não tem o que dizer sobre quem atua nela.

Ela ficou parada, de pé, olhando para mim. A cor estava desaparecendo das suas faces. Seus dentes da frente mordiam o lábio inferior. Ele é uma mulher de coração-mole, minha esposa.

— Você acha mesmo?

— Acho que se ele não sabe, e se descobrir e nada puder fazer a respeito, será uma tortura para ele. Mais tortura ainda. Se outras pessoas querem atormentá-lo, isso fica por conta dele. Mas só não acho que você ou eu devemos tomar parte nisso.

— Nunca vi isso por esse lado.

— Mas agora vê. — Rasguei ao meio a carta que estava segurando. Madeleine se encolheu com o ruído, mas não protestou.

Minha esposa não enviou nenhuma das cartas que tinha tão furiosamente datilografado, embora não tivesse sabido disso. Ela me deu para que eu as enviasse pelo correio na manhã seguinte. Peguei os envelopes endereçados com tanto capricho de suas mãos e coloquei-os ao meu lado no assento da frente do carro. Alguns minutos mais tarde, sentado dentro do carro, enquanto esperava que o frentista do posto de gasolina enchesse o meu tanque, rasguei todos os envelopes ao meio, do mesmo modo que rasgara a carta de Otto, na noite anterior. Joguei a metade das cartas na lata de lixo no posto de gasolina e a outra metade atirei num depósito metálico de coleta de lixo, perto dali. O Sr. Bloomgarden, o Sr. Kanin e todos os demais, provavelmente, não sabiam que as pessoas que Anne chamava de Van Daans eram realmente os Van Pels. No entanto, eu não queria correr o risco.

A PEÇA ficou em cartaz por um ano e meio. Eu me habituei a ver os anúncios, a escutar elogios por parte do público, que era ainda mais devagar no entendimento que minha esposa e sua irmã, e, nas raras ocasiões em que deixei Madeleine me arrastar para algum outro espetáculo, a passar por fotografias de atores em roupas surradas com faces sofridas, ou assustadas, ou risonhas, olhando de dentro de painéis envidraçados na frente do Teatro Cort. Como eu disse, eles não tinham nada a ver comigo. Entretanto, quando vi o artigo, somente um parágrafo realmente, no jornal, não pude resistir. Não era por mim. Estava fazendo isso pelas crianças.

Quando atravessei a porta e entrei na sala de estar, minhas filhas desviaram o olhar da televisão, viram a caixa que carregava e, num segundo, se puseram de pé. Ambas se lançaram para mim. David as seguiu, tropeçando em seus pés gorduchos como um pequeno bêbado. Todos os três penduraram-se em mim, querendo ver o que tinha dentro da caixa, aos guinchos e gritos. Madeleine escutou todo aquele barulho e desceu as escadas a tempo de ver o gato saindo da caixa.

— O que é isso? — ela perguntou.

— Parece o quê?

Ele não percorreu os perímetros da sala como a maioria dos gatos fazem, em terreno estranho, mas atravessou-a direto. Era um animal destemido, acostumado ao esplendor das luzes, altos aplausos e gente estranha. Foi em direção ao sofá, pulou para cima dele, girou de costas e saltou para o chão novamente. As crianças o seguiam, quase roçando na sua cauda.

— Mas que surpresa — Madeleine disse.

— Já conversamos sobre termos um mascote.

— Conversamos?

— Sim, claro, quando os Wieners arrumaram aquele *poodle* deles.

— Isso faz mais de um ano.

— Se você não o quiser... — eu arrisquei, e minhas filhas protestaram aos gritos, como eu já sabia que elas fariam.

Madeleine olhou para mim e balançou a cabeça.

— Você acha que eu vou pedir a meus filhos que escolham entre mim e um animalzinho felpudo? Não, gostei da idéia, mas por que não arranjou um filhote?

— Este aqui precisava de um lar.

— Por quê?

Não havia razão para não lhe dizer a verdade. De acordo com o parágrafo do jornal, quando *O diário de Anne Frank* encerrou a sua temporada, nenhum dos atores nem o ajudante do teatro nem qualquer outro elemento ligado à produção quis ficar com o gato que tinha atuado como Mouschi. Não havia nada que Madeleine apreciasse mais do que possuir um gato com tal *pedigree*. Eu podia escutá-la contando a história agora. E ninguém jamais adivinharia de onde viera.

— Um dos técnicos do teatro o trouxe ao canteiro de obras — disse eu. — Acontece que a esposa dele é alérgica.

— É garota ou garoto? — Abigail perguntou.

— Um macho. O que quer dizer um garoto.

Betsy estava tentando puxar o gato para o seu colo.

— Podemos dar um nome a ele?

— Você pode tentar, porém ele já tem um nome. Ele responde por Mouschi.

Ao ouvir o som, o gato veloz como um raio saltou de Betsy para se acomodar no meu colo.

TREZE

"Há um impulso destrutivo compulsivo nas pessoas, impulso para enfurecer-se, assassinar, matar."

— *O diário de Anne Frank*
3 de maio de 1944

"Se todos os homens têm bom coração, na verdade nunca houve Auschwitz; nem há qualquer possibilidade de que aconteça novamente.

— "The Ignored Lesson of Anne Frank", de Bruno Bettelheim, em *Anne Frank: Reflections on Her Life and Legacy,* editado por Hyman A. Enzer e Sandra Solotaroff-Enzer

SOUBE QUE ESTAVAM FAZENDO um filme. E como não iriam fazer? A peça ganhou o prêmio Pulitzer. Por todos os Estados Unidos, toda noite, Ottos de diferentes companhias em turnê tropeçavam em cenários reproduzindo o anexo, para então encontrarem os diários de suas filhas, e Annes e Peters apaixonavam-se, e uma dúzia de diferentes versões de meu pai, alto, baixo, gordo, magro, roubavam o pão de minha boca. Pelo mundo inteiro. Em Amsterdã, a rainha assistiu a uma representação e ficou comovida, e pessoas comuns saíam do teatro sentindo-se enaltecidas. Não eram nazistas. Haviam tentado salvar os seus judeus. Não importa que houvesse tido poucos deles, no início, e que os haviam entregado, proporcionalmente, mais do que qualquer outro país. Na Alemanha, as platéias do teatro manifestaram comoção e consternação. Se pelo menos tivessem tomado conhecimento do que estava ocorrendo, teriam protestado. Uma mulher ficou tão profundamente afetada pelas atribulações de Anne que insistiu que, pelo menos, àquela pequena judia, em particular, devia ter sido permitido viver. Outros identificaram-se com as privações que viram no palco. Também tinham sofrido bastante com seu *Führer*. Porém, uma peça pode alcançar apenas umas tantas pessoas. Um filme é um fenômeno de dimensão diferente. Hollywood seria moralmente negligente se não produzisse um filme baseado no diário de Anne.

Não importa para onde me virasse, encontrava histórias sobre o filme. O ator Joseph Schildkraut iria interpretar novamente Otto. A atriz nazista encarnaria a Sra. Frank outra vez. E isso apesar do ultraje de minha esposa e de mil outras pessoas corretas. Haveria uma nova Anne. Um novo Peter também, porém isso era de menor importância. A procura de uma estrela para encarnar a nova Anne era a grande notícia. Lia-se de tudo sobre o assunto. Que afortunada jovem senhorita ganharia o *bolo de apostas*? Quem seria a felizarda escolhida para ser Anne Frank?

A mesma equipe de humoristas que tinha transformado Pfeffer num palhaço preguiçoso e o meu pai num ladrão — lastimo estar trazendo isso à baila, porém ainda não entendo como eles inventaram isso — escreveria a adaptação para o cinema. No entanto, o diretor, um homem chamado George Stevens, era conhecido por fazer filmes mais sérios. Ele estava com as tropas norte-americanas quando liberaram Dachau, e assim conhecia o tema, foi o que os jornais afirmaram. Ele também tinha fama de fazer filmes realistas. Em matéria de verossimilhança, dinheiro não era problema para George Stevens e os cavalheiros da 20th Century Fox. Quando as bombas caíram sobre o anexo secreto no filme, assim eu li, o Sr. Stevens não bateu na câmera para fazê-la estremecer, como a maioria dos diretores fariam. Em vez disso, construiu um cenário especial sobre pilares de madeira e molas. Num determinado momento, o pessoal de apoio sacudia a engenhoca e matava de medo os atores. Eu me interessei pelos detalhes da construção dos cenários. Afinal de contas, sou um construtor. Mas não me convencera de que produziriam um efeito semelhante ao da RAF. O Sr. Stevens também insistiu que a Srta. Shelley Winters, a atriz que fazia o papel da Sra. Van Daan, engordasse cerca de dezoito quilos. Não me lembro de minha mãe com excesso de peso, mas talvez fosse porque, no final, estávamos todos em estado de inanição. Entretanto, a Srta. Winters, os jornais noticiaram, era muito cooperativa e uma verdadeira profissional. Estava comendo tanto quanto podia para chegar ao peso do personagem de minha mãe, como se fosse uma tênia.

Quando Madeleine me disse que iria assistir ao filme com a irmã, eu sabia que ela não tinha esquecido a minha explosão da noite em que ela chegara em casa depois de ter visto a peça. As esposas tomavam o trem para Nova York e iam para as vesperais de teatro sem seus maridos. Elas não iam aos cinemas locais sem nós. Se uma delas fizesse isso, melhor ter uma boa razão.

— Eu sei que você não quer assistir a esse filme. — Ela manteve a cabeça abaixada enquanto falava, não porque estivesse evitando o meu olhar, mas porque estava concentrada no bolo que assava. Chamava aquilo de assar, embora não requeresse nada mais que derreter o chocolate. Era uma mistura que consistia em derramar o chocolate sobre os pequenos pães-de-ló alongados, que ela comprava no supermercado, depois meter a coisa toda no refrigerador durante algumas horas. Era bastante saboroso, mas não era o que se poderia chamar de um bolo de verdade, se bem que talvez eu tenha sido estragado por anos demais de pouco alimento e imaginação demasiada. Eu me lembrava de quando o alimento era a essência das histórias, a substância do mito. O *babka* da minha mãe, sussurrávamos entre nós, as tortas folhadas de minha avó, o *goulash* de minha esposa, e nossas bocas se enchiam de água, nossos olhos lacrimejavam, apesar de, além de famintos, estarmos desidratados, e quem ia lá saber de onde vinha a secreção.

— Por que você diz isso?

— Por causa da sua reação à peça.

— Não tive nenhuma reação à peça. Nem mesmo cheguei a assisti-la.

Ela não respondeu de pronto. Estava com dificuldade de fazer os pães-de-ló ficarem de pé em torno das laterais da travessa de metal.

— Para dizer a verdade — falou, já quando conseguia enfiar no lugar o último pão-de-ló — é uma frase que eu detesto nela; por que precisava iniciar uma sentença jurando dizer a verdade? — Ainda nem tenho certeza se eu quero vê-lo. Mas, vou vê-lo, mesmo assim.

— Mas por que vai ver um filme que não sabe se quer ver?

Ela tirou a caçarola de chocolate derretido do fogo e começou a espalhá-lo com uma colher sobre os pães-de-ló.

— Por obrigação moral.

— Por obrigação moral?

Ela ergueu os olhos do pseudobolo.

— Pessoas como eu, pessoas que não sofreram essas dificuldades, não têm o direito de fechar os olhos.

Eu devia ter mantido a boca fechada. Era uma característica de que me orgulhava. Se tivesse de dizer alguma coisa, diria para ela não ser idiota. Assistir a um filme não tem implicações morais. Mas a convicção que inflamava os seus olhos quando ela falava sobre não os fechar era revoltante. Não sei por quê. Eu tinha me casado com ela por sua cegueira.

— No campo de refugiados, fui designado para trabalhar no hospital por algum tempo.

Ela ficou imóvel, sustentando a caçarola suspensa no ar, os olhos focalizados não sobre algum imperativo moral distante, porém em mim. Eu nunca falava sobre o meu passado. Ela não queria perder nem sequer uma palavra.

— Havia um homem lá, metade do rosto dele tinha sido arrancada. Acho que ele tinha pisado numa mina.

Eu a vi se encolher. Eu de fato deveria ter parado ali.

— Pelo menos aquela era a história. Quem poderia saber o que estava por baixo das bandagens? A cabeça dele estava toda enfaixada. Tudo o que víamos eram dois buracos para seus olhos. Seus olhos não haviam sido feridos. Exceto pelas pálpebras. Ele não tinha pálpebras.

Uma mancha de chocolate salpicou no balcão. Ela baixou a caçarola. Eu alertei a mim mesmo que deveria parar.

— Sem pálpebras — continuei —, não podia fechar os olhos. É claro.

Ela continuou me fitando. Não tinha idéia de aonde eu queria chegar. Como poderia?

— Sabe o que acontece com alguém que não consegue fechar os olhos?

— A pessoa não consegue dormir?

— Não, é possível dormir com os olhos abertos. Isso acontece com muita gente. — Eu tinha vivido num número suficiente de barracas medonhas para saber disso. — Quem não tem pálpebras não consegue parar de chorar. Quem não consegue fechar os olhos, chora o tempo todo.

Dessa vez, não pedi desculpas. Eu estava furioso. Ela me fez quebrar o meu juramento de silêncio. Para um homem como eu, a única honra deixada, a única decência possível é proteger os outros do horror.

MADELEINE NÃO comentou o filme quando chegou em casa, embora eu soubesse que era nisso que ela estava pensando. Ao longo dos dias seguintes, ela andava através dos aposentos com mobília estofada e chão encerado da casa envolta num ar de fragilidade distraída. Era mais que pesar pelos pobres desgraçados que havia visto personificados na tela. Era ansiedade. Ela queria saber o significado de sofrer, por algum tempo.

MINHA ESPOSA tinha assistido ao filme no grande cinema do novo *shopping*, a alguns minutos de Indian Hills. Tive de fazer um trajeto de meia hora de carro para vê-lo.

Uma verde tarde de primavera, castigada pelo brilho do sol. Não era um dia para ficar sentado na escuridão de um cinema. Disse a Madeleine que precisava ir ao escritório, portanto parei próximo ao local. Cheguei mesmo a ir até o escritório. Parei no estacionamento, depois saí e continuei descendo a auto-estrada. De acordo com o horário no jornal, eu tinha justamente o tempo exato.

O cinema estava cheio de crianças e pessoas idosas. Eu era o único homem adulto a, por sua própria vontade, passar uma tarde tão ociosamente. Peguei um assento junto ao corredor. Não queria incomodar ninguém quando saísse. Não tinha nenhuma intenção de ficar até o final. Estava simplesmente curioso para assistir a alguns minutos do filme.

Tive de assistir a três ou quatro *trailers* antes que começasse o filme. Fiquei batendo o pé no assoalho pegajoso de refrigerante derramado. Não estava nervoso. Simplesmente queria que o filme começasse logo.

O nome do estúdio tomou forma na tela. O ar intumesceu-se com o que parecia várias centenas de cordas. Letras brancas como nuvens bruxuleavam contra um céu aberto. *O diário de Anne Frank.* Ela teria gostado disso. A câmera descreveu uma panorâmica do céu para o Westerkerk e dali para o canal. Minha cabeça rodopiou por um momento, porém era apenas uma vertigem induzida pelo movimento da câmera? Um caminhão cheio de refugiados, alguns deles ainda com uniformes listrados, foram arrastados para a rua. Joseph Schildkraut foi jogado do caminhão. Tive de dar o braço a torcer ao ator. Não apenas ele se parecia mesmo com Otto — a semelhança era impressionante —, mas até mesmo se movimentava como ele. Um ator de menor importância teria escolhido andar curvado numa interrogação de tormento, porém Schildkraut tinha obviamente estudado Otto. Ele se comportava como um homem cujo espírito estava alquebrado, mas cuja compostura, graças ao exército alemão, mantinha-se intacta.

Um depois do outro, os personagens apareceram na tela. Eu tive de sorrir. A adorável atriz de pele leitosa — uma ex-modelo, pelo que eu tinha lido — não possuía nenhuma relação com ninguém que eu tivesse conhecido, mas, talvez, o caso fosse que produtores de cinema não quisessem pagar uma fortuna para ver um garota com dentes irregulares e a sombra de um buço sobre o seu lábio inferior. Havia um garoto chamado Peter. Tinha aspecto saudável e porte atlético, no entanto, com o que é chamado de *um lado sensível.* Senti uma pontada de inveja, embora não pudesse afirmar se era pelo garoto dourado na tela ou pelo personagem do romance que ele protagonizava. Shelley Winters levantava a saia, saltitava ao redor do estúdio e balançava os seus cachos louros-pálidos. Eu preferiria que não a tivessem feito dela uma loura de cabelos descorados. Seu marido rosnava e grunhia, com seu bigode preto eriçado. Dussel, o dentista, juntou-se ao grupo e a história deu uma guinada humorística. Os roteiristas tinham criado um idiota engraçado. Não pude evitar rir. Todo o público estava rindo às gargalhadas das tolices de Dussel, e o revirar de olhos de Anne junto com o doce sorriso triunfa sobre ele; acabei rindo mais do que qualquer outra pessoa da platéia, e tanto que a mulher de pescoço grosso sentada na minha frente virou-se para me lançar um olhar de reprimenda. Pedi desculpas, mas um minuto depois já estava rindo novamente. Não podia me controlar. Ela se virou novamente e disse que, se eu não era capaz de me comportar, que devia me retirar e deixar os outros apreciarem o espetáculo. Tentei me aquietar. Não tinha o menor desejo de chamar a atenção. Além disso, a cena do bombardeio tinha começado, e eu não queria perdê-la. Estava curioso para ver se o cenário do Sr. Steven funcionava. Sinto muito dizer que não valeu a pena o dinheiro gasto ali. E podia afirmar isso mesmo sem saber o custo do trabalho e da mão-de-obra. A cena não passava de uma idéia infantil de um bombardeio, algo tirado da cabeça de um civil norte-americano.

O garoto chamado Peter parou de implicar com Anne, e Anne parou de pregar-lhe peças, e ambos começaram a trocar olhares ardentes. Anne subiu a escadaria para o quarto dele, e os pais, preocupados, discutiram a questão, mas tratava-se de um saudável filme norte-americano com saudáveis garotos norte-americanos, ainda que devessem parecer judeus alemães escondidos em Amsterdã, e, ao contrário dos pais, todo mundo na platéia sabia que não havia nada com que se preocupar, pelo menos no tocante a sexo. Quando finalmente se beijaram, a garota ao meu lado suspirou doídamente.

Olhei para o meu relógio. O filme era mais comprido do que eu tinha previsto. Quando tornei a me virar para a tela, estava escura, exceto por uma simples chama tremulante. Houve gritos e tumulto. "Ladrão! Ladrão!" A Sra. Frank grita. "Pão tirado da boca de crianças", ela lamenta. "Tenho ouvido o seu próprio filho durante o sono gemendo de fome", ela uiva. Otto adianta-se alguns passos e fala.

— Não precisamos dos nazistas para nos destruir. Estamos nós mesmos nos destruindo.

— Pelo amor de Deus — eu murmurei.

A mulher na minha frente virou-se novamente.

— Sinto muito — sussurrei, porém Otto com certeza tinha uma noção melhor de como eram as coisas. Qualquer um que tivesse passado pelo que Otto passou, necessariamente pensaria melhor, antes de dizer algo assim. Então, me lembrei, Otto não estava dizendo algo seu, era a fala do ator. Otto jamais falara aquilo porque nunca tivemos essa briga, e isso porque meu pai jamais roubara pão nenhum.

Estava quase terminado agora. Soube disso pela sirene, embora lá não tivesse soado nenhuma sirene quando a Grune Polizei chegou. No entanto, compreendi por que o diretor inseriu esse efeito A estridência da sirene serrava os meus nevos, embora não a ouvisse há anos. A garota ao meu lado, que provavelmente nunca a tinha ouvido, começou a soluçar. Quando a polícia estilhaçou o vidro da porta da frente, outra coisa que não tinham feito, a mulher do pescoço grosso na minha frente gemeu. A escuridão vibrava com o rumor da choradeira, lamúrias e narizes assoando.

A câmera deu uma panorâmica, subindo agora para o céu. Nuvens rodopiavam lá em cima. As gaivotas guinchavam, arremetiam-se para baixo. O filme havia terminado; no entanto, não era bem esse o fim. Havia Westerbork, Auschwitz e Bergen-Belsen ainda por vir. Haviam filmado cenas dos campos de concentração, mas foi tudo eliminado na sala de cortes. Eu tinha lido em algum lugar que o diretor realizara uma tomada de uma cena final num cenário simulando Auschwitz, porém as platéias nas pré-estréias experimentais tinham rabiscado sua repulsa nos respectivos cartões em que expressaram sua opinião sobre o filme. A Anne que eles conheceram e amaram não tinha morrido num campo de concentração. Pelo menos, não a queriam ver morrer num campo de concentração.

A voz tênue da atriz de pele leitosa boiava por sobre os papéis de balas jogados fora e embalagens amassadas de pipocas, e as pessoas já subiam as alas laterais, arrastando os pés em direção à saída.

A despeito de tudo, eu ainda acredito que as pessoas têm bom coração.

Um suspiro estremeceu todo o cinema. Era isso o que a platéia queria. O triunfo do espírito humano, como minha esposa o denominou. A certeza de que, a despeito de tudo, das pessoas caminhando para a morte aos milhares meramente por causa do acidente do seu nascimento, de outras pessoas ansiando e felizes de poderem pinçar filamentos de ouro de suas bocas antes de as meterem nos fornos, de experimentos horripilantes em indivíduos não anestesiados no interesse da ciência médica, da cumplicidade de uma população inteira sedenta de sangue e de *limpar* o mundo de um outro povo inteiro, a despeito de tudo isso, os seres humanos possuem um bom coração.

No entanto, fiquei contente por ter visto o filme, a despeito do vazio da última fala. Eu o tinha finalmente expulsado do meu sistema.

QUATORZE

> "Lou Jacobi é irritantemente lerdo e pateticamente frouxo, como o medroso Van Daan."
>
> — Uma crítica do filme *O diário de Anne Frank*, por Bosley Crowther

> "É necessário que a Sra. Van Daan me chame de 'um santo'? Entendo que vocês a queiram representar como histérica e exagerada, mas sinto-me um tanto envergonhado."
>
> — Otto Frank em notas para os teatrólogos

MADELEINE TINHA COLOCADO A GRANDE fotografia apoiada contra a parede da sala de estar, com uma toalha de cozinha enfiada por trás de uma moldura de madeira clara, para não arranhar a parede. Eu tinha ajudado a escolher o retrato, mas essa era a primeira vez que via o produto acabado.

— Ficou ótima — ela disse. — Você não acha?

— Muito boa — concordei.

Ficamos parados ali, lado a lado, olhos fixos no retrato emoldurado. Atrás de nós, nossos três filhos também tinham o olhar fixo no retrato. O fotógrafo havia vindo a nossa casa várias semanas atrás. Não fora uma tarde fácil, Madeleine disse. David estava irritado. Betsy, resfriada. E foi também difícil escolher uma foto, entre as provas. Se numa foto Abigail saíra bem, os olhos de Betsy estavam fechados.

Se noutra Betsy estava ótima, David parecia emburrado. Finalmente, aprovamos uma que quase fazia justiça aos três, se bem que não tenha capturado o espírito de Betsy. Minha filha do meio, ela era bastante temperamental e embora fosse capaz de levar Madeleine e a mim à loucura de tanta irritação, eu estava satisfeito. Não queria que nenhuma das minhas filhas fosse exageradamente dócil. Não que estivesse ansiando por criadores de problemas. Esperava que eles aprendessem quando era para entrar numa briga e quando o melhor seria recuar para as sombras. Queria que eles fossem astutos.

Na fotografia, eles posaram sentados por ordem de tamanho, David recostado em Betsy, Abigail com um dos braços em torno dos ombros de Betsy. A moldura estava combinando muito bem. Madeleine tinha passado metade de uma tarde na loja escolhendo-a. Agora, tudo o que eu tinha a fazer era pendurá-la acima do sofá.

Passei o braço em volta da cintura de Madeleine, enquanto contemplava meus três filhos norte-americanos, muito limpos e bem-alimentados, sorrindo para a câmera como se a felicidade fosse um direito hereditário deles. Não sou supersticioso, mas ali, de pé, olhando para aquele retrato, compreendi as mulheres camponesas que amarram fitas vermelhas em seus filhos para afugentar os maus-olhados, e os primitivos, que proclamavam a feiúra das suas crias em voz alta para enganar os deuses ciumentos.

— Belos diabinhos, não? — Madeleine disse.

Tive vontade de dizer para ela falar baixo.

— Estou contente por ter decidido deixar Abigail usar esse vestido.

Uma fita vermelha não teria estragado o efeito.

— O que eu queria saber é de quem David puxou esse cabelo — ela disse. — Não foi de nenhum de nós dois. Você tem cabelos mais claros que os meus, mas nem os meus nem os seus são tão claros assim para ter um filho tão louro.

— Minha mãe tinha cabelos louros.

Madeleine ergueu os olhos para mim, surpresa.

— Você nunca me disse isso —, ela falou, como se eu já lhe tivesse dito qualquer coisa sobre os meus pais.

Dei de ombros.

— Gostaria que eles pudessem conhecer os avós — ela continuou, voltando-se outra vez para a fotografia. — Pelos motivos óbvios, é claro, mas por algo mais também. Tenho a sensação de que... Sei que é tolice, nem cheguei a conhecer os seus pais, mas eu tenho essa sensação de que outro casal de avós, pessoas diferentes, poderiam fazer as crianças, sei lá, menos fechadas.

Não respondi. Estava absorvido demais, pensando nos cabelos de minha mãe. Eram castanho-escuros, com riscas grisalhas, na última vez em que a vi. Não tinha idéia de onde o comentário sobre ela ser loura havia vindo, mas não iria me desdizer agora.

EU TINHA me enganado sobre a cor dos cabelos de minha mãe. Isso não chegava a ser um crime. Os anos passam. As lembranças se apagam. Graças a Deus. Talvez tivesse sido diferente se eu tivesse fotografias, embora mesmo as fotos mintam. Lembro-me de uma foto tirada no jardim da escola em Osnabrück, uma fileira de garotos de 8 a 9 anos, alinhados cada qual com os braços sobre os ombros de seus colegas de ambos os lados. Estou bem no centro, um dos mais altos do grupo, de aparência mais forte, aquele com uma expressão zangada. Quem visse aquele retrato diria: "Esse é o valentão da turma." Mas não era eu o valentão naquela fotografia. Os outros garotos é que estavam me ofendendo. Judeu, era assim que me chamavam. E *Yid*. Assassino de Cristo. Por isso, minha aparência zangada. Porque eu sei que vou chorar. Mas não vou chorar. Não vou dar a eles essa satisfação. E não dei. Ou dei? Como posso ter certeza?

ACONTECEU NOVAMENTE uma semana depois na casa dos pais de Madeleine. Foi numa tarde de domingo. Susannah e Norman estavam lá também. Estávamos sentados em volta da mesa na sala de jantar, as crianças estavam correndo, entrando e saindo da sala, enfim, não havia nada incomum na situação. Até mesmo a conversa era a de sempre. Minha sogra tentava persuadir meu sogro a raspar o bigode.

— Olhe só o Norman — ela disse.

Todos nos viramos para olhar o meu cunhado.

— Está vendo como o rosto dele está liso e bonito?

— Como a bunda de um bebê — meu sogro disse.

— Até mesmo o Peter — minha sogra prosseguiu, claramente raspando o fundo do tacho de seus apelos por rostos barbeados. Meu sogro gosta de mim como se eu fosse seu filho. Minha sogra ainda me olha como o ladrão que roubou a sua filha de um pretendente melhor. Talvez, em mim, o roubo seja um traço de família. — Nunca o vemos com barba por fazer.

— Estou velho demais para mudar — meu sogro insistiu.

— Não diga isso, papai — Susannah falou. — Além do mais, é disso que a mamãe está falando. — Minha esposa e sua irmã ainda tratam os pais com termos infantis. Pensei que parariam com isso, quando tivessem os seus próprios filhos, mas estava equivocado. — Você pareceria mais jovem sem o bigode.

— Está vendo? Susannah concorda comigo — disse minha sogra. — Quando se livrar desse bigode grisalho, vai rejuvenescer uns cinco anos. Talvez dez. Não estou certa, Norman?

— Cinco anos, seguramente — afirmou Norman.

— Mas, se ele o raspasse — Madeleine disse — se ele entrasse uma noite dessas aqui sem o bigode, você começaria a gritar perguntando quem é esse estranho na minha casa.

No momento em que Susannah colocou-se ao lado de sua mãe, soube que Madeleine defenderia o do seu pai. A constante troca de alianças na família de minha esposa sempre me pasmava. Eles discutem, conspiram e trapaceiam entre si mesmos como se não houvesse amanhã, ou como se estivessem certos de que haverá um amanhã. Nunca lhes ocorre que pode não sobrar tempo o suficiente para consertar o que se fez de errado.

— E quanto a você, Peter? — meu sogro perguntou. — Você é o único que não deu palpite no assunto.

Todos se voltaram para mim. Eu era um membro da família, ainda que não fosse exatamente um deles.

— Eu aprecio um bigode — disse.

Minha sogra disparou um olhar na minha direção. Sempre achei que ela daria um ótimo militar.

— Meu pai tinha bigode — continuei.

Meu pai nunca teve bigode, assim como minha mãe nunca fora loura. O comprido rosto melancólico que, de um instante para outro, podia mudar do bom humor para a raiva não tinha pêlos de espécie nenhuma, do topo de sua cabeça calva até seu queixo proeminente.

Estávamos no carro a caminho de casa, quando me dei conta de como me havia ocorrido aquela idéia. Lou Jacobi, o ator no filme, aquele que rouba o pão, tinha bigode. Era preto e eriçado e algo parecido com o de Hitler, agora que eu começava a pensar a respeito.

O INCIDENTE daquela tarde no canteiro de obras não teve maior importância, embora na hora tenha me assustado. Pensei que estivesse perdendo a visão, como, anos atrás, havia perdido a minha voz.

Eu estava atravessando uma das casas inacabadas. Eram quase cinco horas, e os trabalhadores tinham ido embora, mas era para o Harry se encontrar comigo. A distância, um agrupamento de árvores, que se delineava contra o lençol pálido do céu de final de tarde, chamou minha atenção. As árvores faziam com que a terra nua ao meu redor parecesse ainda mais estéril. A primeira coisa que fazíamos quando entrávamos num terreno era passar o buldôzer por cima de tudo. Eu não gostava de fazer isso, porém tinha desistido de brigar com Harry há algum tempo. Era surpreendente quão pouco as pessoas se importavam com isso. Desde que tivessem uma cozinha com bancada e um forno embutido na parede, um banheiro com pias gêmeas e uma sala de estar com portas de vidro corrediço do chão até o teto, pouco se importavam com o que viam, ao olhar através daquelas portas. Não se importavam se tinham mimosas, ou castanheiros, ou carvalho, ou terra escavacada e desolada para olhar. A única razão pela qual o agrupamento de árvores a distância tinha sido poupado era porque não nos pertencia.

As árvores a distância lembravam-me do parque na extremidade da Hunzestraat, próxima do apartamento onde tínhamos morado antes de desaparecermos. Essa foi a maneira como nossos vizinhos cristãos entenderam o que nos aconteceu, sem mais perguntas. Quanto menos se soubesse sobre os outros, melhor. Antes do decreto proibindo judeus de entrar em parques públicos por receio de que a sua falta de higiene viesse a contaminar os bancos, os meus pais gostavam de passear por ali. De pé, dentro da casa inacabada, eu via minha mãe e meu pai caminhando sob as árvores distantes. Eles se aproximavam de mim lentamente, a mão dela aconchegada no ângulo formado pelo braço dele, o seu comprido corpo de espantalho inclinado para o dela. Quando se aproximaram mais, enxerguei o cigarro pendendo da boca dele. Ela usava um chapéu de qualidade, preto com fitas de gorgorão e uma aba estreita vistosa. Vieram até onde eu estava, atravessando o mosaico de luz e sombra, até que ficamos a apenas alguns centímetros de distância. O rosto de meu pai estava na mesma altura do meu, embora eu não conseguisse ver suas feições. A fumaça era demasiado espessa para permiti-lo. Ele inclinou a cabeça para trás, abriu a boca e exalou um perfeito anel. Esse era o pai de que me lembrava.

Voltei-me para a minha mãe. Ela era mais baixa que meu pai e eu, e eu não podia ver o seu rosto dela, por debaixo da aba do seu chapéu. Curvei os meus joelhos e torci o meu corpo para olhar sob o chapéu. A visão jogou-me para trás contra as vigas de madeira crua. Era algo tirado de um filme de terror. O rosto de minha mãe era uma intumescência de carne descorada. Ela não tinha fisionomia. Ela era nada.

Eu escorreguei até o assoalho inacabado e sentei-me com as costas apoiadas nas vigas, pernas erguidas, rosto pousado sobre os joelhos, braços cruzados sobre a cabeça. Era a postura que costumávamos adotar quando acovardados debaixo das bombas caindo.

— Olá, amigão.

As palavras chegavam-me em meio às explosões que detonavam dentro da minha cabeça.

— Você está bem?

Ele me forçou a soltar os braços da cabeça.

— Você está bem, amigão?

Eu abri os olhos. O queixo com aquela sombra púrpura, os olhos próximos demais um do outro, a careca com alguns fios de cabelo escuros penteados por sobre ela taparam-me a vista. Eu nunca me sentira tão feliz por ver o rosto feioso de Harry. Eu não estava ficando cego afinal de contas.

EU NÃO TINHA por hábito ir ao cofre no armário para contar o dinheiro que tinha escondido ali. Não era um avarento. Nem tampouco um *Verfolgungsbedingt*, essa nociva palavra alemã que se aplica àquela triste condição patológica. Simplesmente, achava algo tranqüilizante, vez por outra, para me assegurar de que tudo se encontrava em ordem. Nunca se sabe quando vai acontecer uma emergência. A visão de meus pais perambulando na Hunzestraat tinha-me feito lembrar disso. E desde que comecei a ter problemas de pegar no sono, decidi que podia utilizar esse tempo também produtivamente. Não há sentido em ficar deitado na cama, imaginando mutilações no movimento que as sombras das árvores no lado de fora da janela projetam no teto. Se eu me voltasse para a mesinha-de-cabeceira, o avançar dos incandescentes ponteiros do relógio irritava-me os nervos. Se me virasse para o outro lado, ver a minha esposa, dormindo de me fazer inveja, inquietava-me. Ela se deitava de lado, joelhos puxados, de costas para mim. Levantei o lençol gentilmente. Sua pele estava cor de cera à luz tênue do luar. A sua espinha dorsal fazia uma delicada curvatura por debaixo da pele. Como seria fácil parti-la. Eu podia quase escutar o estalo quebrando o silêncio. Arrumei a coberta sobre ela, pulei da cama e saí do quarto. Tive o cuidado de fechar a porta antes de acender a luz do corredor. O cheiro de roupa de cama limpa era revigorante. Os números clicaram, encaixando-se. A porta girou, abrindo-se.

Retirei o passaporte e examinei a data em que expirava. Eu a sabia de cor, porém gostava de vê-la em preto e branco. Não teria chegado onde estou se fosse descuidado. Voltei ao cofre e retirei os envelopes de papel pardo. Havia dois deles agora. Não queria cédulas de valores altos. Abri o primeiro envelope. Notas de vinte, cinqüenta e cem — não crepitantes e novas, o que despertaria suspeitas, mas confiavelmente gastas — estavam divididas por denominação e presas por elásticos. Fui de pilha em pilha, retirava o elástico de cada uma, contava as notas, guardava de cabeça a soma, recolocava o elástico e partia para a próxima. Tudo devidamente somado. Coloquei as pilhas de volta no envelope, prendi as bordas e abri o segundo envelope. Continha a mesma quantia. Eu tinha dividido as cédulas igualmente. Comecei a contar. Quando terminei, estava com cento e setenta dólares a menos. Recomecei tudo novamente. Dessa vez, ficaram faltando duzentos e vinte dólares. Não podia entender. Ninguém mais conhecia a combinação do cofre. Ainda não tinha me mexido para dá-la a Madeleine, embora jurasse ali que seria a primeira coisa que faria, logo de manhã. Recontei o dinheiro pela terceira vez. Agora havia trezentos dólares mais do que deveria. Era insano. Não sou mau com números, mas não conseguia que a soma dessas cédulas desse certo. Desci para a cozinha. Não queria me arriscar a voltar para o quarto e acordar Madeleine. Apanhei um bloco de anotações de uma pequena escrivaninha no canto e um lápis do porta-lápis que Abigail tinha feito na escola e subi de novo para o corredor do andar de cima. A visão do armário de roupas de cama e mesa aberto, toalhas misturadas, cofre escancarado, deu-me um susto. Eu sabia que ele não tinha sido saqueado. Fora eu que fizera aquela bagunça. No entanto, era a impressão que dava. Retirei o envelope que se recusava a apresentar a soma certa, fechei o cofre, e dei volta na fechadura. Até mesmo arrumei as toalhas e fechei a porta do armário. Eu queria ser capaz de concentrar-me na contagem das notas, e a visão do cofre parecendo pilhado era perturbadora.

Sentei-me no chão sob a luz do teto, com o envelope, o lápis e o bloco de anotações. Sabia que era tolice. O dinheiro não podia ter fugido para nenhum lugar. O fato de ter achado somas diferentes a cada vez significava que o erro era meu. No entanto, eu precisava que a conta ficasse perfeita. Se não pudesse confiar nisso, em que mais poderia?

Comecei a contagem novamente. Dessa vez, anotei no bloco a quantia de cada molho depois que eu o contava. Eu tinha dado cabo de duas pilhas de cédulas de vinte e uma de cinqüenta quando a porta do quarto de dormir das garotas se abriu. Abigail apareceu de pé na moldura retangular. A escuridão por detrás dela delineava sua camisola e o rosto de uma palidez sonolenta. Era o negativo fotográfico fantasmagórico dela mesma.

Ela piscava contra a luz e esfregava um dos olhos com o punho.

— Água — disse ela, e a palavra abriu-se num bocejo.

Levantei-me e fomos juntos para o banheiro, seus cabelos emaranhados durante o sono roçando no meu pijama, no que ela se apoiou em mim. Na pia, ela levantou a cabeça para beber água de um copo plástico com bordas enfeitadas de margaridas, e seu pomo-de-adão pulsava como as batidas do coração. Ela enxugou a boca com as costas da mão e voltamos pelo corredor. Seus pequenos pés rosados fizeram estalar as cédulas que eu deixara sobre o carpete. Abigail abaixou os olhos para elas.

— O que é isso?

Parei, fitando o seu rosto virado para cima. Ela tinha uma expressão sonolenta, porém inquisitiva. Estava crescida o bastante para entender. Crianças mais novas do que ela tinham sobrevivido por conta própria. Sentei-me no chão, peguei sua mão e a puxei para sentar-se ao meu lado.

— É dinheiro — expliquei. — Dinheiro que eu guardei para o caso de termos de fugir.

Os olhos que se levantaram para mim estavam incrustados de sono.

— *Fugir?*

— Ir embora daqui. Ir para algum outro lugar.

— Por quê?

— Às vezes as pessoas são obrigadas a fugir. Esse dinheiro é para nos dar certeza de que se um dia formos obrigados a isso, mamãe, você, Betsy, David e eu, todos nós juntos, podemos fugir. O meu papai nunca previu uma possibilidade dessas, mas eu já. Assim, vocês não precisam ter medo.

— De quê?

— De nada.

Ela apanhou uma cédula de cem dólares e ficou imóvel, observando-a fixamente, abobada.

— Você quer me ajudar a contá-las?

Sua cabeça pendeu para a frente. Tomei isso como uma aceitação

— Ora, vamos. Eu conto e você vai anotando os números.

Sua cabeça desceu repentinamente sobre meu ombro. Pus-lhe o lápis na mão.

— Vamos ter de começar de novo. Perdi as contas quando me levantei. — Arrumei as pilhas de dinheiro em fileiras bem-feitas, peguei a primeira pilha de cem e retirei o elástico. A cabeça da minha filha caiu mais para baixo, apoiando-se sobre o meu braço. — Ora, vamos, vai ser divertido.

Ela ergueu a cabeça. Comecei a contar.

— Três mil — disse eu ao terminar a primeira pilha. Precisei sacudi-la gentilmente para conseguir que ela anotasse o número no bloco de anotações. — Ponha aí um três e três zeros. — No que eu apanhava outra pilha de notas, escutei a porta abrir-se atrás de mim.

— O que vocês estão fazendo? — Madeleine de pés descalços estava ao meu lado, sobre o carpete. Ela agachou-se e agarrou uma pilha de notas. — Que diabos vocês estão fazendo?

— Eu fiquei com sede — Abigail disse. Minha primogênita era leal, ou talvez simplesmente não tivesse entendido a sua mãe e pensou que a raiva era dirigida contra ela.

— Ela se levantou porque queria um copo d'água, e achei que seria divertido para ela me ajudar.

— Divertido para ela ajudar você! A contar dinheiro? Mas são uma e meia da madrugada. Você perdeu o... — Ela parou e ficou parada, e seu olhar baixou sobre mim. Não disse nada. Não ia me defender por estar tomando conta dela e das crianças.

Ela se abaixou, agarrou a mão de Abigail, e colocou-a de pé.

— Vamos, querida, de volta para a cama.

Eu ainda me encontrava no chão com as pilhas de dinheiro quando Madeleine saiu do quarto das garotas e fechou a porta atrás de si.

— Vou terminar em um minuto — eu disse, antes que ela pudesse falar qualquer coisa.

Ela atravessou o corredor, entrou no quarto e fechou a porta sem pronunciar uma só palavra. Lamentava muito tê-la aborrecido, mas precisava contar o dinheiro direito. Tive de recomeçar tudo novamente. Desta vez a soma saiu direito.

NA NOITE SEGUINTE, trouxe para Madeleine uma dúzia de rosas. Ela me agradeceu e disse que elas eram lindas e me pediu que apanhasse, lá embaixo, o vaso grande que estava em cima da estante para colocá-las dentro dele. Fiquei aliviado. Tivera receio de que ela estivesse cismada sobre a noite anterior, embora ainda não pudesse compreender o que havia de errado em um homem querer proteger sua família.

Enquanto ela punha água no vaso e arrumava as flores, eu me voltei para a pilha de cartas de que ela se ocupava quando entrei. Era o sortimento usual, algumas contas, um folheto de um estabelecimento de lavagem de carpete e outro de um exterminador de insetos e pragas, uma carta da sede local de uma organização judaica agradecendo-me por minha contribuição. Mesmo isso não era nada fora do comum. Fazia doações a Catholic Charities, os escoteiros, o United Fund e a United Jewish Appeal, para citar apenas algumas instituições, e os diferentes donatários respondiam com cartas agradecendo a minha generosidade. Esta carta em particular também me falava das boas realizações em que o meu dinheiro redundaria, e desejava tanto a mim como a minha família as bênçãos de D-S. Enquanto eu permanecia de pé, examinando a carta, finalmente decifrei o bom astral de Madeleine.

A primeira vez que vi essa palavra eviscerada foi num folheto que estava sobre uma mesa na casa dos pais de Madeleine, embora na ocasião ainda pensasse nela como a casa dos pais de Susannah. Foi o momento, Madeleine só me diria mais tarde, quando ela soube que Susannah nunca se casaria comigo, e ela sim.

— O que é isso? — perguntei, apontando para um dos inúmeros D-S espalhados sobre a página.

— Deus! — Susannah disse.

Não podia ser um erro tipográfico. Ocorria com demasiada freqüência.

— Então por que eles abreviam assim?

— É para ninguém poder ler a palavra.

— Por que não? — Eu não estava discutindo com ela. Estava curioso.

— É blasfêmia.

— É blasfêmia se você diz *Deus*... e um palavrão junto. Não é blasfêmia se... — Olhei de relance para uma frase. — A pessoa está escrevendo algo sobre ser grato a Deus.

— É assim porque é, só isso — Susannah insistiu.

— Isso não é uma resposta — Madeleine disse. Até então, eu tinha esquecido que ela estava na sala. Naquele tempo, Susannah exercia esse efeito sobre mim.

Eu me virei dela para Madeleine. Ela sacudiu a cabeça aborrecida consigo mesma.

— Toda a minha vida sempre li *D-traço-S*, em vez de Deus, e nunca nem mesmo parei para pensar sobre isso. Mesmo depois de antropologia 101, não pensei nisso. No entanto, agora você me fez entender o absurdo que isso é.

Lamentei ter acabado por dizer alguma coisa. Susannah poderia escrever Deus de trás para a frente ou de cima para baixo, e pouco me importava. Soletrar não era tão importante para mim.

— O que antropologia 101 tem a ver com isso? — Susannah perguntou.

— Explique a ela, Peter.

Eu não tinha de explicar isso para Susannah. Ela sabia ao que sua irmã e eu estávamos nos referindo. Superstição, práticas primitivas e ídolos. As palavras, suspensas no ar, esperando serem arrancadas de lá, assustaram Susannah. E intrigaram Madeleine. O fato de eu as ter conjurado impressionou-a. Foi por isso que ela não fez objeção às flores que eu lhe trouxera. Na noite anterior, ao sair do quarto de dormir, ela tropeçou num marido cujo universo estava encolhendo para o tamanho de um cofre de parede de algumas dezenas de centímetros quadrados. Nesta tarde, abrira uma carta e redescobriu um garoto que tinha prometido e ameaçado invocar um mundo maior. A lembrança ainda deveria guardar um resto de vida porque, quando ela passou por mim na direção da sala de estar para colocar o vaso de rosas junto à seqüência de janelas, projetando-se para fora da parede, salientes, ergueu-se nas pontas dos pés para me agradecer com um beijo, ou talvez sem razão alguma.

FIZ BEM EM TRAZER flores para Madeleine no dia seguinte ao que me apanhou contando dinheiro com Abigail, porém cheguei em casa de mãos vazias na semana posterior. Dessa vez, ela não me pediu para não lhe trazer nada, porém eu sabia que não devia.

As garotas não haviam corrido perigo algum, não importa o que ela dissesse, embora suponho não deveria tê-las deixado sozinhas no carro. Só que, se eu corresse sozinho para a Korvettes para apanhar o rolo de filme, poderia estar de volta em três minutos. Se levasse as meninas a reboque, levaria no mínimo meia hora. Betsy ia tentar me arrastar para as alas entupidas de brinquedos de plástico, e Abigail faria uma ávida parada na frente da loja de bijuterias. Seria mais fácil correr loja adentro, pegar o filme e voltar num minuto. Elas não eram mais bebês. Estávamos em pleno dia.

Encontrei uma vaga duas fileiras abaixo da entrada, disse para elas que estaria logo de volta, saí do carro e parti a toda, atravessando o estacionamento. Já lá dentro, me dirigi direto para o balcão de revelação. Não havia outros fregueses para serem atendidos. Eu já me encaminhava para a porta um segundo depois. Parei apenas o tempo suficiente segurando a porta para uma mulher com duas criancinhas atrás dela. Como poderia me omitir de fazê-lo?

O restante da história é tão tolo que sinto vergonha de relembrar. Foi uma comédia, na verdade. Coisa típica de Dussel, o idiota, se os teatrólogos o transportassem para os subúrbios dos Estados Unidos. Dussel iria se atrapalhar todo no enorme estacionamento do novo

E. J. Korvettes, e a platéia riria, mas tudo acabaria bem, no final, como aconteceu de fato. No entanto, não sou um idiota como Dussel, e não teria me atrapalhado tanto naquela tarde se não fosse pelas meninas. Madeleine não estava com a razão quando me acusou de irresponsável. De fato, ela usou uma palavra mais forte ainda, porém estava transtornada e não sabia o que estava dizendo. Se eu não estivesse doente de preocupação com as meninas, não teria ficado quase louco, nem me equivocado sobre onde havia deixado o carro, e todo o resto nunca teria acontecido.

Disparei pelo estacionamento. Temos de dar um crédito à companhia. Não era apenas o desconto, era a facilidade. Ali devia haver vagas para oitocentos, talvez mil carros. Desci ao longo de uma fileira inteira, correndo a toda velocidade, procurando pelo meu Cadillac. Harry tinha finalmente me vencido. Eu já estava a meio caminho do final da fileira antes de me dar conta de que estava na fileira errada. Atravessei por dentro, cortando entre os carros estacionados, e comecei a subir a ala seguinte.

O resto é a história de sempre. Acontece todo dia. As pessoas saem por uma porta diferente daquela que entraram, confundem onde deixaram seus carros e perambulam pela área do estacionamento, xingando sua própria estupidez até que o encontram. Xinguei um bocado naquela tarde. Também pratiquei um bocado de corrida, de uma fileira para outra. Parei em todos os carros marrons, mesmo que não fossem Cadillacs. Esquadrinhei o interior de cada Cadillac escuro. Nenhum deles tinha duas menininhas dentro.

Parei de correr e fiquei imóvel por um minuto. O sol comprimia a minha cabeça como um elmo de aço. O suor ardia nos meus olhos. Tirei os óculos escuros para enxugá-los. A luz que refletia dos brilhantes pára-choques e reluzentes capôs era ofuscante. Tornei a colocar os óculos escuros.

Precisava permanecer calmo. Minhas filhas estavam aqui, em algum lugar, seguras no interior do carro. Tentei lembrar se tinha deixado as janelas abertas. Mas elas não eram bebês. Se sentissem calor, baixariam o vidro das janelas do carro. Só que os carros novos possuíam janelas que só baixavam apertando botões. Eu via as minhas duas menininhas estendidas sem vida nos assentos. No calor, sob a luz ofuscante, a imagem ondulava multiplicando em mil os corpos de menininhas sem vida espalhados pela paisagem cinzenta. Comecei a correr novamente.

Um carro da polícia cruzou comigo, em patrulha. Ergui os braços para chamar a atenção deles, então enxerguei de relance os homens em seu interior. Os rostos deles eram máscaras impiedosas. No lugar dos olhos, tinham discos prateados achatados que refletiam a luz do sol. Imaginei as armas atadas por correias nas suas brutais cinturas. Baixei a mão e comecei a correr novamente.

Eu podia sentir o grande desjejum com que Madeleine costumava me acordar subindo para o meu peito. Cuspi uma boca cheia de saliva. O sabor rançoso de *bacon* tomou o interior da minha boca. Cuspi novamente. Senti os joelhos começarem a se dobrar e me agarrei ao capô de um carro procurando me apoiar, mas não pude controlar minhas entranhas. Meu corpo se convulsionou. Vomitei o meu café-da-manhã. Senti-me como os idiotas que, quando os campos foram liberados, tinham se recusado a escutar a razão e empanturraram-se de comida que seus estômagos se negavam a aceitar.

O carro parou junto a mim. Virei o rosto para ele. Debaixo de bonés pontudos, quatro discos de prata ofuscaram-me ferozmente. Um dos guardas tinha um bigode de pontas viradas para cima. Ele estremecia todo ao falar:

— O senhor está bem?

Esse *senhor* não me enganava. Respondi que estava bem.

— Tem certeza de que não precisa de nenhuma ajuda?

Balancei a cabeça de trás para diante. Estava com medo de que, se abrisse a minha boca para falar, vomitasse novamente, ou que acabaria dizendo para darem o fora e irem cuidar de suas vidas.

O guarda com bigode trocou um olhar com o outro, atrás do volante. O motorista deu de ombros. O carro partiu com um ruído surdo.

Esperei até que saísse de vista para recomeçar a correr. Somente depois que percorri o estacionamento inteiro no qual sempre penso como o da frente do edifício foi que me lembrei de que havia outro estacionamento atrás. Minhas filhas estavam onde eu as tinha deixado, a pouca distância abaixo da segunda fileira.

— Já estava achando que você ia ficar lá dentro para sempre — disse Betsy arrastando a última palavra.

Contei a elas que havia me confundido todo. Fiz parecer como se fosse uma piada. Papai não foi burro? Elas acharam hilariante. Adivinhem o que papai fez, elas irromperam dentro de casa, gritando. Foi como Madeleine soube sobre o incidente. Eu não teria sido idiota de contar eu mesmo.

O INCIDENTE SEGUINTE foi ainda mais absurdo. Jamais teria acontecido não fosse por aqueles malditos guardas que patrulhavam o estacionamento da Korvettes na semana anterior. "Você está bem?" perguntaram, como se realmente se importassem com alguém. "Senhor", foi como me chamaram, como se não fossem capazes de me atirar dentro de uma cela fedorenta, sem mais nem menos, ou por uma ordem partida de cima, ou mesmo por puro divertimento.

Sei o que fica parecendo, mas não sou um *Verfolgungsbedingt*. Se eu fosse, teria conseguido construir uma empresa bem-sucedida, criado uma família e me tornado um pilar da comunidade? A Associação Nacional dos Construtores de Residências não dá prêmios a homens atormentados por seu passado. Eu não condeno aquelas pobres almas por seus problemas. Desejo que todas obtenham ajuda e compensações em suas vidas, embora o que poderia compensar tais atos eu não possa nem imaginar. Porém, eu não sou um deles.

Estava sozinho em casa com David naquela tarde. E isso é mais uma coisa. Ninguém confia um bebê sozinho a uma pessoa a quem você pode chamar de *Verfolgungsbedingt*. Madeleine nunca sairia de casa com as meninas, deixando-me com David, se eu tivesse alguma vez me comportado de modo perigoso. Nem eu teria permitido que ela fizesse isso, se me julgasse capaz de feri-lo.

David estava no andar de cima, tirando uma soneca. Eu estava sentado à mesa da cozinha com um copo de café gelado, sobra do almoço, e as palavras cruzadas do *Times*. Pessoas que apresentam sintomas típicos de um *Verfolgungsbedingt* tampouco fazem palavras cruzadas. Eu tinha começado recentemente, embora não pusesse os olhos em palavras cruzadas desde aquelas intermináveis horas no anexo. Sem dúvida, o meu velho amigo Gabor acharia alguma explicação para isso. Ele estaria errado. Eu simplesmente dispunha de mais tempo ultimamente. Foi também a razão pela qual levei o diário para o porão e comecei a relê-lo. Isso e o fato de que eu queria provar que não havia nenhuma menção nele acusando o meu pai de ter roubado pão. E não havia mesmo, é claro. Foi reconfortante não encontrar nada lá a esse respeito. O filme se apagaria aos poucos. Não estava nem mais passando nos cinemas. A peça morreria. Todas aquelas companhias européias não poderiam continuar encenando-a para sempre. Se alguma coisa permaneceria, seria o livro. A visão de uma garota de treze anos podia não ser tão confiável quanto a *Enciclopédia Britânica*, mas não era o monte de mentiras que a peça e o filme tinham exibido tão espetacularmente.

No entanto, uma seqüência no livro me perturbou. Foi a da noite em que eu me esqueci de destrancar a porta, de modo que, na manhã seguinte, Kugler e os trabalhadores não puderam entrar. Eu havia expulsado o incidente do meu espírito. Não era importante. Não foi o que nos denunciou. Entretanto, agora, o episódio reaparecera. Por vezes, quando estava em meio a uma reunião ou descendo a auto-estrada, era difícil evitar gemer ao me lembrar. Certa noite, quando descia para trancar a casa na Seminole Road, vi as faces acusadoras dos habitantes do anexo, fitando-me fixamente através das janelas no escuro.

"Sinto muito", eu murmurei. "Eu tinha na cabeça que precisava destrancar a porta. Pensei que a houvesse destrancado."

— O que você disse? — Madeleine perguntou lá de cima do corredor.

Disse a ela que não tinha falado nada. Era a televisão, que tínhamos nos esquecido de desligar.

A pesada aldrava de bronze bateu surdamente na porta da frente. Levantei a cabeça das palavras cruzadas. Ninguém em Indian Hills usava as portas da frente. As pessoas subiam pela entrada de carro das casas, passavam pela garagem e daí entravam na sala de estar. Na manhã em que eu me esquecera de destrancar a porta, Kugler não bateu nela tampouco. Não se pensava que houvesse ninguém lá dentro. Ele foi até a porta vizinha e quebrou o vidro da janela da cozinha no escritório. Quem poderia dizer que ninguém o havia visto? Só porque ninguém apareceu naquela manhã, isso não provava que meu ato da noite anterior não tivesse nos denunciado. A Grune Polizei não tinha batido na porta, porém bater com força na porta era o que estávamos esperando. O diretor do filme estava certo sobre isso. À noite, dormindo, sonhamos ter escutado o barulho. Durante o dia, imaginamos escutá-lo. "Shh", dissemos. "O que foi isso?", perguntamos uns aos outros. "Você ouviu algum barulho na porta?"

A aldrava de bronze soou novamente. Fiquei contente que Madeleine e as garotas não estivessem em casa. Só esperava que ela visse o caminhão na rua a distância e tivesse o bom senso de voltar em seus passos ou de passar direto. Eu deveria tê-la treinado sobre como proceder nessa eventualidade. Tantas e tantas vezes revi isso em minha mente, mas nunca lhe disse o que deveria fazer. Não queria amedrontá-la.

Mas era ridículo. Ninguém estava nos caçando. Eu não estava no esconderijo. Era uma casa limpa, bem cuidada, integralmente paga, nos Estados Unidos, não um anexo secreto infestado de bichos nocivos num canal sujo em Amsterdã. O refrigerador zumbia. A garota holandesa com a forma de um jarro de biscoitos sorria. O gato que chamávamos de Mouschi dormia numa cadeira ao meu lado. Até porque o seu verdadeiro nome não era Mouschi, mas era o gato que eu adotara depois que a peça acabou, um gato que fora treinado para atravessar o palco e derrubar um pires de leite, e realizar um certo número de truques habilidosos, quando lhe ordenassem. As crianças eram loucas por ele.

A aldrava de bronze bateu novamente. As orelhas de Mouschi levantaram-se em dois triângulos rosa gêmeos. Estrelas amarelas para os judeus e triângulos rosados para os homossexuais. Pare com isso, preveni a mim mesmo, embora não pudesse evitar me pôr de pé. Tomei cuidado para não arranhar o chão de linóleo com as pernas da cadeira. Cruzei a cozinha nas pontas dos pés. Quando alcancei o carpete da sala de estar, passei por cima daquele ponto no pé da escada que sempre estalava, depois me colei à parede à esquerda para ficar fora da linha de visão da janela comprida e estreita próxima da porta.

Tive de me curvar para olhar pelo olho mágico. Debaixo de um boné pontudo, um rosto pálido, feições largas, amassadas, achatadas e viciosas, distorcidas pelo vidro do pequeno orifício, me olhou de volta. Não consegui reconhecer a insígnia sobre o boné. Mas isso não importava. Da vez anterior, tinham vindo vestidos à paisana, exceto por aquele que tinha tirado o diário de Anne da maleta onde enfiara o dinheiro e as jóias. Era o único de uniforme. A roupa de tecido grosseiro estava pegajosa de sujeira. Até mesmo a Grune Polizei estava em falta de sabão, naqueles dias.

Continuei observando pelo olho mágico. Este uniforme era azul. Uma nova divisão. Velhos truques em uniformes novos.

Ele ergueu sua mão. O olho mágico tornou-se escuro. A porta vibrou de encontro ao meu rosto enquanto ele trouxe a aldrava para baixo. Pulei para trás.

Teria preferido descer para o subsolo. A minha bancada estava bem guarnecida de martelos, serrotes e instrumentos pesados. Eu havia trazido um martelo quando desci para o andar de baixo na tentativa de encontrar o ladrão, junto com o meu pai e Otto. Tinha usado um machado no celeiro. Só que não havia tempo de descer ao porão.

Colado à parede novamente, voltei para a cozinha, abaixei-me e engatinhei até a gaveta junto da pia, onde Madeleine guardava o pão, a faca de trinchar e outras facas maiores. A faca de trinchar penetraria com facilidade, mas a lâmina de serra da faca de pão seria mais eficiente. Peguei uma em cada mão, só por segurança. Na minha volta para a sala de estar, tomei o cuidado novamente de evitar pisar no ponto ruidoso.

Ele descera os dois degraus e estava parado no fundo olhando fixamente na direção da garagem. Eu tinha deixado a porta aberta na noite anterior. Dava para ele ver o carro. Ele sabia que eu estava em casa. Nós dois, David e eu. Mas que droga, será que eu nunca vou aprender? Deveria ter fechado a garagem. Assim como deveria ter destrancado a porta para o anexo para Kugler e os trabalhadores entrarem.

Ele subiu os degraus da porta novamente. Quanto mais perto chegava, mais deformada sua face ficava. Esse ia querer mais que dinheiro e jóias. Era um assassino.

Ergueu a mão novamente. Dessa vez, não bloqueou minha visão. Eu a vi mover-se para a campainha. O barulho crepitou através da casa inteira. O som morreu. A casa conteve a respiração. O homem ergueu o braço novamente, mas, antes que pudesse tocar a campainha, um som diferente quebrou o silêncio. Meu filho uivou, reclamando.

Galguei os degraus dois a dois e irrompi dentro do quarto dele. Meu filho deitado de costas no berço, braços e pernas boxeando no ar, o peito arfando como um pequeno terremoto, a boca aberta dando vazão ao seu furor.

— Shh — eu implorei, debruçando-me no berço. — Shh — Mas ele continuou a berrar.

Todo mundo conhecia essas histórias. A mãe que pôs a mão sobre o rosto da criança para abafar o choro e evitar que os SS ouvissem, até sentir o corpo tornar-se flácido nos seus braços. O pai que sufocou uma criança que gritava para salvar as duas crianças mais velhas. No entanto, eu não ia pensar nessas histórias.

Eu hesitava, junto ao berço, uma faca em cada mão.

— Quieto — eu sibilei.

Meu filho ergueu os olhos para mim. O barulho parou. Pálpebras carregadas de sono piscavam sobre olhos azuis. Prendi minha respiração. Ele pestanejou novamente. Eu exalei. Ele abriu a boca. O som sacudiu as paredes.

Eu me aproximei do berço. A luz que entrava pela janela refletia-se na faca de trinchar, brilhante e prateada como um brinquedo. Os olhos de meu filho desviaram-se de repente para ela. Sua mão procurou alcançá-la. Eu afastei a faca. David protestou com um berro agudo. A campainha tocou. A faca oscilou sobre ele. Ele urrava e torcia o seu corpinho furioso para a faca. Eu a afastei para longe dele. A campainha tocou outra vez. Um toque mais demorado, agora. O filho-da-puta estava se jogando em cima da campainha. David gritou. Eu levantei a faca bem acima do berço.

A campainha parou. Meu filho pestanejou. Sua boca se fechou. A casa se encolheu em silêncio. Pressenti alguma coisa acima do berço, um móbile brilhante, faiscante. Ergui os olhos e vi a faca em minha mão. Recuei o braço, deixei a faca cair no chão, percebi a faca em minha outra mão e deixei-a cair também. Aproximei-me do berço e ergui meu filho. Ainda o estava segurando quando ouvi o carro de Madeleine entrar na garagem. Apanhei ambas as facas numa única mão, levei-as junto com David para a cozinha e deslizei-as de volta para dentro da gaveta, tendo o cuidado de colocá-las encaixadas nas mesmas ranhuras. Ela jamais saberia que haviam sido retiradas.

Já saindo da cozinha, observei um envelope sendo enfiado por baixo da porta da frente. Ainda segurando meu filho, abaixei-me, apanhei-o e rasguei a borada para abri-lo. A liga atlética da polícia local queria uma contribuição.

Quinze

"Eu me sinto perversa dormindo numa cama quente, enquanto em algum lugar ali fora meus mais queridos amigos estão caindo de exaustão ou sendo derrubados ao chão."

— *O diário de Anne Frank*
19 de novembro de 1942

"Tenho me perguntado vezes e vezes seguidas se não teria sido melhor se não tivéssemos ido para o esconderijo, se estivéssemos mortos agora, e não tivéssemos de passar por todo esse sofrimento."

— *O diário de Anne Frank*
26 de maio de 1944

ACORDEI REPENTINAMENTE. Sobre a mesa de cabeceira, os ponteiros brancos do relógio modelavam uma estreita fatia da noite minguante. Cinco e vinte. Virei a cabeça sobre o travesseiro. Madeleine dormia como sempre fazia ultimamente, de costas para mim, os joelhos puxados para cima, os braços abraçando a si mesma, como consolo. Será que ela sonha com o garoto que tinha entrado na casa dos seus pais, falando línguas que ela não entendia, dizendo coisas que faziam o restante da família tapar os ouvidos, trazendo mensagens de um mundo maior no qual ela ansiava ingressar? Seria bom pensar que houvesse um reino onde eu ainda a fizesse feliz.

Levantei as cobertas. A vista de sua espinha dorsal não me assustou. Não me sentia tão tranqüilo há meses. Não temia mais pelo que pudesse fazer a ela e às crianças. Sabia como salvá-las de mim.

Saí da cama calmamente. Dentro do armário, tateei em busca de calças cáqui e calcei os meus mocassins. No guarda-roupa, puxei uma gaveta para abri-la, tirei uma camisa pólo e a enfiei pela cabeça. Coloquei as chaves do carro e a carteira de dinheiro no bolso, depois, pensando melhor, apanhei a minha carteira de dinheiro, retirei a carteira de motorista e o pequeno instantâneo das crianças na mesma pose do retrato maior sobre o sofá e coloquei tudo de volta no meu bolso. Eu precisaria de uma carteira de identidade. Queria o retrato de minhas crianças. Havia apenas mais uma coisa a fazer.

Voltei para meu lado da cama e, sob a claridade do despertador, rabisquei um bilhete.

> Madeleine querida,
> A combinação para o cofre é oito para a direita, quatro para a esquerda, seis para a direita. Beije as crianças por mim.
>
> Amor, Peter.

Escorei o pedaço de papel contra o relógio. Seria a primeira coisa que ela viria quando abrisse os olhos.

O ESTACIONAMENTO DA ESTAÇÃO estava deserto. Era muito cedo para passageiros. No entanto, certamente haveria um expresso no horário antes do *rush*, conduzindo pessoas importantes entre Nova York, Filadélfia e Washington. Não teria de esperar muito tempo.

Estacionei numa vaga próxima da plataforma e desliguei o motor, porém deixei as chaves na ignição. O carro ficou de frente para o leste. Eu tinha decidido pelo lado voltado para o sul. Uma linha fina de manhã cinzenta estendia-se ao longo do horizonte. A previsão do tempo estava correta. Seria um dia nublado e úmido. A idéia agradou-me. Sol brilhante teria sido cruel demais. Era o tempo que vinha fazendo ultimamente.

Tirei a fotografia do bolso. Minhas filhas olhavam-me fixamente. Não exibiam um sorriso tão aberto como eu tinha pensado, quando vi a foto pela primeira vez. Os olhos de Abigail estavam obscurecidos. Eu não tinha notado o punho cerrado de Betsy. David parecia prestes a cair no choro. Sabiam que a vida não era feita apenas de ternos momentos. Eu não podia lhes garantir segurança, porém poderia protegê-los de mim. Tornei a colocar a fotografia no bolso e saltei do carro. Há anos, quando estive aqui para me livrar do diário, tinha corrido velozmente até a plataforma, certo de que poderia superar o meu passado. Já devia saber que ele me alcançaria.

Adiantei-me em direção às escadas, a cabeça curva, os ombros arqueados, os pés arrastando. Andava como um homem velho. Estava andando igual ao meu pai, na última vez que o vira, quando quer que tenha sido, na época em que eu nada fizera para salvá-lo. "Você acha que pode lavar suas mãos com relação à sua mãe e a mim", ele tinha me gritado da janela, na noite em que o meu filho nasceu. A acusação fora justa, muito embora eu o tenha negado. Porém, consertaria tudo agora. Não que acredite na vida após a morte.

Eu me amparei na balaustrada enquanto subia, arrastando-me vagarosamente pelos degraus até a plataforma. As pernas estavam pesadas. A exaustão descarregava-se sobre meus ombros e fazia as minhas mãos tremerem. Há anos, o doutor tinha se enganado sobre os tremores. Não eram de origem psicossomática. No entanto, ele tinha razão quanto a mim. Eu não poderia existir no lado de fora.

Alcancei o topo das escadas e avancei, atravessando a plataforma. Apenas uma vez eu tinha pego o trem com meus filhos. Éramos norte-americanos. Quando íamos a algum lugar, íamos de carro. Enquanto esperávamos na plataforma, Abigail ficava ao meu lado, mas Betsy flertava com o perigo. Ela se mantinha na beirada da pista. "Volte aqui", tive de ordenar a ela mais de uma vez. Finalmente, agarrei sua mão e a mantive assim até o trem chegar.

As pistas perdiam-se na distância, semelhantes a suturas numa vasta ferida. Eu estava usando uma bermuda quando pegamos o trem de Osnabrück para Amsterdã. O estofamento grosseiro dos assentos dava coceira na parte de trás das pernas. "Pare de se remexer tanto", meu pai dizia, algo irritado. Seus nervos estavam à flor da pele. Seria mesmo inteligente arriscar-se tanto, pegar sua esposa, que não queria partir, e o filho, para recomeçar a vida em outro país? Ele era holandês de nascimento, entretanto morara a vida inteira na Alemanha. Era decente deixar o seu velho pai para trás? Ele era um filho mais dedicado que eu. "Pare de se remexer", ele dissera para mim, e minha mãe tinha baixado a cesta do bagageiro acima de nossas cabeças e tirado de dentro dela uma fatia de sua miraculosa *babka*.

Não houve *babka* no trem seguinte, se bem que meu pai conseguira arrumar uma crosta de pão que dividimos entre nós. Mas, então, ele não estava se angustiando com suas decisões, mas se torturando pelos seus erros. Como ele não fora capaz de prever o que estava por acontecer? Já devia ter adivinhado que bancos proibidos nos parques, a obrigação de usar estrelas amarelas e o espancamento de homens idosos na rua eram apenas as primeiras medidas. No entanto, as indignidades tinham evoluído para agressões em progressão lenta, passo a passo, e ele havia se descuidado. Todos nós. Isso não é tão ruim assim. Nossos ancestrais sofreram atribulações mais graves. Se não piorar além disso, podemos sobreviver. Eles cairão em si mais cedo ou mais tarde. Tudo o que temos a fazer é esperar. Assim nos mudamos de Osnabrück para Amsterdã, e do apartamento no Zuider-Amstellaan, bem nos fundos do apartamento dos Franks, sobre o Merwedeplein, para o anexo na Prinsengrcht, 263; e do anexo para o campo de trânsito em Westerbork. E mesmo assim ele tentou iludir-se, ou talvez apenas à minha mãe e a mim. Mesmo quando chamaram os nossos nomes para o transporte leste, e todo mundo sabia o que isso significava, ele tentou fingir. "Van Pels", o oficial gritou quando chegaram aos da letra P. Era o latido de um cachorro louco. "Hermann". Prendemos a respiração. "Auguste". Minha mãe começou a chorar. "Peter". "Pelo menos vamos ficar juntos", meu pai disse, mas ele não olhou para mim quando falou isso. Ele não tinha me salvado, como Pfeffer salvara seu filho. Então, eu não o salvara.

Eu me sentei na plataforma. Minhas pernas balançando a pouca distância acima dos trilhos. Não muito mais que um pulo. Abigail hesitaria, mas Betsy se arriscaria facilmente. Fiquei me perguntando sobre David. Eu o imaginei aos 7, aos 10 e aos 13 anos. Madeleine faria o *bar mitzvah* para ele? Eu achava que não. A família dela a pressionaria, porém ela não arredaria o pé. Diria que Peter não teria desejado isso. Já teria esquecido os segredos, as mentiras, as zangas, e até mesmo esqueceria o meu comentário sobre não querer que David fosse tomado por judeu, e lembraria quanto eu a amava e aos meus filhos. Contaria a eles coisas sobre mim. Papai disse isso. Papai pensava aquilo. Papai teria desejado que você... Eu seria um homem melhor como mito do que fui em vida. Como Anne, eu seria canonizado depois de minha morte. Era estranho pensar que, se ela tivesse sobrevivido, o diário não o teria.

O dia ia ficando mais claro. Os trilhos oleosos piscavam para mim sob a luz cinzenta. Eu me inclinei mais para diante e ouvi o guincho dos freios. Mulheres chorando. Homens gritando. As pistas antes e depois do local seriam fechadas durante horas. As pessoas não poderiam chegar ao trabalho. Homens faltariam a reuniões. As mulheres perderiam o seu dia de fazer compras e almoçar. Seria bem-feito para os desgraçados, por pensarem que isso era uma vida difícil.

Escutei o guincho dos freios novamente, mas, dessa vez, estavam atrás de mim. Uma porta de carro bateu com estrondo.

— Peter! — O grito de Madeleine rasgou o ar. Porém, certamente eu estava imaginando isso também. Ela ainda estava adormecida sob a luz fosca do relógio de cabeceira iluminado, coberto pelo pedaço de papel com a combinação do cofre, que eu encostara nele.

Posicionei a base das palmas das mãos sobre a plataforma, pronto para impulsionar-me para a frente. Os braços ao redor do meu pescoço eram um aperto da morte. Eu não sabia que a minha esposa era tão forte. Ela puxou com violência a parte superior das minhas costas para trás. Minha cabeça bateu na plataforma. Ela puxou as minhas pernas para cima, rolou meu corpo, afastando-me da borda e arremessou-se sobre mim. Um homem corpulento não teria sido capaz de me prender no chão com tanta força.

— O que é isto? — Ela esfregou o bilhete com a combinação do cofre na minha cara. — Que diabo é isto?

Eu lhe disse que era a combinação para abrir o cofre.

— Para o caso de alguma coisa me acontecer.

— Como assim alguma coisa? — ela berrou. — Que coisa?

Neste momento, as crianças tinham saltado do carro, apesar de Madeleine tê-las mandado permanecer no assento de trás. Elas estavam de pé no topo dos degraus da plataforma, Abigail segurando a mão de David, Betsy com o polegar enfiado na boca, embora tivéssemos conseguido fazer com que abandonasse esse hábito há anos. Estavam tremendo, vestidas em seus pijamas de verão. Eu queria salvá-las de mim. E nem mesmo consegui protegê-las de uma manhã perfumada de primavera.

Dezesseis

"A biografia de um homem é também história."

— "The American History of Anne Frank's Diary",
de Judith E. Doneson, em *Anne Frank: Reflections on Her Life and Legacy,* editado por Hyman A. Enzer e Sandra Solotaroff-Enzer

MADELEINE NÃO CONTOU à família sobre o incidente na estação ferroviária. Ela foi leal a mim. E também se mostrou cheia de brio diante deles. No entanto, me suplicou para voltar ao Dr. Gabor. Disse a ela que não havia necessidade. O episódio na estação fora uma aberração.

— Uma única consulta, Peter. Por favor. Uma hora apenas, não pode fazer mal.

— Eu já disse que não vai acontecer novamente.

— Apenas para me tranqüilizar.

— Não é necessário.

— Pelas crianças, então.

— Que diabo, Madeleine, o que você está tentando fazer? Quer me empurrar de volta para a estação ferroviária?

O rosto torceu-se. Eu a tinha encurralado.

— Não preciso do Dr. Gabor — disse, gentilmente. O que eu queria dizer era que ele não iria poder me ajudar. A psiquiatria não sabe curar instintos assassinos.

Eu não podia abraçar minhas filhas à noite por medo de sufocá-las. Eu não podia erguer o meu filho nos braços e rodopiá-lo enquanto ele berrava de prazer, porque eu poderia perder o controle e arremessá-lo contra uma parede. Dirigindo era ainda pior. Ao volante de um carro com meus filhos no assento traseiro era como embarcar numa montanha-russa de pânico homicida. Meu pé entorpecido e pesado sobre o acelerador. Meus braços retorcidos pela ânsia de virar o volante. Vi o carro desviando-se contra o tráfego que se aproximava em sentido contrário. Vislumbrei-o projetando-se de uma ponte. Barreiras de aço estilhaçadas, o ar invadindo impetuosamente as janelas, a água a nos envolver. Os cabelos de minhas filhas flutuavam em volta de suas faces atordoadas. As perninhas sólidas de meu filho agitando-se na água escura. Eu lutava para salvá-los, mas a correnteza os arrastava para fora do meu alcance. Eu sempre pensara que aquela noite no celeiro fosse uma anomalia. Agora sei que era destino. Eu tinha matado uma vez. Eu o faria novamente.

HÁ ANOS, eu tinha dito que voltaria, embora na ocasião tivesse certeza de que estava mentindo. Se eu tivesse pensado a respeito do homem com sardas cor de ferrugem e cabelos ruivos espessos que poderia ou não ter salvado sua vida, fora apenas como um erro que eu não tinha cometido. Ele era o pedestre de quem eu me desviara bem a tempo de evitar atingi-lo, o objeto cadente que não me acertara, a casca de banana na qual eu não escorregara. Era o mundo em que eu me recusara a entrar. Ele era o homem que eu não havia me tornado. Assim, não podia entender o que estava fazendo procurando uma vaga para estacionar numa rua esburacada em uma vizinhança decadente que, todavia, todos estes anos após a guerra ainda exalava o cheiro forte e desagradável de paranóia. O brilho do sol do início da manhã destacava agudamente toda persiana abaixada e porta trancada.

A sinagoga de pedra parecia um velho corcunda que voltara suas costas para o mundo. Eu empurrei a porta para abri-la e entrei. O ar úmido cheirava a comida rançosa e a algo mais igualmente desagradável, ainda que menos concreto. Se eu fosse um romântico, o teria chamado de desespero. Disse a mim mesmo para virar minhas costas àquilo e fugir correndo, enquanto ainda era possível. Não havia nada para mim aqui anos atrás. Não havia nada agora. Comecei a descer a ala central.

O homem ruivo de cabeça vermelha não estava lá. Nenhum dos homens parecia familiar, ou melhor, era o que todos pareciam. Curvados sob seus xales de oração, enfeixados como carcaças em seus amuletos religiosos, antigos, não importando a idade que tinham, era instantaneamente reconhecível quem eles eram e por onde tinham estado. Havia oito deles. O número absolveu-me. Mesmo se eu ficasse, não faria diferença. Ainda estariam aquém do *quorum* necessário. Por que dez, fosse como fosse? Por que não uma uniforme dúzia ou um afável triunvirato? Que sábio bíblico ou estudioso do Talmude teria determinado que Deus estava sobre o sistema decimal?

Eu me voltei para ir embora pela ala. Ele estava vindo na minha direção. Eu sabia que ele estaria ali. Homens como ele não se mudam.

— Então, Sr. Ianque Tolo Pomposo —, disse ele, agarrando o meu braço e virando-me de frente para si. A seguir, me conduziu de volta para a frente da sinagoga. — Faz tempo que não nos vemos.

Ele me estendeu um solidéu. Não encaixou direito na minha cabeça. Ele cobriu os meus ombros com um xale de oração. A vestimenta levantou uma nuvem de poeira que ficou dançando contra um feixe de luz solar que escorria através da janela. Deu-me então um livro de oração com encadernação preta. Eu disse para ele que não sabia ler a língua em que estava escrito.

Ele balançou a cabeça.

— Ah, mas que sujeito tão certinho! Eu pergunto se você é um judeu, você me diz que não tem fé. Dou-lhe um livro, você me diz que não o sabe ler. Quem falou em ler? Fique em pé e faça número, mais nada.

Os oito outros homens aproximaram-se. Recuei um passo. Ele estendeu uma mão salpicada de sardas e puxou-me de volta. Começaram a rezar. Não foi diferente da última vez. Não entendi as palavras. Não respondi ao ritmo. Todos à minha volta, os homens se ajoelharam e inclinaram seus corpos para a frente, de joelhos, no entanto permaneci ajoelhado ereto e teimoso. Uma vez, se bem que já para o final, meus joelhos vergaram-se por um momento, e naquele fragmento de memória eu estava de volta a Synagogengemeinde Osnabrück, em pé junto do meu pai, brincando com a bainha do seu xale de orar, aquele que eu usaria quando crescesse, quando tivesse treze anos, só que nunca cheguei a usá-lo. Na época em que completei treze anos, já tínhamos deixado Osnabrück e ido para Amsterdã. Na época em que fiz 13 anos, ninguém podia se dar ao luxo de ser judeu.

Um coro de améns elevou-se ao teto como uma revoada de pássaros brotando do pântano. Eles teriam sido alvos fáceis. Tirei fora o xale e o solidéu, deixei-os sobre um dos bancos de madeira e comecei a subir a ala central, mas o ruivo era rápido demais para mim.

— Por que demorou tanto? — perguntou, enquanto trotava rapidamente ao meu lado.

Não respondi.

— Em muitas manhãs, desde aquela época, poderíamos ter usado você. Se não atingimos um *minyan*, não podemos rezar.

Eu parei e virei-me para ele.

— Por quê?

— O que você quer dizer, por quê? Dez homens completam um *minyan*. É preciso um *minyan* para rezar. É a lei.

— Mas por que é a lei? Quem a inventou? Quem a decretou? Eu entendo a Constituição e os Pais da Pátria. Sei como o Estado e as leis naturais são feitos. Porém, que autoridade diz que você precisa de dez homens para rezar? Não me diga que é Deus.

— Novamente lá vem você com Deus e fé.

— Tudo o que eu quero saber é quem diz que nove fiéis não são melhores do que nove fiéis e um apóstata como eu?

— Apóstata?

— Desertor.

— Sei o que a palavra significa. Muito elegante. Como uma grande catedral, de janelas com vitrais.

— E por que não apenas uma pessoa? E se eu quiser vir aqui e rezar sozinho?

— Você não quer rezar nem mesmo conosco. E quer rezar sozinho?

— E se eu quiser?

— Fique à vontade.

— Quer dizer que não precisaria de mais nove homens?

— Apenas para certas orações.

— Mas por quê? É o que eu quero saber.

— Se entendesse hebraico, saberia. Em hebraico, você não reza sozinho, você reza *junto.*

— E daí?

— Então, você reza *junto*, e significa que você não está sozinho Significa que você é responsável por outras pessoas. Significa, em resposta à pergunta de Caim, sim, você é.

— Guardião de meu irmão?

— Irmão, pai, filho, primo-irmão de segundo grau, o idiota do seu vizinho que nem mesmo é da família.

— E se todos eles estiverem mortos?

— Mortos, vivos, que diferença faz? Você sempre tem obrigações.

— É por isso que vem aqui?

Ele deu de ombros e sorriu.

— Você tem um motivo melhor?

Ele continuou sorrindo meio debochado para mim. Seus dois dentes da frente — trabalho de um dentista do campo de refugiados, eu apostava — brilhavam como faróis ofuscantemente brancos numa boca repleta de amarelo. O cabelo ruivo selvagem cintilava como uma moita em chamas. Que diabos eu estava fazendo aqui? Aquele homem vinha até aqui porque não tinha outro lugar para ir. Vinha porque tinha receio de não vir. No entanto, eu vivia num mundo diferente. Não tinha medo. Só ultimamente.

— Então, o que está roendo você por dentro, Sr. Espetinho, que sabe tudo sobre os Pais da Pátria? E não estou falando dos Patriarcas, de Abraão, Isaque e Jacó. Além disso, você anda por aí se fazendo de *goyish*... de gentio!

— Como você sabe disso?

— Na última vez em que veio aqui, fiquei observando você sair. Tinha placa de Jersey no seu carro. Ninguém atravessa a fronteira de um estado para ir à sinagoga a menos que esteja escondendo alguma coisa. Meu palpite é que quando o disfarce pesa demais, você vem aqui.

— Não estou escondendo nada. Fiz uma escolha. Construí uma nova vida.

— *Mazel tov*. Então, repito, o que está fazendo aqui?

O sol atravessava seus cabelos ruivos. Eu precisava apertar os olhos para encarar a luz.

— Já ouviu falar de Anne Frank?

— Conhece alguém que não tenha ouvido falar dela?

— Eu sou Peter van Pels. Van Daan no diário.

Eu esperava um sorrisinho escarnecedor. De tempos em tempos alguém aparecia dizendo-se ser a princesa Anastásia. Há mulheres ainda que insistiam ter visto Rodolfo Valentino. Havia Houdinis o bastante para valerem dez centavos a dúzia.

— E daí?

— Acredita em mim?

— Por que não acreditaria? O mundo está cheio de nazistas que nunca foram achados. Por que alguns judeus não poderiam estar extraviados?

— Nem todo mundo vê isso dessa maneira.

— Anda fazendo pesquisa de opinião?

— O mundo inteiro pensa que estou morto, que Pfeffer seja um idiota, e o meu pai, um ladrão.

— Agora você me deixou confuso.

— No teatro e no cinema.

— Não sou um grande freqüentador de teatro.

— O meu pai nunca roubou pão nenhum. Mas na peça teatral e na versão cinematográfica eles o mostraram roubando pão. Sabe por quê? Para a platéia não ficar entediada. A Grune Polizei soprando nas nossas nucas; os bons cidadãos holandeses dispostos a nos entregar por 7,5 florins por cabeça, e aumentando o preço; os desgraçados dos nazistas, que nem sequer se importavam com o dinheiro, que faziam tudo por diversão, não são capazes de mantê-los na beirada de seus assentos. Eles precisam de um pai roubando pão da boca de seus filhos. Precisam do meu pai roubando pão de minha boca.

— E daí?

— Daí que estou ficando maluco por não poder fazer coisa nenhuma sobre isso.

Ele balançou a cabeça. A moita em chamas estremeceu no ar fermentado.

— Então agora você entende o *minyan*.

ALUGUEI UMA caixa postal na agência do correio na cidade vizinha Não queria conhecidos me vendo apanhando correspondência longe de minha casa ou do escritório. George Johnson pensaria que estaria ocultando algo, um romance, qualquer coisa sobre minhas finanças. Harry poderia perguntar-se o que estava acontecendo. O homem atrás do balcão no correio pegou meu dinheiro e deu-me uma chave e uma tira de papel com uma fileira de dígitos escritos. Eu era um número novamente.

Naquela tarde, fechei a porta do meu escritório e me sentei na minha escrivaninha para escrever uma carta.

Sr. Otto Frank

Herbstgasse 11

Basiléia, Suíça.

Eu não estava interessado em reparações, nem em direitos autorais ou reconhecimento, expliquei. Sobretudo nada de reconhecimento. Tudo o que queria era a verdade, que tanto ele quanto eu conhecíamos. Ele era famoso. Quando ele falava, as pessoas lhe davam atenção. Tinha até fundado a Anne Frank Stichting. Agora, ela era uma instituição, assim como uma lenda e uma santa. Minha mão voava sobre a página. Justiça, eu escrevi, e decência; consciência e honra; a reputação de um homem, a vida de um homem. Exijo ação. Agora, revendo o que fiz, não sei o que esperava que Otto fizesse. Contratar alguém para ficar andando para um lado e para o outro, em frente aos cinemas e teatros, carregando anúncios onde se leria "não cometa o engano de encarar este filme como uma história verdadeira"? Publicar anúncios nos jornais proclamando que Hermann van Pels não é um ladrão? Havia um homem processando Otto que de fato havia pago um anúncio nos jornais. Eu tinha visto o anúncio e lera sobre o processo. Era um procedimento nojento, e eu não tinha nenhuma intenção de me envolver nisso. Entretanto, havia outros métodos. Uma declaração pública de Otto. Um repúdio ao filme. Um parágrafo em cartazes nos teatros no mundo inteiro. Terminei a carta, depositei-a na caixa postal na frente da agência do correio local e dirigi para casa com uma única mão no volante.

Esperava que fosse demorar até receber notícias de Otto, mas isso não me impedia de ir ao correio da cidade vizinha diariamente para ver se chegara uma resposta dele. Toda tardezinha eu parava a caminho de casa, pegava a chave, destrancava a pequena porta de vidro com o número na frente, abria-a e esquadrinhava o seu interior. Noite após noite, olhava fixamente para o interior de uma pequena caixa vazia. Uma semana passou-se, depois uma segunda, e uma terceira. No dia em que vencia o aluguel do mês seguinte da caixa postal, abri a pequena porta envidraçada, curvei-me e espiei lá para dentro. Um envelope recostava-se numa das laterais internas da caixa. Eu o retirei. O material do envelope parecia rijo e pesado, na minha mão. Examinei com ansiedade o endereço. *Sr. Peter van Pels* estava acima do número da caixa postal. Uma série de nomes, como um pequeno exército legal, marchava através do canto superior esquerdo do envelope.

Abri agitado a borda do envelope. Dentro encontrava-se uma folha de papel do mesmo material cremoso. Desdobrei-o. Novamente o meu nome acima do número. Meus olhos precipitaram-se página abaixo. O remetente, que representava o Sr. Otto Frank, desejava me informar que dos registros de sobreviventes da Cruz

Vermelha oficial não consta nenhum Peter van Pels. Na última vez em que o Sr. Frank vira Peter van Pels, que tinha estado no esconderijo com ele na Prinsengrcht, 263, o garoto estava no hospital em Auschwitz. A lembrança era extremamente dolorosa para o Sr. Frank. Ele tinha rogado ao garoto para ficar. O garoto dissera que tentaria a sorte na Marcha Forçada. O Sr. Frank ainda se culpa por não ter sido capaz de persuadir o garoto, que fora como um filho para ele.

Havia mais um parágrafo. Qualquer tentativa posterior de incomodar o Sr. Otto Frank ou de personificar alguém ligado à história de Anne Frank seria enfrentada pelos meios legais.

Eu me sentei sobre o gasto banco de madeira no centro da sala e li a carta inteira novamente. Não esperara que o homem ruivo na sinagoga acreditasse em mim. Sabia que estrangeiros seriam céticos. Mas Otto me conhecia. Durante dois anos e 23 dias, tínhamos vivido juntos em repulsiva e sufocante proximidade. No campo, eu tinha levado comida para ele e, como a carta dizia, ele tentara me persuadir a permanecer com ele no hospital. Dissera-me que eu era como um filho para ele. E agora não acreditava em minha existência.

FIZ MAIS UMA tentativa. Escrevi para o meu tio, aquele que havia me enviado dinheiro para o campo de refugiados. Ele sabia que eu tinha sobrevivido à guerra. Serviria de testemunha de quem eu era. Ele me ajudaria a corrigir os erros que Otto cometera.

Sua resposta chegou em menos de uma semana, mas, então, ao contrário de Otto, ele não precisou submeter a questão a advogados. "A quem isto possa interessar", dizia. Nada de "Caro Peter", nem mesmo "Sr. Van Pels". Quem quer que eu fosse, e se meu nome fosse, de fato, Peter van Pels. Eu não era a criança de quem ele se lembrava, filho do irmão que amava. Aquele Peter van Pels não o teria ludibriado para conseguir dinheiro para vir para este país e depois desaparecido. Aquele Peter van Pels tinha algum sentimento familiar.

Dezessete

"Se Anne Frank pudesse retornar de entre os assassinados, ficaria consternada do uso indevido que foi dado ao seu diário."

— "The Uses–and Misuses–of a Young Girl's Diary", de Lawrence L. Langer, em *Anne Frank: Reflections on Her Life and Legacy,* editado por Hyman A. Enzer e Sandra Solotoroff-Enzer

"*O diário de Anne Frank*, vencedor do prêmio Pulitzer e sucesso na Broadway, está sujeito a uma disputa judicial por quebra de contrato na Suprema Corte. ... O Sr. Levin denunciou que a sua adaptação foi discriminada como sendo *demasiado judaica*... O Sr. Bloomgarden ... chamou a discussão judaica de absurda e inteiramente falsa."

— *New York World-Telegram and Sun*, 18 de março de 1957

"Se você realmente me ama, pegue uma arma e atire em Otto Frank."

— Meyer Levin para sua esposa, citado em *A vida oculta de Otto Frank*, de Carol Ann Lee

Eu NÃO QUERIA ser envolvido num processo judicial contra Otto. No entanto, meu pai exigia desculpas. Minhas filhas pediam para serem abraçadas, e aconchegadas, e levadas a passear de carro. Eu tinha de fazer alguma coisa. Escrevi uma terceira carta. Esta era para um homem chamado Meyer Levin. Levin havia escrito uma peça baseada no diário de Anne. Ele se incumbira do projeto, assim declarou, instado por Otto Frank. Sua versão, assim reivindicou, era fiel à intenção dela. Ele falou, insistiu, sob a voz verdadeira de Anne Frank. Não entendi como um escritor norte-americano de meia-idade, cuja única experiência dos campos se restringia à de um correspondente ligado à Nona Força Aérea dos EUA quando esta liberou Buchenwald, pudesse acreditar que falasse pela voz de uma garota atormentada pelo tifo que havia expirado em Bergen-Belsen, mas isso já era outro assunto. Levin jurou que a peça encenada na Broadway e em todo o mundo era um pacote de mentiras. Ele era meu aliado natural.

Levin me escreveu de volta imediatamente. Li a sua resposta no mesmo banco de madeira na agência do correio onde tinha lido as cartas dos advogados de Otto e a do meu tio dizendo-me que eu não existia. Levin não tinha dúvidas quanto à minha identidade. Pelo menos, não expressou nenhuma em sua carta. Queria saber quando nos encontraríamos. Estava ansioso para me mostrar um dossiê que revelava que Otto Frank tinha sobrevivido a Auschwitz apenas por causa de suas ligações com comunistas, e, como prova, detalhou viagens de Otto pelo território soviético no seu trajeto indo do campo de volta a Amsterdã. Ele acusava Otto de ter assassinado a sua peça, da mesma maneira que os nazistas assassinaram Anne, e pela mesma razão. A sua peça batia com um coração judeu e ardia com uma alma judia, e Otto era um anti-semita simpatizante comunista e um judeu que odiava o que era. Ele forneceu o seu número de telefone e pediu que eu ligasse para ele imediatamente. Falou de um livro que contava o meu lado da história e, a seguir, uma peça recontando a verdadeira história de Anne Frank e de mim, Peter van Daan — as palavras datilografadas *Van Daan* estavam riscadas e *Van Pels* estava rabiscado a lápis acima dela —, o garoto que a tinha amado. Concluindo, insistia que eu não deveria perder nem mais um minuto. O mundo esperava pela minha história. Eu devia isso a Anne. Devia isso à história. Devia isso a ele, uma voz do povo judeu, um narrador verdadeiro, um artista. Ele também me acautelava para não me comunicar com ninguém mais sobre essa momentosa matéria até nos encontrarmos e assinarmos os contratos necessários. Havia muitos assuntos relativos à publicação, publicidade, direitos autorais subsidiários, que não se podia esperar de um leigo como eu que previsse ou entendesse. Ele não estava falando apenas dos arranjos financeiros. Embora não fosse um homem rico, seu atual romance, *Compulsão,* estava indo extremamente bem. Para deixar bem claro, não entrara nisso por dinheiro. Como prova, tinha prometido reverter cada centavo que auferisse em seu processo, tirando as despesas legais, para instituições de caridade judaicas. Tudo o que lhe importava era zelar pela memória de Anne Frank e seis milhões de outros. Tudo o que queria era que a verdadeira voz dela fosse ouvida. Tinha plena certeza de que era também o que eu desejava. Ele esperava com ansiedade o encontro comigo, desejava para mim tudo de bom e assinava-se, muito sinceramente, Meyer Levin.

Havia um pós-escrito. Ele perguntava se eu tinha família, quem sabe uma filha, e queria saber se ela tinha idade bastante para aparecer na televisão.

Rasguei a carta em pedaços, arremessei-os na grande lata de lixo superlotada de panfletos não-solicitados e anúncios não-desejados, e me dirigi para a escrivaninha na parte da frente da agência do correio. Passei às mãos do arquivista a chave da caixa postal. Ele disse que o meu aluguel ainda tinha mais 18 dias de validade e preveniu-me de que não podia me devolver o dinheiro restante. Respondi que não esperava um reembolso. Ele perguntou se eu queria deixar um endereço para reencaminhar minha correspondência. Eu lhe respondi que não tinha nenhum endereço para onde reencaminhar minha correspondência. Acrescentei que não havia nenhum lugar onde pudesse ser encontrado. Mencionei, ao sair, que estava deixando o país por um longo período.

ALGUMAS semanas mais tarde, eu estava indo rumo ao norte na rodovia com cobrança de pedágio de Nova Jersey em direção à parte baixa de Manhattan. Não iria me envolver com os esquemas mal-intencionados de Meyer Levin, mas realmente queria assistir ao julgamento. Quando ele denunciasse que a peça era um amontoado de mentiras, eu estaria lá para escutar o meu pai sendo inocentado num tribunal de justiça norte-americano.

Muitas pessoas estavam escandalizadas com a simples idéia do julgamento. Que homem é esse que processa o pai de uma santa? A comunidade judaica estava especialmente de armas em punho. A *comunidade judaica* é uma das expressões favoritas de meu sogro, como se nós, ou melhor, eles, fossem uma grande família feliz; sem mafiosos; sem operadores do mercado negro; sem vultos sombrios movendo-se furtivos através da zona cinzenta da sobrevivência; não, neste caso, homens adultos disputando o corpo de uma criança morta. Alguns pilares dessa assim chamada comunidade abraçavam a causa de Levin. Outros exigiam que deixassem o pobre Otto em paz. Um terceiro contingente levantou as suas vozes num coro que exigia silêncio. Não se lava roupa suja em público. Não se expõem diferenças na frente dos *goyim*. Sem dúvida, dois homens bem-intencionados conseguiriam entrar num acordo. Mas não conseguiram. O julgamento teve início na Suprema Corte do Estado de Nova York, parte baixa de Manhattan, numa sexta-feira pela manhã, em meados de dezembro.

Otto foi a primeira pessoa que vi, ao entrar no palácio de justiça, e a segunda, e a quinta. Aquela era a parte de trás da cabeça de Otto, entrando num elevador, e seu perfil, em conversa com outro homem, e seu jeito de andar, precedendo-me corredor abaixo. Então eu o vi de verdade. Parei e lancei uma olhada de esguelha pelo corredor abaixo. Não podia acreditar, embora ele fosse a razão de eu estar aqui.

Ele estava vindo na minha direção, andando vagarosamente, sua mão apoiando o cotovelo de uma mulher ao seu lado, sua nova esposa, supus, a cabeça baixa, suas costas ainda eretas. Outro homem, este envergando um casaco de caxemira de aspecto caro, caminhava ao seu outro lado, sussurrando-lhe ao ouvido, enquanto andavam. Eu parei e esperei. Meu coração batia tão selvagemente que eu tinha certeza de que se tornava visível por debaixo de minha camisa, paletó e sobretudo. Ele estava cada vez mais perto agora. Eu queria que ele erguesse a vista. Ele levantou o olhar do chão de mármore já gasto. Prendi a respiração. Os seus olhos me atravessaram. Foi como se eu não estivesse ali.

Senti minha boca formando o seu nome, mas não podia pô-lo para fora. Ele seguiu adiante, passando por mim. Fiquei olhando as suas costas rígidas de militar germânico, enquanto ele se afastava. Vire-se, desafiei-o. Vire-se, seu filho-da-puta. Entretanto, não disse nada, e Otto não se virou.

Mas o que eu esperava? Na última vez que ele me viu, eu era um garoto, morrendo de fome, coberto de crostas de feridas e piolhos, os ombros encurvados de medo. A carta do advogado estava correta.

Aquele Peter van Pels tinha morrido no final da guerra. Eu me virei e segui Otto pelo corredor abaixo, entrando, com o restante dos espectadores, na sala do tribunal.

A bancada do juiz, flanqueada pelas bandeiras dos EUA e do estado de Nova York, assomava na extremidade da sala. De suas molduras douradas, Alexander Hamilton, Dwight D. Eisenhower e Averell Harriman olhavam para baixo com ar severo. A sala recendia a sobriedade e probidade. Achei a atmosfera encorajadora.

Tomei um assento no fundo, tirei o meu sobretudo e dobrei-o sobre meu colo, porém, assim que me acomodei, o juiz entrou, e todos ficamos em pé. Normalmente, não aprecio pompa, mas neste caso eu a achei tranqüilizadora. Nós nos sentamos e eu acomodei o meu volumoso casaco novamente. Não fosse uma corte de justiça, teria tirado também o meu paletó. A sala era solene, porém quente demais.

Enquanto o juiz e os advogados prosseguiam com as preliminares, comecei a examinar os doze homens na banca dos jurados. Todos pareciam pouco à vontade e mesmo algo atordoados por estarem ali. Nenhum deles aparentava uma particular agudeza mental. Mas isso estava certo também. O sistema legal norte-americano foi edificado sobre um júri de pares. Quanto precisariam ser espertos para distinguir o verdadeiro do falso? Minha filha de 10 anos fazia isso toda hora, em trabalhos que obtinham estrelas douradas.

Levin estava sentado numa das duas mesas situadas na parte da frente da sala do tribunal. Eu o reconheci de fotografias e de tê-lo visto na televisão. Ele tinha um pescoço como o de um touro, curto, grosso, forte, e ombros largos, além de um rosto bem aberto, sombreado por sobrancelhas pesadas. Seus cabelos cresciam a partir de uma linha recuada na cabeça, e em pequenas espirais apertadas, como prestes a saltar. Quando o advogado o chamou para a tribuna, atravessou a sala pisando sobre a parte protuberante dos pés, como um boxeador.

O advogado começou por inquirir sobre suas primeiras negociações com Otto Frank. Ele não tinha um contrato assinado para adaptar o diário, Levin admitiu, porém tivera um entendimento.

— Confiei no Sr. Frank.

O homem na minha frente estava inclinando-se para diante no seu assento. Junto a ele, um homem mais velho, um refugiado, não me pergunte como eu sabia, eu apenas sabia, uma mão junto ao ouvido para ouvir melhor as palavras de Levin. Meu olhar prosseguiu descendo a fileira. Parou na mulher no último assento. Eu supusera que ela ainda estivesse em Amsterdã, ou talvez que tivesse voltado para a Alemanha. Ela não era judia. Não tinha nada a temer. Mas não podia ser outra pessoa. Eu tinha certeza disso, pensei.

Inclinei-me para a frente para conseguir enxergar melhor o seu perfil. O queixo dela tinha se acomodado em uma pequena bolsa arredondada. Uma linha, escura como uma risca de giz, pendia de sua boca como uma vírgula infeliz. Por debaixo de um chapéu marrom sem graça, seus cachos louros eram de um amarelo-prateado sem brilho. O conjunto que vestia também era marrom, com uma gola de pele já comida por traças. Não via nada semelhante desde que saíra de Marseilles. O traje me fez pensar que ela não estava morando nos Estados Unidos, apenas de visita. Viera para o julgamento. Por seu marido, se bem que, como minha mãe costumava ressaltar para o meu pai, quando não para o próprio Pfeffer, ele não era realmente marido dela. Meu pai sempre pedia a minha mãe que se calasse, quando ela começava a dizer isso. Somente as leis raciais tinham impedido Pfeffer de se casar com Charlotte. Não se podia condenar Lotte por isso, ele insistia. Meu pai sempre tivera um fraco por Charlotte. Quem poderia criticá-lo? Ela era uma espécie de Jean Harlow. Devia estar com 30 e poucos anos, nas poucas vezes em que a encontrei, antes de desaparecermos, mas à noite, entre lençóis com cheiro azedo — mesmo quando conseguíamos sabão, antes de irmos para o esconderijo, não era páreo para a imundície de nossas vidas —, os anos que separavam Charlotte Pfeffer de mim desapareciam. Sentado numa sala de tribunal do estado de Nova York, sob o olhar implacável de Alexander Hamilton, Dwight E. Eisenhower e Averell Harriman, escutei o eco dos meus próprios gemidos sufocados, deitado no catre, debaixo das escadarias e preso à lembrança de Charlotte que tinha levado comigo para o esconderijo. Então, o berro do meu pai traga o ruído:

— Andamos nas pontas dos pés, calçados de meias, o dia todo, não podemos nem mesmo urinar por medo de que alguém nos escute, e o Romeu aqui está enviando cartas de amor por intermédio de Miep. Por que não pendura logo uma bandeira para fora da janela? *Esconderijo de judeus.*

A voz de Pfeffer, apertada com ferida dignidade, lamentosa com lágrimas suprimidas, volta-se para ele.

— É fácil para você falar, você e Frank, com suas esposas e filhos. Eu não vejo a minha esposa há mais de um ano. Quem pode saber onde meu filho está? Em algum lugar da Inglaterra, foi a última notícia que eu tive.

Sorte dele, eu costumava pensar, sorte de Werner Pfeffer estar em algum lugar da Inglaterra. Felizardo desse garoto cujo pai teve a previdência de colocá-lo num *kindertransport* bem a tempo.

Fiquei ali sentado, observando Charlotte, enquanto escutava o testemunho de Meyer Levin. Ele falava de desvirtuamento dos fatos? Usava a palavra fraude. Falava de desrespeito. A flacidez idosa do queixo de Charlotte subia e descia, concordando.

Quando cheguei à sala do tribunal na segunda-feira seguinte, pela manhã, ela estava sentada no mesmo lugar que tinha ocupado na sexta-feira anterior. Havia um assento vazio ao seu lado. Não pude resistir. Queria poder observá-la melhor. Estava curioso para ver se ela me reconheceria, mesmo vagamente. Parecia improvável. Otto, que tinha morado comigo todos aqueles anos, não me reconhecera. E Charlotte havia se encontrado comigo apenas algumas vezes, quando eu era ainda um garoto.

Parei na extremidade da fileira onde ela estava sentada e perguntei se o lugar ao lado do dela estava ocupado. Ela ergueu os olhos. Eu aguardei. Ela respondeu que não. Eu murmurei "com licença" enquanto passava rente a ela e tomava o assento ao seu lado.

Na terça-feira, retornamos aos mesmos lugares e trocamos bons-dias. Na quarta-feira, eu já a estava ajudando a tirar e a vestir o seu casaco. Era tão surrado como o conjunto que ela usara no primeiro dia. Ela tinha passado a gola de pele roída por traças para este outro. Quando o julgamento entrou em recesso para o almoço, na quinta-feira, eu lhe perguntei se ela gostaria de almoçar comigo. Charlotte hesitou, depois sorriu. Era o sorriso de uma mulher que havia se esquecido por um momento de que era uma senhora idosa, e eu fiquei contente. O sorriso significava que as lembranças que eu tinha dela não eram mentiras.

Ela disse que apreciaria muitíssimo, estendeu a sua mão com a luva remendada e apresentou-se como Sra. Pfeffer. Eu disse a ela que o meu nome era Harry Wolfe. "Como lobo, em inglês, *wolf*", acrescentei, "só que com um *e* no final".

Saímos do tribunal, penetramos na luz do inverno e caminhamos através de uma multidão de pessoas movimentando-se com determinação, carregando brilhantes e bojudas sacolas de compras. Faltavam apenas cinco dias para o Natal. Os passantes metiam-se entre nós e tive de segurar o cotovelo de Charlotte para nos manter juntos. A certa altura, ela parou em frente a uma vitrina que exibia um Papai Noel maior do que seria no tamanho natural.

— Quando o meu marido era vivo, celebrávamos o *Chanukah* tanto quanto o Natal. — Ela olhou da vitrina para mim. — Você sabe o que *Chanukah* significa, Sr. Wolfe? — Eu lhe respondi que sim. — É outra coisa que não posso perdoar. Eles o fizeram um ignorante de sua religião. Mas ele era um mestre da língua hebraica, e eles o tornaram uma criança ignorante de seu próprio dia santo.

— Como? — eu disse, porém ela apenas sacudiu a cabeça e afastou-se da vitrina. Recomeçamos a andar.

Dentro do restaurante, tratei de nos arranjar um reservado. Não era tranqüilo, mas pelo menos não era tão barulhento quanto as mesas no centro do salão. Pedidos gritados, estrépito de pratos e o eco de várias dúzias de conversações choviam do alto do teto de estanho. Eu me desculpei com ela pelo barulho e expliquei que, numa hora como esta, nesta vizinhança, o almoço estava destinado a ser agitado.

— Norte-americanos estão sempre apressados — comentou.

— Você não é norte-americana?

— Moro em Amsterdã. Estou aqui somente por algumas semanas. Enquanto durar o julgamento.

O garçom apareceu, lápis e bloco na mão, e Charlote me disse o que queria e eu passei o pedido para ele.

— Você veio de tão longe apenas para o julgamento? — eu perguntei quando o garçom se afastou.

— Você assistiu à peça de que eles falam no julgamento? O que causou todo o problema? — E assenti com a cabeça. — Você conhece o personagem do dentista?

— Dussel — eu disse, embora fosse algo cruel a ser dito.

— Dussel não era o nome dele. Foi algo que a criança inventou. — Ela balançou a cabeça. Os cachos tremeram debaixo do seu triste chapéu. — Isso é mais uma coisa que não posso perdoar. Uma jovem chama um homem de *dussel*, e isso não significa nada. Um livro chama um homem de *tolo*, e ele é rotulado assim diante de todos. Uma criança escreve em seu diário que um homem, um homem educado, que ela devia respeitar, tem um parafuso frouxo, e isso é apenas uma impertinência. Um homem publica essa impertinência para o mundo, como verdade, e isso se torna uma humilhação. Meu marido disse que ela era uma criança dócil e inteligente, porém indisciplinada. Não vou julgar ninguém. Não pode ter sido fácil, uma garota e um homem maduro, um homem tomado de saudades da família, compartilharem um quarto pequeno.

Eu disse a ela que não entendia.

— O homem na peça, o dentista que compartilha o quarto com Anne Frank, o seu nome não era Dussel, mas Pfeffer. Fritz Pfeffer. Eu sou a sua viúva.

— A peça não menciona que ele era casado — eu disse, se bem que isso fosse cruel também.

— Éramos marido e mulher. — O queixo suave tornou-se vigoroso. — As leis raciais dos nazistas proibiam o casamento entre judeus e cristãos, porém éramos marido e mulher, assim mesmo. Depois da guerra, o governo holandês reconheceu o casamento. Eu tenho a certidão.

Você vê, *Mammichen*, ele fez dela uma mulher honesta, no final de contas, ou pelo menos o governo holandês fez.

— Esta é uma das muitas mentiras da peça. Meu querido marido é mostrado como um homem sem família, mas ele tinha uma esposa, e também um filho do seu primeiro matrimônio. Estava educando ele mesmo o garoto, mas, logo depois da Noite dos Cristais, enxergou o perigo e teve a previdência de enviar Werner em um *kindertransport*. Não é fácil mandar para longe uma criança que você ama. Isso o fez sofrer. Mas a Inglaterra, ele sabia, seria melhor para o garoto. Haverá as bombas, porém não haverá nazistas. Assim, ele mandou Werner para lá.

Felizardo Werner, pensei eu novamente, e fiquei surpreso de a inveja poder permanecer por tanto tempo depois de passado o perigo. Lembrava-me muito bem de ter esbarrado com ele no galpão da alfândega, no dia em que cheguei aos Estados Unidos. Ele estava procurando alguém que tivesse conhecido o seu pai. Estava atrás de lembranças. Fingi que não conhecera ninguém com o nome de Pfeffer. Estava me protegendo, porém também o estava poupando. A última vez que vira o seu pai, Pfeffer estava em pé numa plataforma de estação, acenando adeus a um trem cheio de crianças enviadas para o oeste por segurança. Avistei Pfeffer espremido num veículo de transporte de gado que se dirigia para o leste, para Auschwitz. Ele lembrava os braços fortes que o erguiam para fora de um esquife. Atrás do retrato que Pfeffer tinha guardado em seu quarto estavam as palavras "primeiro passeio de barco de Werner, domingo de Pentecostes, 1932". Vi aquele mesmo braço, ferido, sangrando devido ao descaso, porém não sem intenção, com que o guarda o atingira com a coronha de seu rifle, enquanto Pfeffer o mantinha estendido para ser tatuado. Deixe isso tudo para lá, é o que eu devia lhe ter dito. No galpão da alfândega. Não corra atrás de lembranças que você não será capaz de esquecer.

— O filho dele não veio com você assistir ao julgamento? — perguntei.

Ela franziu o cenho e sacudiu a cabeça.

— Teria sido mais fácil para ele do que para mim. Werner está aqui nos Estados Unidos. Califórnia. Só que não é mais Werner Pfeffer. Agora ele se chama Peter Pepper. Ele já é um adulto e pode fazer o que bem quiser, porém não posso fingir que fico satisfeita. Ele devia ter continuado Pfeffer. Deve muito ao pai.

Concordei com ela. Eu não tinha mudado o meu nome, embora minha dívida fosse menor. Claro, não precisei fazer isso. "Um bom nome norte-americano", dissera-me um funcionário na alfândega.

— Deixe os defuntos descansar em paz, Werner me diz.

Então Werner, agora Peter, como eu, aprendeu, afinal.

— Só que não consigo. Foi por isso que escrevi para o Sr. Frank. Somos velhos amigos. Meu marido e eu conhecemos o Sr. Frank e sua esposa bem antes da guerra. Depois, também, ele é bondoso para mim. Muitas noites de sábado nós nos reunimos, e também Miep e Jan, as pessoas que os ajudaram no esconderijo, para jogar cartas. Antes de começarem a pagar a pensão do meu marido, o Sr. Frank é generoso, me emprestava dinheiro. Assim, quando quis publicar o diário de sua filha, eu não disse nada. Se ele encontra algum consolo em publicar as palavras de uma criança para o mundo ler, não sou eu que vou proibir. A peça, porém, é outro assunto. Eu digo a ele que não sou a favor da peça. Digo a ele que vou processar. E você sabe o que ele me responde?

Ela baixou o garfo e debruçou-se sobre a mesa, inclinou-se mais para junto de mim. Cada emoção tinha uma manifestação física. Ela encolheu os ombros, empinou a cabeça e não pôde evitar, ao esticar o corpo, tocar minhas mãos. Talvez tenha sido isso, tanto quanto a sua aparência de Jean Harlow, que tenha atraído meu pai e a mim.

— Que eu não deveria ser tão ingênua de pensar que essas pessoas poderosas não sabem, do ponto de vista legal, o que podem ou não escrever.

Oh, Otto, isso não é digno de você. E pensar que você me acusou de não possuir força de caráter.

— Ele está tentando me assustar. Mas não entende que eu nada tenho a temer. Já perdi o meu querido marido. Tudo o que ele me deixou foi a sua lembrança. Aquela pela qual devo lutar. Assim, escrevo para as pessoas que produziram a peça, esse Sr. e Sra. Hackett. — Ela encolheu os ombros e balançou a cabeça novamente, como se me prevenisse para não esperar demais. — Primeiro, não me respondem. Acho que estavam com medo. Eles sabem que isso não é direito. Sabem que mesmo uma pobre viúva pode processar, não interessa o que Otto Frank diga sobre o tal ponto de vista legal. Finalmente, recebo uma carta. É pior do que a de Otto. É uma loucura. Dizem que eles precisam retratar o meu Fritz como um bufão para que o mundo jamais esqueça as terríveis coisas que acontecem. Dizem que se o povo não tiver um *dussel* para rir, não irão ver a peça, e não terão a oportunidade de ouvir essa mensagem tão importante que esses Hackett têm a transmitir. Isso eu não entendo. Milhões de pessoas mortas, e ninguém lastimará por elas a menos que façam de meu Fritz um idiota? — As palavras a tinham empurrado mais à frente, por sobre a mesa. Agora ela voltara a se sentar em sua cadeira. — Perdoe-me, Sr. Wolfe. Estou muito nervosa. Mas não é justo que Otto Frank se torne um herói para o mundo e meu querido Fritz, motivo de chacota. Foi por isso que vim para cá. Para ouvir Otto Frank admitir a verdade.

Fiquei parado, fitando-a por sobre a mesa. Hoje, ela estava vestida com o conjunto azul puído que alternava com o marrom surrado. Eu me perguntava como ela teria arranjado dinheiro para fazer a viagem. Não fora com a pensão que Pfeffer lhe deixara, isso eu poderia até apostar. Teria tomado emprestado de amigos? Teria empenhado bens? Ela não usava nenhuma jóia exceto uma simples aliança de casamento.

— A senhora veio de tão longe só para isso?

Ele endireitou os ombros e levantou o queixo.

— E você acha que não vale a pena? Você acha que ouvir a verdade pronunciada em voz alta, ver o nome do meu amado marido completamente limpo, sua memória restaurada, sua fineza respeitada, é pouco? — Ela se inclinou sobre a mesa na minha direção novamente. Seus olhos chamuscaram meu rosto. — Diga-me, Sr. Wolfe, se fosse alguém que o senhor amasse, se fosse o seu pai em vez do meu marido, o senhor não atravessaria meio mundo, o senhor não removeria céu e terra para consertar o errado?

Eu dei um tranco na mesa ao me pôr de pé. A água nos copos agitou-se.

— Temos de nos apressar — disse. — Nós podemos perder a sessão da tarde.

NÃO SE PASSAVAM MUITOS dias sem que eu sugerisse um novo terreno, a alguma distância, que eu teria de visitar. Era a minha desculpa para me ausentar do escritório.

"Você tem certeza de que está bem, amigão?", Harry perguntou, certa tarde, quando telefonei para ele.

"Estou ótimo", repliquei. "Mas se você quer olhar o terreno pessoalmente, vá em frente. Se não confia na minha avaliação..."

Ele não me deixou terminar. Eu sabia que seria assim. No entanto, estava começando a me perguntar quanto tempo ainda o julgamento duraria. Estávamos no final da segunda semana, e ninguém tinha ainda entrado nas questões mais importantes. Charlotte e eu, sentados lado a lado, esperando que Meyer Levin, o homem que falava com a voz verdadeira de Anne Frank, declarasse que Fritz Pfeffer não tinha sido um idiota, e que o meu pai não tinha sido um ladrão. Quanto mais se permitia às mentiras que permanecessem de pé, mais eu começava a duvidar da minha memória. Se me lembrava de meu pai com um bigode e, de minha mãe, absolutamente nada, talvez também tivesse me equivocado a respeito disso, a despeito de ter relido o diário. Talvez Anne tivesse deixado o roubo de meu pai fora do seu diário, e Otto tivesse se lembrado de mencioná-lo aos teatrólogos. Toquei no assunto no almoço com Charlotte.

— Eu estava pensando... — eu comecei — se a peça calunia o seu marido, talvez seja injusta para alguns dos outros também.

Ela assentiu com a cabeça e pousou seus dedos carmim no meu braço.

— Você é um jovem muito esperto, Sr. Wolfe. A peça é uma paródia. O filme também. Sabe a mãe, não a Sra. Frank, mas a outra, a Sra. Van Pels, aquela que chamam de Sra. Van Daan?

Eu assenti com a cabeça.

— Era uma mulher amável. E generosa. No aniversário de Miep, a garota no escritório do Sr. Frank que ajudou a escondê-los, a Sra. Van Pels presenteou-a com um anel de ônix e diamante. Miep não queria aceitá-lo. Ela já tinha vendido o casaco de peles da Sra. Van Pels, a pedido deles, e ela sabia que o dinheiro e as coisas que podiam ser vendidas estavam se acabando. Mas a Sra. Van Pels insistiu. Disse que ela e seu marido queriam dar a Miep alguma coisa para lhe mostrar sua gratidão.

Tinha esquecido o anel. Vi meus pais examinando as poucas jóias que minha mãe ainda possuía. Isso não era bom o bastante. Isso era valioso demais e daria para nos alimentar durante várias semanas. Finalmente, eles chegaram a um acordo quanto ao anel que meu pai tinha dado à minha mãe como presente de aniversário, havia muitos anos. Minha mãe tinha se mostrado relutante em separar-se dele por seu valor sentimental, mas meu pai a convencera de que isso o tornaria ainda mais valioso para Miep.

— E quanto ao marido dela? O Sr. Van Daan.

— Você quer se referir ao Sr. Van Pels. Um cavalheiro encantador.

O olhar dela me atravessou, como se o passado estivesse bem ali, acima do meu ombro, e sua boca torceu-se num melancólico crescente. Então, ela sabia que o meu pai gostava dela. Seus olhos voltaram-se para mim.

— Jamais conheci um nariz tão apurado. — Ela deu uma pancadinha de leve na lateral do seu nariz com o dedo indicador. — Não havia um condimento que ele não pudesse identificar. — Uma simples baforada de uma salsicha, de qualquer prato, e ele seria capaz de dizer tudo a você. Páprica, tomilho, alecrim, cardamomo. Não importa quantos temperos fossem, ou quão exóticos fossem. O Sr. Van Pels conhecia. Era muito sensível. Nada a ver com o homem grosseiro da peça.

Eu tinha esquecido o olfato dele também. Haveria ainda alguma coisa de que eu me lembrasse?

— E no entanto, sensível que fosse, com o seu nariz apurado, ele roubou pão da boca dos outros.

Ela balançou a cabeça.

— Impossível.

— Está dizendo que isso tampouco é verdade?

— Foi inventado, da mesma maneira que inventaram coisas sobre o meu marido.

— Como você pode ter certeza? Você não estava lá.

— Eu conhecia o Sr. Van Pels. Ele nunca seria capaz de uma coisa dessas. Se tivesse feito isso, o meu marido teria me escrito contando. É mais uma verdade que o julgamento deve contar.

Entretanto, apesar dos depoimentos se arrastarem, ninguém chegou a citar os nomes de meu pai e do marido de Charlotte, nem mesmo os nomes inventados. Um rabino norte-americano que tinha passado a guerra numa sinagoga não longe de Hollywood queixou-se de que a peça, que Otto permitira que fosse baseada no diário de sua filha, não era suficientemente judaica. Um estudante bolsista testemunhou que, de acordo com cálculos matemáticos, menos de vinte por cento do diário de Anne tinham qualquer coisa a ver com questões judaicas. Acusações e contra-ataques voavam através da sala de julgamento superaquecida. A amargura crepitava no ar quente. Homens adultos elevavam as suas vozes para abafar palavras que não queriam escutar da boca de uma garota morta. No entanto, não chegaram mais perto da verdade. Quando chegaram aos sumários, compreendi que precisava agir. Eu não estava querendo fazer uma cena. Eu simplesmente pretendia restabelecer a verdade dos registros. Queria explicar que Anne era uma criança. Algumas vezes ela acreditava, noutras duvidava. Um dia ela pensava que as pessoas eram boas, no dia seguinte odiava todo mundo, incluindo sobretudo os seus pais e irmã, trancados naquele anexo fedorento, seus pais e a irmã. Ela era uma garota em crescimento, escrevendo os seus pensamentos num diário com capa xadrez vermelha que ela ganhara de aniversário, até não haver mais espaço e ela passar a escrever em qualquer pedaço de papel que lhe viesse às mãos. E eu queria falar-lhes sobre meu pai, que não tinha roubado pão algum, mas que tinha se arriscado tomando providências antes de entrarmos no esconderijo, para que o açougueiro pudesse fornecer carne a Miep, sem cartões de racionamento, sem perguntas, e foi assim que todos nós no anexo pudemos comer. Queria explicar que minha mãe não era uma namoradeira desavergonhada, mas uma mulher de espírito elevado e grande coração, que assava *babkas* enlaçadas com amor e dava de presente valiosas jóias. Queria dizer-lhes que parassem de discutir sobre o que Anne acreditava, que nada significava a não ser dores de crescimento de uma garota, e que prestassem atenção no que meus pais tinham feito, o que gritava a verdade de quem eles eram.

Fiquei de pé. Estava olhando firme, direto para o juiz, porém senti os rostos se voltarem para mim. A atenção propagou-se como pequenas ondulações na superfície da água, em torno da pedra da verdade que eu estava prestes a arremessar.

— Vossa Excelência — iniciei. Veja, não tinha a intenção de ser desrespeitoso.

O martelo do juiz desceu. A palavra *ordem* soou acima de minha cabeça.

— Vossa Excelência — repeti. — Eu apenas gostaria...

Todas as cabeças na sala de justiça voltaram-se para mim. As pessoas esticavam os pescoços querendo saber quem estava causando o distúrbio. Só que não era um distúrbio. Se o juiz pelo menos parasse de bater o seu martelo, eu faria a minha declaração, muito serena, razoável, respeitosa, e me sentava de volta.

— Vossa Excelência — eu gritei, porque agora eu não tinha outra escolha a não ser elevar a minha voz.

Pelo canto do olho, vi os guardas aproximando-se, dois subindo a ala central pela frente da sala do tribunal, e dois por detrás. Não tinha tempo a perder.

— Preciso fazer uma declaração — comecei. Ao meu lado, senti Charlotte encolhendo-se. Tentei retê-la. Formaríamos uma frente única. Limparíamos o nome do seu marido e o de meu pai numa única tacada. Porém, um dos guardas se enfiou entre nós dois. Um segundo agarrou-me, da fila atrás.

— O senhor não está entendendo — gritei para o juiz.

Os guardas estavam me arrastando para fora da fileira de assentos.

— Sou Peter van Pels — insisti, enquanto me conduziam aos empurrões. — Ela é Charlotte Pfeffer, e eu sou Peter van Pels. — Eu estava agarrado na última fileira de assentos, agora. Não os deixaria atirar-me para fora da sala do tribunal. Eu tinha de ser ouvido.

— Diga a eles, Charlotte — implorei, porém Charlotte balançava a cabeça e tentava afastar-se o mais possível de mim.

— Diga a eles, Otto! — Otto, porém, tinha desaparecido de vista dentro do círculo protetor dos seus advogados de defesa.

Os guardas me forçaram a soltar minhas mãos do assento.

— Conte-lhes a verdade sobre meu pai — eu supliquei, no que me empurravam através das portas.

Um dos guardas mantinha meu pescoço preso numa gravata.

— Sou Peter van Pels. — Sua mão me apertando parecia feita de ferro. Eu me debatia, e acabei atingindo seu rosto.

Outro guarda acercou-se. Ele estava tentando prender os meus braços junto ao corpo. Consegui puxar o meu braço direito, soltando-o.

— Sou Peter van Pels — eu o preveni, no que meu punho investiu contra o queixo dele. Senti uma coisa dura e sólida em meu estômago. — Sou Peter van Pels — confiei ao chão de mármore, quando este veio ao meu encontro.

— Quem diabos é Peter van Pels? — Ouvi o guarda perguntar, justo antes de minha cabeça bater na superfície dura.

Dezoito

"Ele foi espancado pela SS e disse que prometera a si mesmo que vingaria a morte de seus parentes e o seu próprio sofrimento... Sabia onde um alemão morava sozinho. Furtivamente aproximou-se dele e surrou-o com as próprias mãos, mas ainda não se sentia vingado. Encontrou nas proximidades uma machadinha e descreveu com detalhes como matou o homem com a machadinha, a sangue-frio. Disse, depois que viu o corpo lacerado, que se sentiu melhor e foi embora para casa... Em nenhum momento (desde então) o seu comportamento indicou qualquer dos traços homicidas indicados."

— Um relato psiquiátrico do
Camp Fohrenwald, Time 106

Eu estava de volta ao consultório do Dr. Gabor. Dessa vez, sem nenhum motivo justificável. Não tinha perdido a minha voz. Minha visão estava perfeita. Meu único sintoma era um acesso de honestidade. Dizer a verdade me jogou num consultório psiquiátrico. Sei que é o que todos os pacientes sempre dizem, mas, nesse caso, era exato.

Quando Madeleine veio me apanhar após o incidente na sala do tribunal de justiça, a polícia disse-lhe que eu tinha interrompido os procedimentos ao insistir que era Peter van Pels. Ela ficou ofendida então, minha boa mulherzinha.

— E daí? Ele é mesmo Peter van Pels.

— Não justifica que ele se ponha a berrar isso numa sala do tribunal do estado de Nova York, senhora.

No carro, a caminho de casa, ela disse que eu tinha de voltar ao Dr. Gabor. Gabor ou outro igual a ele.

— Ah, mas não existe ninguém igual ao nosso Dr. Gabor — eu disse. Eu só queria mostrar para ela que não havia perdido o meu senso de humor.

Ela começou a chorar.

— Se você se recusar a procurar ajuda, Peter, vou pegar as crianças e vou embora. Juro por Deus, desta vez, cumpro com a minha palavra.

Acreditei nela. A lembrança do garoto o qual ela confundira comigo tinha se atrofiado. As expectativas que nutria por mim haviam murchado. Disse para ela que a primeira coisa que faria na manhã seguinte era marcar uma consulta. Nem mesmo argumentei que era um total desperdício de dinheiro. Não havia mais nada de errado comigo. Era Otto, e aquele escritor maluco que se julgava porta-voz de Anne, e o resto do mundo, que estava doente. No entanto, eu estava demasiadamente exausto para discutir. Meus músculos doíam. Isso em conseqüência da escaramuça com os guardas do tribunal. Meus nervos estavam por um fio. Minha mente estava abalada. Seria tão fácil desistir. Sentia as palavras saltarem do meu peito. Há uma coisa que eu preciso lhe dizer... sobre aqueles anos em Amsterdã... sobre Auschwitz... sobre o meu pênis circuncidado. A inocência iria se escoar dos olhos que ela estava determinada a não fechar. Uma catarata de medo toldaria a sua visão. Eu me lembrei da vergonha que tinha enxergado no rosto de Abigail quando a vislumbrei olhando fixamente para o meu número. Eu cerrei minha boca. Agira irresponsavelmente no tribunal, porém eu não tinha perdido inteiramente o senso de decência.

AO CONTRÁRIO DO MEU amigo ruivo, Gabor precisou refrescar a memória sobre quem eu era. Ele se sentou estudando uma pasta cheia de papéis, enquanto eu esperava, sentado do lado oposto da sua escrivaninha. Esta ainda estava entulhada de ferramentas da sua profissão, de símbolos primitivos e daqueles tristonhos mártires de Calais. Nada no seu consultório tinha mudado, exceto o médico. Ele parecia mais próspero que nunca, porém essa impressão podia resultar do profundo matiz de mogno envernizado do seu rosto e mãos.

— Esteve pelo sul? — perguntei, enquanto ele passava os olhos pelas anotações que fizera sobre mim, anos atrás.

— Mmm — foi tudo o que respondeu.

Ele fechou a sua pasta, recostou-se para trás em sua poltrona, fixando-me por sobre a escrivaninha com aquele seu olhar de fixidez vazia de coruja, e perguntou o que me trazia de volta.

Já tinha me resolvido. Dessa vez, eu lhe diria a verdade. Ele não era uma pessoa que eu tinha de proteger. Eu lhe diria tudo, ou quase tudo. Havia um assunto que não podia me dar ao luxo de confessar. Eu era um cidadão norte-americano, um pilar da comunidade, porém isso não queria dizer que eu não pudesse ser deportado ou extraditado.

Comecei com o garoto no diário.

— O senhor acredita em mim? — eu perguntei quando ele acabou de anotar tudo.

— Por que não deveria?

— Otto Frank não acredita. Pelo menos ele fingiu que não. — Eu lhe falei sobre a minha carta para Otto e a resposta que os advogados dele me deram.

— Talvez ele não estivesse fingindo. Depois da guerra, já que o seu nome não constava da lista dos sobreviventes, ele concluiu que você estivesse morto. E tem vivido com essa tristeza há muito tempo. Podia ser muito doloroso para ele alimentar esperanças.

— Se ele está sofrendo tanto assim, por que denegriu a memória do meu pai? Ele tem medo de acreditar que eu esteja vivo.

— Você tem tanta certeza assim sobre como e quando tudo aconteceu?

Pensei nos cabelos louros de minha mãe e no bigode de meu pai.

— Lembro-me das coisas mais importantes.

Ele abaixou a vista para o arquivo que tinha aberto na sua escrivaninha.

— Seu pai morreu em Auschwitz, correto?

— Nós já falamos sobre isto.

— Na seleção, naquela primeira noite na plataforma ferroviária?

Eu assenti com a cabeça.

Ele revisou as páginas da pasta. Estavam cobertas de garranchos. Sua caligrafia era tão atrapalhada quanto o seu consultório.

— A menos que ele tenha morrido alguns meses mais tarde, quando você o viu marchando para fora do campo, com um grupo de outros homens, e depois viu as roupas no caminhão, quando as trouxeram de volta.

Não consegui me lembrar de ter lhe contado nenhum dos dois episódios, embora me lembrasse de ambos.

— Não estou tentando pegá-lo numa armadilha, Sr. Van Pels. Ambas as mortes são verdadeiras em sua cabeça.

Na minha cabeça. Eu seria capaz de assassiná-lo por isso.

— Meu pai está morto, e o senhor me diz que não importa como o matei.

— Como você o matou?

— Como eles o mataram.

Ele olhou fixamente por sobre a escrivaninha com aquele olhar idiota.

— Eu não sou um assassino.

— Nunca sugeri que você fosse.

— Aquela noite no celeiro foi uma aberração.

Ele esperou.

— Foi logo após a guerra. Pelo amor de Deus, nós ainda estávamos famintos. Isso porque foi mesmo muito perto ainda do final da guerra.

Ele continuou fitando-me.

— Queríamos apenas nos divertir. E também tirar a nossa.

— A de vocês, o quê?

— Vingança. Que inferno, nós merecíamos, depois do que tínhamos passado. Ele merecia. A guerra tinha acabado, daí, de repente, ele vira um fazendeiro inocente. Como se nunca tivesse escutado falar da SS, como se não tivesse aquela merda de tatuagem para prová-lo. A tatuagem e aqueles olhinhos malvados, aquele focinho de porco no lugar do nariz.

— Você teve alguma espécie de confronto com um homem da SS?

— O desgraçado apenas recebeu o que merecia.

— Fale-me sobre o que aconteceu, então.

Já estava pensando que ele jamais pediria isso.

Os outros já tinham tido bastante. Ora, vamos, disseram. Já nos divertimos. Ferimos alguns alemães. Ganhamos algum dinheiro. Mas eu não consegui parar. A fome ainda me corroía por dentro. Eu tinha surrado alguns homens. Tinha quebrado algumas janelas, pegado um par de botas e uma garrafa de *schnapps*, roubado dinheiro. Ninharia. Migalhas de vingança. Ansiava por um banquete. E sabia onde encontrá-lo. Todos sabiam sobre o fazendeiro, o que ele tinha feito durante a guerra, o que ele estava apenas esperando para começar a fazer novamente.

A madeira não pintada cintilava à luz do luar fina como água. A porta para o celeiro estava aberta. O filho-da-puta era um fazendeiro relaxado, isso além de tudo o mais.

O fedor de animais, estrume, suor, mijo e álcool me fez ofegar. O único mau cheiro que faltava era o do medo. O fazendeiro não sabia de nada. Eu não tive medo.

Ratos fugiam pela escuridão. Dei mais um passo para dentro. Um animal bufou. Alguma coisa escavava o chão. Roncos serravam o ar nauseante. Formas começavam a se definir na escuridão. Divisei um quadril, um focinho, uma pilha de roupas sujas, uma machadinha. A roupa subia e descia no ritmo do ronco. O cabo da machadinha ajustou-se à minha mão como se tivesse sido feita sob medida.

Usei ambas as mãos para erguer a machadinha, porém ela caiu pelo seu próprio peso. O sangue jorrou para o luar úmido. Ergui a machadinha novamente, e ela caiu uma segunda vez, uma terceira, até que parei de contar. O sangue formava uma poça preta sobre o chão duro e sujo. O luar bruxuleava na poça como uma chama. Atirei a machadinha em cima da pilha de roupas sujas. Minhas botas roubadas derrapam sobre o sangue, quando começo a correr.

Quando terminei a história, retirei o meu lenço e enxuguei o rosto. O suor extravasava de mim como se eu ainda estivesse com a machadinha nas mãos. Gabor estava refestelando-se de costas em sua cadeira, frio como um pepino.

— Então, você entrou no celeiro e matou o filho-da-puta do SS com uma machadinha. Bom para você. Se é que realmente fez isso.

— Como assim, se eu realmente fiz isso? Acabo de lhe contar que fiz. Nunca contei isso a ninguém em minha vida.

— Nunca contou a ninguém? Nem aos outros com quem estava naquela noite?

— Eu lhe disse, eles já tinham se divertido o bastante. Tinham ido embora.

— E no campo de refugiados? Talvez tenha mencionado algo durante a avaliação psicológica.

— Está maluco? Acha que iam ter me deixado entrar neste país se lhes tivesse contado?

— Então, ninguém poderia ter roubado a sua história?

— Como assim, roubado a minha história?

Ele se endireitou em sua cadeira, levantou-se e encaminhou-se para um arquivo no canto. Mantendo as costas para mim, puxou uma gaveta e começou a procurar. Era um filho-da-puta. Confesso uma coisa que nunca revelei a nenhum vivente. Admito que sou um assassino. E ele decide procurar alguma coisa em seu arquivo.

Quando voltou para a sua escrivaninha, trazia uma pasta de papel pardo. Ele a abriu, passou por algumas folhas de papel e me entregou uma delas.

— O que é isso?

— Por que não o lê?

— Sinto muito, doutor, mas não vim aqui para ler sobre problemas de outras pessoas.

— Acho que isto vai lhe interessar.

Peguei a folha de papel e comecei a ler. Não precisei ir além dos primeiros parágrafos.

— Como o senhor fez isto?

— Como fiz o quê?

— Anotar a minha história com as minhas próprias palavras enquanto eu a contava.

Eu sabia que não fora isso o que ele havia feito, mas precisava de tempo.

— Não é a sua história, Sr. Van Pels, ou melhor, é, porém, o senhor não é a pessoa que matou o homem no celeiro.

Eu ainda estava segurando a folha de papel. Soltei-a sobre a sua escrivaninha.

— Por que você acha que foi encaminhado a mim, naquela primeira vez, quando perdeu a sua voz?

— Os médicos não conseguiram encontrar nada. Disseram que um psiquiatra era a minha única esperança.

— Sim, porém há muitos psiquiatras. Por que eu?

— Eu não queria ter de dirigir até Nova York.

— Não sou o único psiquiatra em Nova Jersey.

A isso, não respondi.

— Eles não lhe disseram nada mais sobre mim?

— Não que eu me lembre.

— Então você não sabia que eu trabalho com sobreviventes dos campos?

— Não tenho nada em comum com aquela gente. São medrosos. Vivem no passado. Eu deixei para trás o que passou.

— Vocês têm essa história em comum. Esse documento que acaba de ler é o registro de uma entrevista num campo de refugiados.

— OK, então não sou o único cara que acabou com um nazista desgraçado num celeiro.

— Nisso, você provavelmente está certo. Muitas coisas semelhantes aconteceram, mais do que gostaríamos de admitir. Talvez você seja um dos assassinos, mas acho que não. Não me pergunte por quê. É apenas um palpite.

— Não pensei que os psiquiatras fossem dados a ter palpites.

— Palpites são tudo o que temos, Sr. Van Pels. Porém, o que realmente me deixa curioso é você, de uma forma tão determinada, acreditar que seja um dos assassinos.

— É assim que me lembro. Chego até a sonhar com isso.

Esperei até que ele folheasse aquela maldita pasta novamente, e me lembrasse de eu lhe ter dito que não sonho. Se fizesse isso, eu ia me levantar e sair do seu consultório. Já devia ter feito. Confesso o crime mais grave que já cometi e ele me diz que o criminoso não sou eu.

— Você se lembra de ter matado o alemão porque queria matá-lo. Você e uma porção de outros. E quando um de vocês o matou, todos o mataram juntos.

— Um *minyan* de vingança.

Ele inclinou a cabeça para um lado, excentricamente, como se tivesse sido surpreendido por mim.

— Você disse que não recebeu instrução religiosa.

— Ninguém pode evitar acabar escutando coisas.

EU SOUBE, já quando fechava a porta do carro, que estava atrás de encrencas.

Naquelas ruas esburacadas, com fileiras de edifícios desmoronados, desfigurados pela fúria, um Cadillac era um convite ao roubo.

Os homens já estavam dobrando os seus xales de oração e desenroscando amuletos quando cheguei. Não fiquei desapontado por haver perdido as orações.

O ruivo veio subindo a ala ao meu encontro.

— Os anos passam, você nem chega perto daqui. Agora, de uma hora para outra, dá de aparecer sempre. Está pensando em se converter de volta, quem sabe? Não é uma má idéia. Seis milhões, é o que temos de substituir.

— Eu tenho três filhos.

— *Mazel Tov*. Você os está educando como judeus?

Balancei a cabeça, não.

— Eu desconfiava... — Ele escorregou para um dos bancos da sinagoga e, agarrando a traseira do assento da frente, abaixou-se para se sentar. Seu queixo retesou-se com o esforço. Perseguindo-me pela ala central, ele era rápido nos pés, mas dobrar as costas era um exercício de lenta agonia. Essa era outra das razões que me fazia evitar pessoas como ele. Não gostava que me fizessem lembrar da dor. Não queria saber o que a provocara. Entretanto, sentei-me ao seu lado.

— A sua esposa, aposto que ela não é judia.

— Ela é.

Ele se virou para mim. As pálidas e quase invisíveis sobrancelhas se arquearam.

— Isso eu não entendo. Você move céu e terra para ser um *goy* e se casa com uma garota judia? Não podia encontrar para si uma boa *shiksa*?

— Eu me apaixonei por minha esposa.

Ele ergueu os olhos para o teto.

— Um romântico caiu nas minhas mãos. — Então, baixou o olhar para mim. — Ela é o amor da sua vida? Para ninguém mais você olhou duas vezes?

— Quase me casei com a irmã dela. — Não tinha idéia por que estava lhe contando isso. Nunca mais pensei sobre o assunto.

— Você acha que é coincidência? Todas as moças que lhe dão tesão — por favor, desculpe meu linguajar dentro da sinagoga —, mas todas elas serão apenas por acaso judias? Então, o que aconteceu com a irmã?

— Ela disse que não podia se casar com alguém que não fosse judeu.

— Se não escutasse isso com os meus próprios ouvidos, não acreditaria. Divina retaliação, eu diria, se eu acreditasse em Deus, em quem não acredito, exatamente como você.

— Você não acredita em Deus?

— Depois do que aconteceu?

— Então, o que está fazendo aqui?

— Eu já lhe disse. Alguém tem de vir para cá.

— Por quê?

— Quantas vezes preciso explicar isso a você? Caim. O *minyan*. Pela mesma razão que você continua vindo aqui.

— Eu vim porque... — Parei. Não tinha idéia de por que estava ali.

— Sim?

Contei a ele sobre a noite no celeiro, e no que eu estive acreditando todos esses anos, e Gabor. A sua fisionomia permaneceu impassível enquanto me escutava.

— E então? — ele perguntou depois que terminei.

— Não está surpreso?

— Por que estaria?

— Porém, é tão real. Mesmo nos sonhos.

— Sonhos. — Ele encolheu os ombros ossudos. — Alguém inventa uma maneira de livrar-se de sonhos do mesmo jeito que podem livrar-se disso aqui — e bateu no número no seu braço. — Iam fazer uma fortuna. Foi isso que fez você procurar um psiquiatra, estava tendo pesadelos?

— Um pouco mais que isso. — Eu lhe contei sobre ter me levantado durante o julgamento, contado a verdade aos gritos, e confessado a todos quem eu era. — Ninguém acreditou em mim.

— Todos esses anos você esteve fingindo ser outra pessoa, agora ninguém acredita que você é você, e você ficou com os seus sentimentos feridos.

— Pouco me importa se eles acreditam em mim. Mas seria capaz de matá-los pelo que eles fizeram ao meu pai.

— Agora você é um assassino novamente.

— Eles fizeram a minha própria esposa pensar que o meu pai havia roubado pão de minha boca.

— Talvez, se você não tivesse mentido tanto para sua esposa, ela não teria tido tanta dificuldade para saber o que é e o que não é verdade.

— O que o faz pensar que menti para minha esposa?

Ele me atirou aquele sorriso amarelo.

— Ela sabe que você veio aqui?

Sacudi a cabeça, não.

— Ela sabe que você é judeu?

Não respondi.

— Contou a ela o que acabou de me contar, e ao psiquiatra, e àquele tribunal cheio de estranhos?

— Eu tenho de protegê-la. A ela e aos meus filhos.

— Do quê, eu perguntaria. Aposto que lhes proporcionou uma boa vida.

— Eu tento.

— Uma boa casa.

— Boa o bastante.

— Toda acarpetada. Com todos os apetrechos de última geração. Um *freezer* de bom tamanho cheio de comida, aposto.

Não respondi.

— Diga-me: por acaso você tem muitos espelhos nessa sua fantástica casa?

Então era para aí que ele estava indo.

— Você quer saber como posso me olhar no espelho quando minto que não sou judeu?

— Novamente, os judeus. Se metade das pessoas que dizem que são judias passasse metade do tempo que você, que não diz que é judeu, passa se preocupando com isso, este lugar estaria cheio toda manhã. Não estou falando de sair por aí com uma estrela-de-davi no braço. Os nazistas já nos deram demais disso. Falo de ser um *mensch*. Você sabe o que um *mensch* significa?

— Um homem.

— Um pouco mais que isso. Decente. Digno de confiança. Um sujeito leal.

— Então?

— Assim, se eu fosse você, se estivesse tão preocupado com a memória do meu pai, esqueceria Otto Frank e iria para casa e me olharia em um daqueles espelhos naquela fantástica casa que você construiu para manter todos em segurança.

Dezenove

> "Acredito que a aclamação mundial que sua história recebeu não pode ser explicada a menos que se reconheça nisso o nosso desejo de esquecer as câmaras de gás e nosso esforço para assim proceder glorificando a habilidade para reagir num mundo extremamente particular, gentil, sensível, e aí manter-se apegado, tanto quanto possível, ao que quer que tenham sido as posturas e ações diárias e habituais de cada um, muito embora cercado de um redemoinho capaz de engolir qualquer um a qualquer momento."
>
> — "The Ignored Lession of Anne Frank", por Bruno Bettelheim, em *Anne Frank: Reflections on Her Life and Legacy*, editado por Hyman A. Enzer e Sandra slotaroff-Enzer

Eu quisera poder dizer que aceitei o seu conselho; que fui para casa e revelei a Madeleine quem eu era e pelo que passara na vida; que peguei os meus filhos no colo e perguntei a eles o que fazia 99 vezes *clict* e uma vez *clact*, e quando desistissem, eu diria que é uma centopéia com perna-de-pau, e que expliquei que meu pai me tinha feito rir muito com essa piada quando eu tinha a idade deles. Queria ter-lhes dito que o meu pai tinha mau gênio, mas que era um homem bom, e não um ladrão; que às vezes eu sentia vergonha da minha mãe — qual o garoto que não sente —, porém eu a amava e daria qualquer coisa para não ter brigado com ela na véspera da noite em que a Grune Polizei invadiu o esconderijo; que algumas vezes eu ainda culpava meu pai por não ter nos retirado a tempo, e odiava a mim mesmo por ter fugido, no final. Talvez tivesse sido bem melhor para os meus filhos se lhes tivesse falado a verdade. Talvez Madeleine tivesse parado de ameaçar pedir o divórcio. Ou talvez não tivesse feito nenhuma diferença. Milhões ainda teriam sido mortos, e eu ainda estaria vivo. Meu pai ainda teria sido dirigido para o lado errado, na seleção, ou sido levado embora em marcha forçada, meses mais tarde, com aquele grupo de homens. Eu ainda não teria certeza sobre qual das duas cenas acontecera. E ainda não teria feito nada para impedi-la de acontecer. No entanto, não contei nada a eles, e Madeleine não me abandonou, e as crianças cresceram nem muito mais felizes nem mais infelizes do que outros jovens, pelo que eu pude perceber.

Instalei uma piscina nos fundos da casa, sobre a qual o ruivo havia implicado comigo, junto a ela uma varanda envidraçada, depois vendi-a e mudei-me para uma casa maior que fora construída antes da guerra, com material mais sólido e boa mão-de-obra, que hoje em dia não se consegue mais. Abigail foi presa numa marcha contra a guerra, e Betsy saiu de um acidente com o Volvo novo em folha de Madeleine com nada mais que um dedo quebrado, graças a Deus; e, quatro anos depois de só tirar conceitos A, David quase não se graduou na escola secundária particular que freqüentava, porque ele e dois amigos atravessaram nus e em disparada o ensaio da cerimônia de graduação. *Streaking*, assim era chamado. Em comparação ao que aconteceu a algumas das crianças da vizinhança — drogas, seitas, um acidente de carro em que o motorista estava bêbado e que resultou na morte de dois jovens —, tive sorte. Madeleine voltou a estudar e se graduou como mestre em literatura, arranjou um emprego na escola da qual David quase fora expulso e começou enchendo a casa, que agora estava vazia, sem nossas crianças, com adoráveis e risonhas garotas que chamavam a si mesmas de *Meninas da Sra. Van Pel*. Acho que minha esposa estava feliz.

A guerra era história antiga, tão antiga que algumas pessoas andavam dizendo que o Holocausto, como era chamado atualmente, nunca tinha acontecido. E se o Holocausto não tinha acontecido, Anne não tinha escrito seu diário. Era uma mistificação, insistiam esses contestadores. Anne e Peter não eram nomes judaicos. O papel e a tinta não eram disponíveis nos anos 1940. O texto era bom demais para vir da pena de uma adolescente, os *insights* agudos demais, as emoções demasiado profundas. O diário era um ardil elaborado por um escritor judeu norte-americano chamado Meyer Levin, eles argumentavam. Pobre Levin, sempre reivindicou que falava a verdadeira voz de Anne. No entanto, eu não contei nada. Pessoas mais importantes que eu falaram abertamente. Otto processou alguns desses novos nazistas, e venceu, mas não foi o bastante para os calar. O Instituto de Documentação da Guerra dos Países Baixos publicou o que chamaram de uma edição crítica do diário, completa, com testemunho de especialistas em caligrafia, historiadores e eruditos, porém os ataques continuaram. Do que valeria o protesto vindo de um homem de negócios norte-americano comum cujo nome por coincidência era o mesmo do de um garoto que já morrera há décadas?

NA MANHÃ de 21 de agosto de 1980, ao descer encontrei café fresco, torrada e o jornal junto ao meu lugar na mesa, como de hábito. Sentei-me e abri o *Times*. Madeleine serviu o meu café. Eu já tinha comido a minha torrada e estava terminando a segunda xícara de café quando cheguei na seção de obituários.

OTTO FRANK,
PAI DE ANNE,
MORTO AOS 91

Baixei a caneca e fiquei parado observando a manchete ao lado da foto do rosto familiar, nodoso agora como um velho tronco de árvore. Não pude evitar fazer cálculos. Meu pai tinha morrido aos 46 anos. Mais jovem que eu agora. Com mais um ano, Otto teria vivido exatamente o dobro da vida de meu pai. Tinha vivido seis vezes mais que Anne. Porém, mantivera viva a sua memória. Ele a tinha polido até que brilhou como um farol, ou, como alguns começavam a dizer, um holofote para cegar as pessoas para as verdades mais sangrentas do passado. Não importa o que quer que tenha feito ao meu pai, a Pfeffer e aos outros; ele não abandonara Anne. Eu tinha de reconhecer isso nele.

CONVIDEI Madeleine para ir comigo a Amsterdã. Eu a queria junto de mim, não importava o que ela pensasse. No entanto, se ela se recusasse a pedir licença da escola, a qual, afinal, não pagava as contas, como poderia ela esperar de mim que largasse tudo na nossa época mais atarefada? Assim, fui para Amsterdã sozinho.

Estava curioso para ver quanto a cidade havia mudado, embora não tivesse a intenção de retornar à Prinsengracht, 263. Essa foi a única razão pela qual não lamentei ter Madeleine se negado a vir comigo. Ela teria insistido em visitar o Anne Frank Huis. Era como o edifício era chamado agora. Era a principal atração turística da cidade. Madeleine não teria perdido isso por nada deste mundo.

Deve ter sido o *jet lag*. Eu nunca teria me perdido se não estivesse com a visão turvada, e desorientado. É verdade, eu não conhecia mais a cidade, mas possuo excelente senso de direção. Ao longo desses anos, nas minhas viagens com Madeleine, tenho percorrido cidades estranhas e estradas campestres sem sinalização, mas nunca perco o rumo. Entretanto, me perdi naquela tarde e fui parar na Prinsengracht, bem do outro lado da rua, diante do número 263.

Sentei-me num banco para estudar o pequeno mapa que a recepcionista havia me dado quando saí do hotel. Os canais estendiam-se como caprichosas fitas azuis sobre a cidade cor de carne. Pequenos números indicavam restaurantes, hotéis e boates povoados de mulheres escassamente vestidas, que tinham anúncios por toda a volta das margens do mapa. Vários símbolos indicavam locais de atração turística. O que tinha a aparência de um pequeno templo grego designava o Anne Frank Huis. Meus olhos pularam do mapa para o edifício do outro lado do canal. O instituto de Otto tinha feito um bom trabalho restaurando-o, muito bom mesmo. A porta preta brilhante fora pintada recentemente. As molduras das compridas janelas, perto das quais não nos permitiam chegar por medo que alguém do lado de fora nos visse, não estavam mais podres. Por detrás da casa, os galhos pretos desnudados dos castanheiros talhavam o céu pálido do inverno. No meu tempo, a árvore não aparecia por cima da casa, ou talvez simplesmente eu não tivesse tido a chance de vê-la de um ângulo vantajoso. Recoloquei o mapa no bolso, pus-me de pé e atravessei o canal. Claro que eu não estava perdido. Tinha passado meia dúzia de sinais indicando o caminho.

Como vou poder descrever a visita pela casa? Meu passado achava-se em todo lugar, e em nenhum lugar. Enfiava-se como areia entre as tábuas do chão, gastas por milhares de pés. Olhava fixamente para mim do mapa, no alto, onde tínhamos seguido o progresso dos Aliados, que chegaram demasiado tarde para salvar minha mãe e meu pai, Anne e Margot, a Sra. Frank e Pfeffer. Piscava para mim das cortinas vaporosas pintadas com figuras de cores desmaiadas, para parecer como se a Grune Polizei estivesse obrigando judeus a marchar para a morte na rua abaixo das janelas. Um toque esperto, aquele. Agachava-se no andar de cima, por onde eu tinha rodopiado impetuosamente minha mãe num *jitterbug* com amor e fúria que nos fez ambos perder o equilíbrio. Fervilhava no quarto sufocante, que mais era um caixão, onde eu dormia, meu estômago torcendo-se de fome como um músculo, meu espírito corroendo-se com planos de vingança contra o homem que me mandou para cama sem o jantar, que nos deixara terminar desta maneira. Estava tudo ali, porém diminuído, é óbvio, visto através do extremo errado de um telescópio. Era tudo acurado, os retratos das estrelas de cinema e da realeza acima do lugar onde ficava a cama de Anne, a chaleira no fogão, as toalhas de prato penduradas ao lado da pia. Otto tivera tempo suficiente para cuidar de tudo antes de morrer. E tudo estava errado. Estava errado que minhas lembranças por todos esses anos, mesmo quando confusas, tivessem estado certas. No lugar do silêncio que mantínhamos, havia o arrastar de sapatos feitos em uma dúzia de países diferentes, e murmúrios dizendo "me desculpe" e "obrigado", em várias línguas diferentes, e os cochichos respeitosos de estupefação e consternação. Mas estas pessoas não sabiam o significado de um sussurro, porque não podiam conceber o dano que um som inadvertido poderia acarretar. Em vez de um exuberante mau cheiro de medo humano, havia o cheiro insípido de suor humano. O mal nada mais era que a ilusão projetada por uma mão nas cortinas de uma janela. Tudo fora inteligentemente planejado e espertamente elaborado, mas nada disso era verdade. Nada era tão mau como existia dentro de minha cabeça.

Saí da casa e fiquei por um momento em pé de costas para ela, tentando pôr em ordem as minhas idéias. Um pôr do sol cinzento caía sobre a cidade. Tinha esquecido como anoitece cedo em Amsterdã no inverno. Um vento frio deslizava por sobre o oleoso canal negro. Os últimos turistas passavam apressados por mim, suas máscaras de solenidade rachando ao ar fresco, suas vozes elevando-se no atordoado alívio da sua fuga.

Virei-me para a esquerda e iniciei o caminho de volta ao longo da Prinsengracht. Quando virei numa esquina na frente do Westerkerk, os sinos começaram a tocar. No anexo, o som era ensurdecedor, até que eles fundiram os sinos, e o silêncio foi pior, mas aqui na rua a reverberação mal perturbava o ar. O vendedor de arenque estava fechando sua barraca, mas o florista, o quiosque de jornais e de tabaco permaneciam em plena atividade. Ciclistas pedalavam para casa com pastas e compras de supermercado, além de crianças apinhadas nos engradados de madeira amarrados ao guidão por correias, ou presas por tirantes à roda traseira. O exército de ciclistas estava mais bem-vestido que me lembrava e havia mais mulheres entre eles. Antigamente, as mulheres estariam nos seus lares preparando o jantar.

Eu devia ter uns 10 ou 11 anos. Dez, eu creio, porque é um precoce entardecer de verão, e eu completaria onze no outono. Meu pai e eu estávamos voltando para o apartamento onde minha mãe ainda se encontrava desempacotando alguns poucos pertences que trouxemos conosco de Osnabrück. Meu pai estava tomado de otimismo. Deixara na fronteira o medo e a indecisão que o fizera brigar comigo no trem. Ele é holandês por nascimento; trata-se de um regresso ao lar. Tínhamos deixado a Alemanha e sua insana nova ordem para trás. Os alemães recuperarão o bom senso algum dia. Enquanto isso, é melhor ficarmos em Amsterdã. Estaremos em segurança em Amsterdã. Na guerra anterior, os Países Baixos ficaram neutros.

Enquanto eu e meu pai esperávamos que o sinal luminoso mudasse, ele apalpou primeiro um bolso, depois o outro, procurando cigarros. "Um minuto", ele pede, e subitamente se dirige ao quiosque. Eu o acompanho, esperando algum doce, embora sabendo da impossibilidade da esperança. Estamos a caminho de casa para o jantar.

De pé defronte do quiosque, meu pai recebe o maço de cigarros do vendedor, abre-o, põe um entre seus lábios e segura um fósforo para acendê-lo. Só então recebe o seu troco de uma bandejinha de metal. Prestes a jogar as moedas no bolso, pensa melhor e puxa a mão, ainda segurando as moedas, para fora. Minhas esperanças elevam-se no ar. Ele se adianta para o quiosque do vendedor de flores.

"O quê você acha, Peter, lírios ou tulipas?" Ele não sugere cravos. Cravos são para o aniversário de minha mãe, todos os anos. Esta ocasião é única. Ele não menciona rosas tampouco. Estão acima do nosso orçamento. Se bem que as coisas voltarão a se arrumar, assim que ele se reequilibrar. Escapulir dos nazistas não custara barato. Mas quem precisava de rosas, com lírios brilhando no crepúsculo e tulipas queimando como chamas?

Quando recomeçamos a andar, seu queixo estava mais levantado e suas costas mais retas. Estendeu a mão e rearrumou o seu chapéu num ângulo mais elegante. Ele é um homem novamente, o homem que eu já não via há algum tempo. Eu mal conseguia acompanhar as suas impetuosas passadas. Havia esquecido os doces. Estou esquecendo os garotos no pátio do colégio que me chamavam de assassino de Cristo. Estou tentando acompanhar as passadas do meu pai, que está caminhando apressado através de um róseo entardecer em Amsterdã ao encontro de minha mãe, que abrirá a porta do apartamento que acaba de passar por uma faxina e está impregnado do cheiro do jantar e dá com seu marido e filho ali de pé, um ramalhete de tulipas ardendo entre eles.

Um homem colidiu com minhas costas, desculpou-se e continuou a andar, porém fiquei subitamente mais atento aos outros transeuntes. Eles olhavam para mim, depois afastavam-se apressadamente, embaraçados, mas não surpresos. Estamos a um pulo da casa de Anne Frank. Turistas chorando não são uma raridade. Só que eu não estava chorando por nada naquela casa. Estava chorando pela inocência daquele pai caminhando para casa através da enrubescida noite de Amsterdã, pela esperança daquela mulher limpando um novo apartamento para uma nova vida, pelo garoto que pensava que estivesse seguro. Estava chorando por um mundo que enxergou uma guerra a caminho, que temia o pior, porém não tinha a mínima idéia de quanto o pior poderia ser ruim. Estava chorando por um mundo que, mesmo com tantos sofrimentos, jamais escutara falar de campos de concentração, nem de banhos de chuveiro em massa que disseminavam a morte, nem de chaminés que vomitam cinzas humanas, nem experiências médicas em homens que por acaso têm cabelos ruivos ou em crianças que por acaso são gêmeas. Eu estava chorando por um paraíso que eu tinha tentado recriar para minha esposa e filhos, e para mim, e por meu fracasso. Enquanto as lágrimas silenciosas abriam caminho a soluços, e as pessoas viravam-se para olhar, porque era mais do que estavam habituadas a ver, eu chorava pelo segundo assassinato de meus pais, aquele que eu cometera pelo silêncio.

É ENGRAÇADO PENSAR nas várias maneiras como as pessoas reagem ao serem ludibriadas. Algumas levam para o lado pessoal, se bem que a minha esposa, a única, além de meus filhos, que teria esse direito, nada fez. Ela sabia que as mentiras nada tinham a ver com ela. A sua reação foi de alívio. Ela sempre suspeitou de alguma coisa. Era tranqüilizador, ela disse, saber que o que eu estava escondendo não era pior. Não lhe perguntei o que ela queria dizer com isso. Eu tinha melhor noção do que ela dos crimes que eu poderia ter cometido.

Meus filhos não me condenaram tampouco. Diferentes de sua mãe, contudo, não podiam imaginar por que eu tinha guardado silêncio todos esses anos. Talvez eu não tivesse fracassado na tentativa de protegê-los, afinal das contas.

As crianças assumiram seu novo passado com um viés de vingança. Abigail teve o seu primeiro filho, meu primeiro neto, naquela primavera, e deu-lhe o nome de Herman, soletrado com apenas um *n* e abreviado para Hank. Dois anos mais tarde, deu à sua filha o nome de Augusta, o nome de minha mãe. Fui surpreendido, e fiquei satisfeito. Quatro anos mais tarde, Betsy deu ao seu primeiro filho o nome de Peter. Ela não mudou o seu nome quando se casou — eu não conseguia entender isso, porém ela salientou que em seu diploma médico constava o nome Van Pels e, como seu marido não reclamou, não cabia a mim dizer nada —, assim, o garoto ficou com o nome de Peter van Pels-Gallagher. Era, segundo dissera o guarda alfandegário há muitos anos, um bom nome norte-americano.

O meu sócio, Harry, ficou encantado. Ele nunca fora capaz de entender como nos dávamos tão bem. Eu ser judeu restaurava sua fé num universo disciplinado.

Outras reações foram mais silenciosas. Não quero com isso dizer que saía por aí anunciando a Deus e ao mundo, porém de alguma maneira o rumor viajava. Ou talvez eu apenas imaginava que fosse assim. Talvez eu enxergasse uma diferença nos olhos das pessoas e a detectasse no comportamento delas porque era o que eu esperava. Esse hábito de dividir o mundo em dois campos não morre facilmente. Certamente, George Johnson continuou a me tratar com a mesma falsa amizade profissional.

Quem recebeu com mais dificuldade a notícia foi minha cunhada Susannah. Ela não conseguiu perdoar o meu pecado cósmico. Como eu aprendera anos atrás, ela podia não ser capaz de amar um cristão, porém só poderia odiar um judeu que tentasse se passar por não-judeu, ou, como dizia seu marido, que era igualmente crítico embora não o verbalizasse, *se fazer de branco*. Ela me acusou de ser um judeu com ódio de ser judeu. Ela me acusou de ser um anti-semita às escondidas. Parecia Meyer Levin acusando Otto Frank, embora ocorra a mim agora que Otto estava mais à vontade em seus leves trajes de judeu que o pobre Levin jamais esteve em sua fina pele de judeu.

Madeleine defendeu-me diante de sua irmã. A briga foi tão séria que deixaram de se telefonar por dez dias, o que, naquela família, constituía um recorde. Madeleine insistia que Susannah somente estava zangada porque, se eu lhe tivesse falado a verdade 33 anos antes, ela, e não Madeleine, teria se casado comigo. O argumento era lisonjeiro, porém inconvincente. Susannah estava feliz com Norman. E deve ter sabido que houve ocasiões em que sua irmã sofrera muito comigo. Entretanto, no fundo, talvez minha esposa tenha razão. Seria a idéia de que Susannah pudesse estar mantendo algo aceso por mim em seu íntimo mais risível que a de que encontrou Deus em seis milhões de mortalhas? É a probabilidade de a sua postura ser algum ressentimento contra mim mais cabível que a de que estaria se solidarizando com um sofrimento que nunca experimentou, e com pessoas com as quais não tinha sentido nenhuma ligação até terem morrido? Não me ressinto do fato de ela ter esposado a fé, apenas o seu uso vicariante da estrela amarela. No entanto, não lhe disse nada disso. Ela era irmã de Madeleine, e, diferentemente de todo o restante da família de minha esposa, que briga e se reconcilia tão cavalheirescamente, eu sei que nem sempre há tempo o bastante para se corrigirem erros.

EPÍLOGO

"Haverá alguma coisa que possamos fazer para pagar por estarmos vivos?"

— Meyer Levin, citado em
*The Stolen Legacy of Anne Frank:
Meyer Levin, Lillian Hellman, and the
Staging of the Diary,* de Ralph Melnick

Amsterdã, 2003

DESTA VEZ MADELEINE estava comigo. Eu tinha a esperança de reunir a família inteira, razão pela qual havia planejado a excursão para o verão, porém os meus filhos têm as suas próprias vidas. Mesmo os netos possuem as suas próprias vidas. Os mais jovens vão acampar para jogar tênis e atuar em peças teatrais e, no caso da mais nova de Abigail, Amanda, perder peso. Eu não consigo entender um campo de férias de verão, um extremamente dispendioso campo de férias de verão, durante o qual alguém se dedica a passar fome, porém sou esperto o bastante para manter a minha boca fechada. Os mais velhos preferem as excursões estudantis ou viajam com amigos. Assim, Madeleine e eu fomos para Amsterdã sozinhos, e logo na primeira tarde ela estava visitando, ao meu lado, a casa da Prinsengracht, 263. Depois, nos sentamos em um banco no outro lado do canal.

Os castanheiros tinham crescido e ficado mais próximos do céu desde a minha última visita. Folhas amarronzadas e empoeiradas pendiam dos galhos, embora fosse ainda apenas o final de agosto. Uma inclemente onda de calor tinha abrasado o oeste da Europa, deixando-a seca como argila, e um escândalo humano estava varrendo a França em seu rastro. Não querendo perder o direito às férias de verão, as famílias deixavam os pais idosos imobilizados, sozinhos, em Paris. Manchetes protestavam contra idosos morrendo em apartamentos superaquecidos, enquanto seus filhos e netos cabriolavam nas praias do Mediterrâneo e chafurdavam-se nos lagos alpinos. Senti pena daquelas pessoas idosas, que provavelmente não eram mais velhas que eu, mas eu me preocupava era com seus filhos. Eles não tinham idéia do que o futuro lhes reservava.

Já passava das cinco, porém o sol debatia-se em poças douradas sobre a superfície dos canais, os quais, de acordo com o guia para turistas, estavam mais limpos agora do que nunca, em muitos anos. A cidade inteira estava sendo saneada. As prostitutas ficavam em suas vitrinas, ou pelo menos nos alojamentos que lhes foram designados. Era possível andar por quarteirões inteiros sem ser abordado por alguém querendo vender drogas. "Está ficando mais parecido com o que era antigamente", me foi dito pelo recepcionista naquela manhã. Ele era jovem demais para saber como a cidade costumava ser, e eu não lhe contei. Confessei-me à minha esposa e filhos, à sua família e ao meu sócio, entretanto, não via razão para me confessar a estranhos. Ultimamente, as vítimas do Holocausto, como éramos chamadas, haviam se tornado celebridades da moda. Eu lera isso numa revista depois que o filme *A lista de Schindler* foi exibido. Alguns de nós, muito embora eu não estivesse entre eles, temos nossos nomes em cartões de identificação que os visitantes do museu em Washington, D.C., pegam na entrada para a exposição. Sei disso porque meu neto Peter trouxe um desses cartões na volta de sua visita ao museu. Eu esperava algo semelhante ao meu Certificado de

Identidade que servia como passaporte, porém o meu Certificado mencionava apenas os dados mais simples, e nem mesmo a minha religião. Este certificado de identidade conta uma história. "Fulano de tal era filho único de pais judeus... seu pai trabalhava como vendedor... até a guerra a comunidade judaica era a terceira maior na Alemanha... freqüentou uma escola de garotos católicos... emigrou para os Estados Unidos em..." O garoto no cartão de Peter tinha sobrevivido, porém muitos dos cartões, a maior parte dos cartões, contam histórias de mortos. Na parte interna da capa havia uma frase peculiar. "Este cartão conta a história de uma pessoa real que viveu durante o Holocausto." Por que têm de dizer isso?

Não me interpretem mal. Sou a favor do museu, embora não o vá visitar. Alguém deve se assegurar de que as crianças aprendam o que aconteceu, e que adultos recordem, e que estudantes estudem, e que estudiosos tentem dar sentido ao que não tem sentido. Meu filho David, que ensina história em um colégio na Nova Inglaterra, freqüentemente consulta os arquivos. Porém, alguma coisa no cartão de identidade que os turistas pegam na entrada do museu e descartam numa lata de lixo na calçada de um distrito de Colúmbia, na saída, me ofende. Ainda quando conservam o cartão como lembrança de sua visita, isso me ofende. É algo teatral. É como a minha sentimental cunhada, que se faz de vítima por procuração.

Junto a mim, no banco, Madeleine perguntou se eu estava pronto para voltar para o hotel. Respondi que sim, e tratamos de nos pôr de pé. Enquanto atravessávamos a ponte sobre o canal e chegávamos à praça em frente à igreja, os sinos de Westerkerk agitaram o ar quente. Estávamos passando pela estátua agora. Eu não pretendia olhar para ela.

Nem mesmo se parece com ela. É uma péssima imitação de uma bailarina de Degas. Até mesmo Madeleine, que nem sabia como ela era, exceto por meio de fotos em livros e revistas, reproduções em lenços de seda vendidos como suvenires, e na lateral de uma torre medieval na Inglaterra onde judeus eram massacrados na Idade Média, acusou a estátua de ser *kitsch*. Não queria olhar para ela, porém, enquanto passávamos, minha cabeça girou de súbito. Foi então que me dei conta de que não era a estátua que chamava a minha atenção, mas todo o burburinho e agitação à volta dela.

Uma garotinha, talvez de 8 ou 9 anos, mais jovem que Anne, porém maior — esta criança nunca passou fome; esta criança foi criada comendo *pizza* e sorvete e Big Macs, mesmo não parecendo norte-americana —, estava de pé junto da estátua, os dedos apertando a mão de bronze de Anne, seu rabo-de-cavalo louro pousando contra a cabeça de Anne, seu sorriso acanhado mas orgulhoso.

— *Lächeln* — uma voz de homem atrás de mim grita, se bem que, se a criança abrisse ainda mais o sorriso, seu rosto se fenderia.

— *Lächeln* — uma voz de mulher ecoa.

Eu me viro e vejo um casal, a expressão do pai meio escondida atrás de uma câmera digital, a mãe sorrindo quase tão largamente quanto a filha.

— Sorria! — eles gritam novamente, enquanto suas cabeças juntam-se para ver a imagem digitalizada da filha pendurando-se sobre a estátua de bronze de uma pequena garota judia.

Madeleine agarra o meu braço e começamos a andar. Meu temperamento abrandou-se com a idade e havia ficado mais sereno desde a minha confissão. Não perco mais a cabeça sem motivo. No entanto, ela ainda não confia em mim, sobretudo numa situação como esta.

— É apenas uma estátua — ela diz, enquanto tenta me afastar dali.

Ela tem razão, é claro. É apenas uma estátua de Anne, um tributo, supostamente. É menos que a coisa verdadeira, e, em sua capacidade de invocar e expurgar lembranças, mais.

Deixo que Madeleine me afaste dali, porém não posso evitar me virar de vez em quando para olhar a família registrando a felicidade do seu feriado. Não é culpa deles. O casal parece jovem, mais jovem que meus filhos. Os seus pais provavelmente não eram nascidos quando fui para o esconderijo. A criança é apenas uma criança. Porém, não consigo evitar. Enxergo a ironia do que estou prestes a dizer, o absurdo. De quem é a culpa aqui, da família alemã ou minha? E no entanto há culpa o bastante para circular por aí.

Enquanto me afasto, falo em voz alta o bastante para o alemão com a câmera, sua ignorante esposa e sua inocente criança escutarem; estridente o bastante para escutarem também os proprietários dos quiosques e as pessoas comprando flores ao voltar para casa, e mesmo alguns ciclistas esperando o sinal luminoso mudar para virar suas cabeças; feroz o bastante para produzir um estremecimento no meu próprio peito.

— Meu Deus, será que eles não têm memória?

AGRADECIMENTOS

NO INVERNO DE 1994, numa visita à casa de Anne Frank, minha imaginação foi despertada por um comentário do guia, que disse existirem registros documentando o destino de todos os habitantes do anexo secreto, exceto de Peter van Daan, como o chamara, em conformidade com os nomes usados por Anne Frank em seu diário. Se este jovem não morreu com os outros, eu especulei, o que pode ter lhe acontecido? Quando iniciei a pesquisa para este livro, descobri que ou o guia estava mal-informado ou era romanticamente tendencioso. De acordo com o dossiê 135.177 da Cruz Vermelha dos Países Baixos, Peter pereceu no campo de concentração em Mauthausen, em 5 de maio de 1945, três dias antes de o campo ser libertado. Mas já quando descobri isso Peter van Pels estivera vivo em meu espírito havia vários anos.

Este romance é o resultado da vida que Peter, então, ganhou. É baseado no que sabemos a seu respeito, sua família, Fritz Pfeffer, e os outros habitantes do anexo secreto, como também nos fatos acerca da história subseqüente do diário, do filme e da peça extraídos dele, e dos processos judiciais decorrentes neste país e no exterior. É claro que imaginei as cartas enviadas para Peter pelos advogados de Otto Frank e por Meyer Levin.

Pela ajuda prestada na pesquisa desta história, sou grata à Anne Frank Stichting, de Amsterdã, à Anne Frank-Fonds, da Basiléia, à Sociedade Histórica do Estado de Wisconsin, às Coleções Especiais da Universidade de Boston, ao Museu Memorial do Holocausto dos Estados Unidos, à Biblioteca Pública de Nova York para as Artes Performáticas, à Dorot Jewish Division da Biblioteca Pública de Nova York, e a todos os membros da Sociedade da Biblioteca de Nova York. Entre as muitas pessoas que se mostraram ou foram generosas, cedendo seu tempo, habilidades e lembranças, tenho uma dívida especial com Liza Bennett, Greg Gallagher, Nancy Hathaway, Nimet Habachy, Joan Leiman, Ralphy Melnick, Arthur Rosenblatt, Fred Smoler, Michael Schwartz, Sharon Stein e Marie Stoess. Também quero agradecer a Richard Snow e Fred Allen, editores extraordinários e bons amigos, que tiraram folga do seu trabalho para ler e comentar o meu. E sou mais uma vez grata a meu editor Starling Lawrence por seus estímulos e rédeas à imaginação, executando ambas as tarefas com bondade e sabedoria; à minha agente Emma Sweeney por sua ajuda persistente e discernimentos provocantes e profundos; e a meu marido, Stephen Reibel, que me apresentou a Peter.

Este livro foi composto na tipologia Lapidary 333Bt,
em corpo 12/16, e impresso em papel
off-white 80/m^2 no Sistema Cameron da
Divisão Gráfica da Distribuidora Record.